기죽지 마라

기죽지 마라
우리가 백기완이다!

여럿이 함께 씀
백기완노나메기재단 엮음

2023년 2월 6일 초판 1쇄 발행

펴낸이 한철희 | 펴낸곳 돌베개 | 등록 1979년 8월 25일 제406-2003-000018호
주소 (10881) 경기도 파주시 회동길 77-20 (문발동)
전화 (031) 955-5020 | 팩스 (031) 955-5050
홈페이지 www.dolbegae.co.kr | 전자우편 book@dolbegae.co.kr
블로그 blog.naver.com/imdol79 | 페이스북 /dolbegae | 트위터 @Dolbegae79

편집 이경아
표지디자인 김민해 | 본문디자인 이은정·이연경
마케팅 심찬식·고운성·김영수·한광재 | 제작·관리 윤국중·이수민·한누리
인쇄·제본 영신사

ISBN 979-11-92836-04-1 (03810)

책값은 뒤표지에 있습니다.

기죽지
마라

여럿이 함께 씀

우리가
백기완이다!

돌베개

이제 호담하게 새로운 사회를 향해 한발 떼기를 할 때다

이도흠

노나메기 민중사상 연구소장

백발의 젊은 불쌈꾼(혁명가)이 돌아가신 지 어언 두 해맞이가 다 가옵니다. 미풍처럼 속삭이다가 장마 뒤 큰 강처럼 달리다가는 폭포처럼 수직으로 내리꽂더니 곧 용오름으로 솟구치던 그 목소리, 자본과 권력, 반(反)생명을 향하여 단호하게 주먹질을 하던 그 몸짓, 약자를 찾아가 나누어주던 그 따끔한 한 모금. 이 세 가지가 정녕 필요한 시대이기에 더욱 더 사무치게 그립습니다.

백기완 선생은 너도 나도 일하며 함께 올바로 잘사는 노나메기 벗나래(세상)를 건설하는 데 한살매(일생)를 바친 혁명가, 모든 제국과 권력자들의 압제와 폭력을 넘어 모든 민족 민중이 자유로운 통일을 향하여 온몸을 던진 통일운동가, 무지렁이들의 말과 이야기에 담긴 민중들의 분노와 한과 신명이 어우러진 사상을 바탕으로 삼아 노동자 민중이 해방된 세상을 여는 길을 민중들의 언어로 구성한 사상가, "혁명이 늪에 빠지면, 예술이 앞장서자"라며 예술을 통해 혁명을 돌파하고자 한 민족미학자이자 예술가, 무엇보다도 약자의 아픔에 가장 크게 공감하며 눈물을 자주 쏟던 따스한 인간이었습니다.

이렇게 만능인이었지만 백기완 정신의 알짜는 썩어문드러진 자본주의를 무너트리고 새로운 세상으로 나아가자는 것과 모든 사안을 노동자 입장에서 공감하고 해석하고 판단하는 것이었습니다. 이에 대해서는 한 치의 양보도, 터럭만큼의 타협도 없이 평생 올곧게 일관성을 유지하셨습니다. 당신도 엄격했지만 타인도 이에서 조금이라도 벗어나는 행동은 물론 기미라도 보이면 불호령을 치셨습니다. 요청받은 거의 모든 노동운동에 참여하여 가슴 떨리는 선동을 하고 앞장서서 걸으며 팔뚝질을 했고 돌아가시기 전에 이승에서 남은 모든 힘을 모아 2주일에 걸쳐 쓴 네 글자 또한 '노동해방'이었습니다.

이에 별세 두 해맞이 추모집은 노동운동의 최전선에 선 활동가들과 농민운동과 빈민운동 활동가, 연대 투쟁한 이들을 아울러 38인의 버선발들의 글로만 꾸몄습니다. 그들에 비하면 1,000분의 1도 못 미치지만, 생전에 선생님께 별 볼 일 없는 딸깍발이인 필자에게 과분한 사랑을 주시는 이유를 묻자 "교수들 가운데 노동자를 위해서 배밀이(오체투지)한 자가 누가 있어?"라고 답하셨던 것을 밑천 삼아 필자가 양기환, 송경동, 채원희 동지와 함께

이 추모문집의 기획과 편집을 맡았습니다.

가장 앞장서서 한발 떼기를 한 이들의 주옥과 같은 글들을 모으니 이것이 바로 21세기 한국 노동운동사입니다. 아득한 절망 속에서도 바랄(희망)을 버리지 않고, 길이 없으면 별빛을 따라 길을 내고, 구속과 가혹한 폭력과 죽음이 기다리고 있어도 분연히 맞서서 저항하고, 야만적인 탄압에 맞서서 돈도, 권력도, 무기도, 뒷배도 없지만 오직 자신의 결기와 동지들의 연대로 버티며, 소외와 착취 없이 진정한 자기실현으로서 노동과 노동해방·의료/교통/교육/주택의 공공화·비정규직·정리해고 철폐·노동법을 비롯한 제도의 개혁·산재사고 없는 안전한 작업장·임금 인상을 향하여 투쟁한 기록들입니다.

그동안 신자유주의 체제는 자본의 편에 서서 노동 유연성을 강화하여 비정규직·정리해고를 양산하고 공공영역의 사영화를 전면적으로 추진하고 노동자가 생산한 잉여가치를 과잉 착취한 것으로도 모자라 금융부문에서 다양한 사기를 동원하여 수탈하였습니다. 그럼에도 이를 견제할 국가가 일방적으로 자본의 편에 서서 오히려 노동자 민중에게 물리적·문화적·구조적 폭력을 휘두르기에 대다수 노동자와 농민, 빈민들은 생존위기에 몰렸고 운동을 하는 것이 목숨을 걸더라도 승리가 어려운 일이 되었습니다.

그럼에도 이들은 굴하지 않고 자본과 권력에 맞서서 맞장을 떴고 작지만은 않은 변화를 만들어냈습니다. 그리고 그 자리마다 백기완 선생이 계셨습니다. 선생은 지치고 좌절했을 때 기 죽지 말고 끝까지 투쟁하라는 선동가였고, 현안을 넘어 노동해방을 지향하라는 길눈이 스승이었고, 언제든 달려와 앞장서서 함께 연대하고 때로는 공감의 눈물을 펑펑 쏟는 동지였고, 어렵고 힘들 때마다 언제든 감싸 안고 다시 힘을 불어넣어주는 기댈 언덕이었으며, 길을 잃었을 때 먼저 길을 밝히고 뚜벅뚜벅 걷는 길목버선이었습니다. 하여 여기 이 글들엔 그들과 함께 한 선생의 분노, 눈물, 땀, 웃음, 그런 선생님에 대한 그리움이 차곡차곡 기억의 주름을 이루고 있습니다.

다만, 저에게 '칼든 선비'라는 덧이름(별명)을 주시며 곁을 지키라 하신 덕분에 4대강 사업, 한진·유성 등의 희망버스, 쌍용자동차 복직 투쟁에서 세월호와 촛불에 이르기까지 옆에서 모시다가 선생님의 가없는 고독과 고통을 언뜻 엿보았는데 이것만큼은 잘 보이지 않는듯하여 아쉽습니다. 지금도 "아무도 몰라"라고 말씀하시면서 고개를 떨구시던 모습이 떠오르면 생전에 그 지극한 고통과 고독을 조금도 덜어드리지 못한 죄책감에 가슴이 한참 동안 아립니다.

38인의 글들의 내용을 보면 선생님에 대한 회고와 자신의 운동과 연관된 기억, 그리움, 투쟁의 결의, 노나메기 벗나래 등 새로운 세상을 향한 변혁의 의지로 구성되어 있었습니다. 그리 차이가 없는 생각으로 비슷한 운동을 하고 백기완 선생에 대한 기억도 유사하기에 어찌 분류할까 오랜 동안 고민했습니다. 그러다가 이 가운데 어디에 더 초점을 두는가에 따라, 운동의 기(起)는 기억, 승(承)은 계승, 전(轉)은 투쟁, 결(結)은 새로운 세상을 향한 변혁으로 보고 이에 맞추어 나누기로 하였습니다. 1장 '불쌈꾼 백기완: 존재만으로도 힘이셨던 선생님'엔 선생님과 투쟁의 기억에 좀 더 초점을 맞춘 글 10편을 실었습니다. 2장 '그리움: 쌈꾼들의 눈을 틔워 주시던 그 헌걸찬 목소리'에선 절절한 그리움을 표현하는 데 좀 더 치중한 글 9편을 배정하고, 3장 '한발 떼기: 그대가 보낸 오늘 하루가 내가 그토록 투쟁하고 싶었던 내일'에선 선생님의 뜻을 이어받아 각자 현장에서 투쟁의 결의를 다진 것이 두드러진 10편을 골랐습니다. 마지막으로 4장 '노나메기: 너와 나의 노동생산물이 모두 사회의 것이 되는 벗나래를 향하여'에는 자본주의 체제와 신자유주의 체제를 무너뜨리고 노나메기나 새로운 사회를 지향한 글 9편을 안배했습니다.

　못 쓴 글일수록 더 많이 애쓴 글일 것입니다. 약간의 오탈자와 비문 등은 손을 보되, 될 수 있는 한 필자의 의도와 취지를 읽고 이를 살리는 방향에서 최소한으로 손을 댔습니다. 단락의 개념이 전혀 없는 글이나 주술관계가 맞지 않는 문장이라 하더라도 소주제가 같은 문장끼리 모으면 모았지 함부로 그 문장을 버리지는 않았습니다. 그럼에도 글의 교정과 윤문, 제목 선정은 필자가 홀로 수행했기에 이에 대한 모든 책임은 전적으로 저에게 있습니다. 그림을 주시는 등 여러 도움을 주신 백기완 노나메기재단의 신학철 이사장님, 양규헌 운영위원장님을 비롯한 재단의 운영위원과 이사님, 돌베개의 이경아 팀장님, 무엇보다 공들여 찍은 사진을 잘 골라 선뜻 내어주신 노순택, 정택용 사진작가님께 깊은 감사를 드립니다.

　엄혹한 시대가 다시 왔습니다. 코로나19 팬데믹 이후 불평등의 극대화와 사회적 양극화의 위기, 기후 위기와 환경의 위기, 지정학적 문제와 전쟁의 위기, 3차 디지털/4차 산업혁명과 노동의 위기, 간헐적 팬데믹의 위기, 공론장의 붕괴와 민주주의의 위기 등 복합위기(poly-crisis)를 겪고 있음에도 지극하게 무능하고 독선적인 윤석열 정권과 강성 신자유주의자들은 노동을 강도 높게 탄압하며 위기를 더 심화하는 방향으로 내닫고 있습니다. 근본적으로, 이 위기의 극복은 자본주의 체제에서는 불가능합니다. 이 체제에서는 개인이든, 기업이든, 국가든, 심지어 노동자라 할지라도 이기심과 경쟁심, 화폐증식의 욕망을 증대하는 쪽으로 사고와 행동과 정책을 기울게 하기 때문입니다. 이미 지속가능한 발전을 할 수 있는 임계점을 넘어섰기 때문입니다. 탄소배출권 거래제, 바이오 연료 보조금, 환경세 등 그 어떤 혁신적인 대안들도 시장 체제에 종속시켜 한낱 상품으로 전락시키고 결국무력화하기 때문입니다. 노동자들이 목숨을 걸고 쟁취하면 그것조차 다양한 방식으로 상쇄시켜 버리기 때문입니다.

이제 호담하게 자본주의를 넘어 새로운 사회, 곧 자연과 공존하는 자유로운 개인들의 연합으로서 모든 노동생산물이 모두의 것이 되는 세상을 향한 한발 떼기에 온몸을 던져야 합니다. 자유주의 세력과 연대, 조합주의, 사회적 합의주의, 사민주의와는 확실하게 결별하고 '자본 – 국가(정치인과 관료, 군경) – 보수언론 – 사법부 – 종교 권력층 – 전문가 및 어용 지식인 집단'으로 이루어진 기득권 동맹을 해체해야 합니다.

지금 사위가 온통 캄캄하지만 어두울 수록 별은 맑게 빛납니다. 뜻을 같이 하는 세 사람만 모이면 세상을 바꿀 수 있습니다. 헤아릴 수 없이 많은 투쟁의 서사와 말과 글들이 기억의 주름을 이루었다가 새록새록 빛을 뿜어낼 것이며, 선생께서 뿌리신 오롯한 씨앗이 나네(새싹)를 내고 곧 숲을 이룰 것입니다.

임인년이 저물어 가는 날 저녁에
백기완 선생 별세 두해 맞이 추모집 편집위원을 대신하여

차례

5   머리글 · 이제 호담하게 새로운 사회를 향해 한발 떼기를 할 때다

16   이도흠 글 · 정택용 사진   노동 해방을 향한 한 발 한 발

1
————   불쌈꾼 백기완:
         존재만으로도 힘이셨던 선생님

33   권영국   노동자는 깡다구로 싸우는 거야

43   고진수   이봐! 기죽지 말고 배짱을 가져. 당당하게 자신 있게 살어!

48   김소연   존재만으로도 투쟁하는 노동자에게 힘이셨던 선생님!

57   이향춘   기억하고 실천하는 한 영원히 우리 곁에 남아 계신다

62   전인숙   아이들 일이니 절대 양보도, 타협도 해서는 안 된다

65   전호일   1할이 감옥에 갈 각오로 싸운다면 승리할 것이다

72   정승희   길목버선이 되어 준 우리 선생님

80   정택용   다시 우리 맘속으로 돌아오소서

90   최인기   힘들고 앞이 안 보일 땐 '제모리'를 떠올립니다

95   함재규   진정 큰 어른의 모습을 보았습니다

2

그리움:
쌈꾼들의 눈을 틔워 주시던 그 헌걸찬 목소리

103   **권미화**   가족처럼 공감하던 따스함과 추상과 같던 목소리가
그립습니다

106   **김성민**   선거 벽보에서나 뵙던 선생님과 함께 투쟁할 수 있어서
고마웠습니다

110   **김승하**   우리를 흔들리지 않게 잡아 주는 목소리를 기억하고
전하렵니다

113   **김정우**   노동자 쌈꾼들의 눈을 틔워 주시던 그 헌걸찬 목소리

117   **노순택**   이름들에 새겨진 기억

126   **송경동**   내겐 불가능한 일 중의 하나에 대하여

131   **조영선**   우물 빛 하늘 때굴때굴 굴러가는 저 새처럼

137   **허영구**   백기완 선생님이 써 주신 추천사

142   **홍영미**   우리 아이가 큰 사명을 갖고 세상을 밝히는 빛으로
태어나도록 도와주소서

3

한발 떼기: 그대가 보낸 오늘 하루가
내가 그토록 투쟁하고 싶었던 내일

147	김미숙	모든 노동자들이 안전한 세상을 만들 때까지 계속 투쟁할 것이다
153	김수억	여기 '노동 해방, 통일 세상'을 향해 한발 떼기를 하는 새뚝이들이 있습니다
160	양성윤	가야 할 길, 사람의 길을 가겠습니다
165	이근원	그대가 보낸 오늘 하루가 내가 그토록 투쟁하고 싶었던 내일
171	이원호	열사들의 뜻을 불씨로 일어나자!
181	이종란	불평등한 체제를 깨지 않는 한 니나들의 세상은 오지 않는다
191	조병옥	민중만을 바라보며 복무하는 것만이 우리의 차이를 극복하는 길이다
199	차헌호	한발 떼기에 목숨을 걸자
203	최석환	다시 민중 속으로 들어가 들불을 지피겠습니다
209	현정희	별을 찾아 올바르면서도 아름다운 투쟁을 하렵니다

4

노나메기: 너와 나의 노동 생산물이 모두
사회의 것이 되는 벗나래를 향하여

219 고동민 노동자들이 서로에게 온전한 내 편이 되어 줄
그날을 함께 만들어 가자

228 김승호 너와 우리의 노동 생산물이 모두 사회의 것이 되는
세상을 꿈꾼다

239 김태연 사회주의 가치와 방식의 대중적 동의 확대가
노동자계급 바로 세우기다

248 김혜진 비정규직 운동은 모든 이들과 함께
이윤 중심의 세상을 바꾸는 것으로

257 박성호 민주노조가 중심에 서고 노나메기를 지향하는 것이
백기완 정신의 계승이다

272 유최안 잔업과 특근을 거부하는 연대의 정신으로
노나메기 벗나래를 향한 한발 떼기를

276 이사라 변혁의 새로운 '판'을 짜도록 노력하겠습니다

283 전희영 얄곳은 갈아엎고 살곳을 일구어라

289 한상균 야만적인 자본과 오만한 정치권력을 노동자 민중의
연대와 계급투쟁으로 응징하자

297 백기완 연보

노동 해방을 향한 한 발 한 발

글　이도흠
사진　정택용

16

1

우리의 바람은 단지
눈치 안 보고,
시계 바라보지 않고
가족서껀 동지서껀 함께 모여 마음 편히
따끈한 밥 한 끼를 먹고 나누는 것이었다.

2

하지만 자본은 우리가 땀 흘려 생산한 가치들을

합법적으로 착취하는 것으로는 성에 차지 않아

권력과 제도와 온갖 술수를 동원하여 수탈하고는

저희는 명품 옷에 고급 양주, 룸살롱,

갖가지 환락과 풍요를 누리면서

밤새 일해도 삼겹살에 소주 한 잔도 어려운 우리를

직업병에 걸리든 산업재해로 죽든 모르쇠로 일관하며

마구잡이로 부리다가는

이삿날 헌책 처리하듯 버린다.

3

개, 돼지로 취급하여
인간이기에 인간답게 살고 싶다 외쳤는데
아니, 진짜!
개인 양 패고
돼지인 양 멸시하고
닭인 양 가두었다.

4

동지의 절규가 귓전을 맴돌고
여린 가슴이 아프다고 하여
얼음처럼 차가운 아스팔트에 몸을 던졌다.
전동기처럼 떠는 몸,
쫄깃쫄깃해지는 심장,
대신 투명하게 맑아지는 머리.

5

세상에서 가장 온건한 항의를 함에도
단지 우리들의 호소를 나라님에게 전하러 간다는 것임에도
저들은 무엇이 두려웠는지 산성을 쌓고
불온으로 규정하며
방패를 휘두르고 군홧발로 막아섰다.
기득권 카르텔 새로 한 줌 틈을 내고
한 발짝 더 전진하려고 그리 몸부림을 쳤지만
우리는 그날 그냥 지렁이였다.

6

땅에서 길을 잃은 우리는 결국 하늘로 올랐다.
크레인 위로, 굴뚝 위로, 옥상 위로, 송전탑 위로, 간판 위로
저들의 흉악한 손길이 미치지 못하는 곳이면
하늘을 향한 외침이 천둥이 되고 번개가 되어
땅으로 내리 꽂혀선 강물이 될 수 있는 곳이라면 어디든
가리지 않고 올라 버티며 외쳤다.

7

정리해고, 비정규직을 철폐하라!

민영화를 중단하라!

노동법을 개혁하라!

진짜 사장 처벌하는 산재사고 기업주 처벌법으로 개정하라!

차별금지법을 제정하라!

공장으로 보내 달라!

8

우리의 당연한 요구에
자본과 야합한 국가는 전시의 적군인 양 막심을 휘두르고
철창에 가두고
수십억 원에 달하는 손배소를 가하였다.
왜 가장 선하고 가장 의로운 동지들이 죽음으로만
노동 해방을 쟁취해야 하는가.

9

때로는 동지들의 뜨거운 연대가 사람을 움직이고 기업을 압박하여
우리는 땅으로 내려왔다.
고공에서 수백 일, 죽음과 삶 사이를 시계추처럼 왔다 갔다 한 고통이
한 걸음에 보상을 받았고
우리는 마침내
섬에서 벗어나
큰 그물로 이어진 대륙이 되었다.

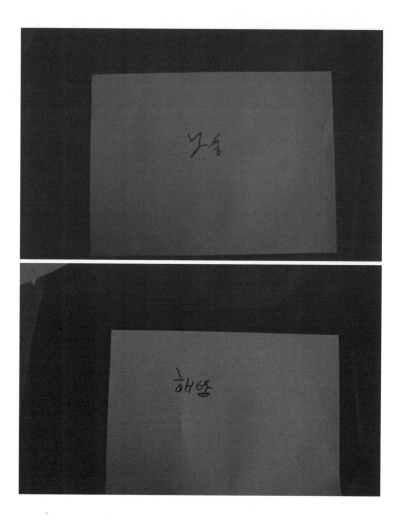

10

노동자들의 동지이자, 벗이고, 스승, 또 길목버선이던

백기완 선생이 마지막 이 주일에 걸쳐

이승에서 남은 온 힘을 모아 쓴

네 글자는 바로

'노 동 해 방'

11

어두울수록 별은 맑게 빛나고 길은 멀리까지 열려 있다.

그대가 보낸 오늘 하루가 내가 그토록 투쟁하고 싶었던 내일,

그대가 던진 미소는 내일의 힘,

그대가 잡아 준 손은 내일의 승리,

온 몸의 무게를 실은 우리의 한발 떼기가

그 어느 날엔가 기필코 열리이다

노동 해방의 노나메기를.

불 쌈 꾼 백 기 완

존재만으로도 힘이셨던 선생님

노동자는
깡다구로 싸우는 거야

권영국—해우법률사무소 변호사

내가 백 선생님을 처음 뵌 것은 1983년 봄날 서울대 라운지에서
였다. 선생님의 강연이 있는 날이었는데, 학생회관 라운지는 강
연이 시작되기도 전에 발 디딜 틈도 없이 학생들로 인산인해를
이루고 있었다. 라운지 앞쪽으로 가는 것이 어려워 단상에서 멀
리 떨어진 가장자리에서 선생님을 기다렸다. 이윽고 선생님이
등장했으나 거리가 멀어 선생님의 얼굴을 선명히 담기는 어려웠
다. 사회자는 선생님께서 고문 후유증으로 서 있기도 힘드신데
도 강연에 나와 주셨다고 소개했다. 실제로 선생님은 제대로 서
있는 것조차 몹시 힘들어 하셨다. 그런데 강연이 시작되었을 때
선생님의 목소리는 넓은 라운지를 휘감으며 천둥처럼 좌중을 압
도했다. 이날 선생님은 백두에서 한라까지라는 제목의 시를 낭

독하신 것으로 기억하는데, 그것은 시 낭독이 아니라 붉은 피가 뚝뚝 떨어지는 포효였다. 분노와 절절함으로 가득 찬 사자후였다. 난생처음으로 온몸을 후려치는 말의 죽비 앞에서 나는 얼어붙고 말았다. 이 강한 기억이 백 선생님에 대한 첫 기억이다.

선생님을 두 번째 뵌 것은 그로부터 10년이 흐른 1993년 여름 서울역 앞에서 개최한 '전국해고노동자 결의대회'에서였다. 1993년은 김영삼 정부가 들어선 해였다. 김영삼 정부는 '문민정부'의 개혁 의지를 보여 주기 위해 노동부 장관에 통일민주당 출신의 이인제 국회의원을 임명했고, 이인제 노동부 장관은 취임 일성으로 "군부독재 시절에 해고된 5,200여 명의 해고 노동자를 일터로 돌려보내겠다"라고 발표했다. 이 발표에 힘입어 같은 해 3월, 1987년 7·8·9 노동자 대투쟁 이후 해고된 전국의 해고 노동자들이 서울 종로에 있는 기독교회관에 모였고 이곳에서 전국 구속·수배·해고원상회복투쟁위원회(일명 '전해투')를 결성했다. 당시 개혁을 앞세운 김영삼 정부에 대한 기대로 민중운동 세력은 운동 방향을 쉽게 잡지 못한 채 혼란을 겪고 있던 때라 전국의 해고 노동자들이 모인 '전해투'가 대정부투쟁의 구심으로 떠올랐다. 나는 1989년 1월 방위산업체인 풍산금속(주) 안강 공장에서 파업을 주도하다 해고되었고, 구속·수감되었다가 1993년 2월 6일 출소 후 기독교회관 모임과 전해투 결성에 합류했다. 전해투 선전부에 속해 활동했는데 그러다 보니 자주 집회 사회를 보거나 투쟁 발언에 차출되었다. 1993년 7월, 서울역 광장에서 전해투 주최로 열린 '전국해고노동자 결의대회'에서 사회를 보았다. 이날 집회에는 백기완 선생님과 문익환 목사님 두 분이 함께 참석하셨다.

당시 백 선생님께서는 1992년 12월 대통령선거에 민중 후보로 출마하셨다가 낙선한 후 되도록 집회 참석과 발언을 삼가고 계시던 때였다. 이날 두 분께 발언을 섭외했으나 역시나 백 선생님은 집회 발언은 고사하셨다. 나는 어쩔 수 없이 백 선생님을 소개만 하고 문 목사님을 연단으로 모셨다. 문 목사님께서는 연단에 올라 몇 마디 인사말을 한 후 "나는 통일운동가라서 노동문제에 대해서는 잘 모릅니다. 노동문제는 백 선생 전문이니 백 선생이야기를 들어 보는 게 어떻습니까?"라며 청중들에게 물었고 청중들은 환호와 손뼉으로 호응했다. 그러자 문 목사님은 연단 아래에 앉아 계시던 백 선생님께 연단 위로 올라올 것을 권하셨고 백 선생님은 아니라며 손사래를 치셨다. 하지만 문 목사님의 거듭된 권유와 청중들의 호응에 백 선생님은 마지못해 연단에 올랐고 마이크를 잡으셨다.

7월의 더운 여름날, 앞의 발언들이 다소 길어지며 집회는 산만해진 상태였다. 당시 서울역 광장은 차도에 바로 접해 있고 사방이 열려 있는 장소라 집회 분위기를 잡기가 쉽지 않은 장소이기도 했다. 발언을 마다하시던 백 선생님이 마이크를 잡고 채 1분도 지나지 않았을까 싶다. 세 마디 정도의 사자후 같은 호령으로 산만한 집회 분위기를 일순간에 바꿔 버리는 게 아닌가? 순식간에 청중들은 호응하며 열광했고 집회 분위기는 달아올랐다. 나도 당시 다소간 선동력을 갖추고 있다고 생각했는데 순간 충격이었다. 10년 만에 다시 조우한 선생님의 놀라운 선동력을 본 순간이었다. 나는 이날 선생님이 타고난 선동꾼임을 알게 됐고 이

날을 계기로 선생님에 대해 깊은 존경심을 갖게 됐다. 그날의 발언 내용을 기억해 내지 못하는 점은 못내 아쉬움으로 남는다.

선생님은 곧고 공명정대한 성품으로도 존경할 만한 분이셨다. 언제나 우리 복식을 고집하셨고, 한글에 대한 자부심으로 가득한 분이셨다. 어쭙잖은 외국어 표기에 대해서는 따끔하게 지적하시고 아름다운 우리말이 있음을 일깨워 주셨다. '한복'을 '우리 옷', '박수'(拍手)를 '손뼉', '오체투지'를 '배밀이싸움'으로 정정해 주셨다. '뉴스'를 '새뜸'이라 불렀고, '파이팅'을 '아리아리 떵!'이라고 불렀다. 원칙과 기준이 분명했고 우리말에 대한 애정이 남다른 분이셨다.

내게는 선생님의 공명정대함을 알게 해 준 일화가 있다. 앞서 나는 풍산금속에서 파업을 주도하다 구속되고 해고되었다고 했다. 당시 풍산금속 회장의 동생인 부회장이 회장을 대신해 경영의 전면에 나서 노동조합에 대한 강경 대응을 주도했다. 내가 형기를 마치고 출소하자 함께 해고된 후배를 통해 부회장으로부터 가끔 만나자는 연락이 왔다. 나는 만날 이유가 없다고 거절하다가 회장의 부고 이후 연락을 받고 음식점에서 한번 만난 적이 있다. 부회장은 자신이 나를 구속하게 만들었다며 매우 미안하다고 했다. 노동조합만 아니었다면 나를 회사에 중용할 생각이었다며 아쉽다고도 했다. 이런저런 이야기를 나누던 중 부회장은 운동권 인사들에 대한 비평을 했다. 대부분의 인사들에 대해 혹평을 가했다. 혹평의 주된 내용은 다수의 인사들이 기회가 오면 사익을 챙기더라는 것이었다. 이익 앞에서 아첨하고 꼬리를 흔드는 자를 쓰레기라고 했다. 그런데 예외적으로 두 사람을 거론하며 자신이 진심으로 존경한다고 했다. 그중 한 분이 바로 백 선생님이셨다. 자신은 백 선생님께서 사사로이 이익을 취하는 것을 본 적이 없다고 했다. 명분 없이 받지 아니하고 어떤 이유로 받는다고 하더라도 언제나 이를 공개하고 투명하게 관리하게 하더라는 것이었다. 자본가들도 선생님의 공명정대함을 인정하고 있었던 것이다.

그리고 다시 선생님을 만난 것은 쌍용자동차 정리해고 노동자들이 2012년 대한문 앞에 정리해고 후유증으로 자살한 동료들의 분향소를 차리고 해고자 복직 투쟁을 시작하면서부터다. 나는 당시 민변 노동위원장으로 '쌍용차 희생자 추모와 해고자 복직을 위한 범국민대책위원회'의 공동집행위원장을 맡고 있었다. 선생님은 쌍용차 집회나 기자회견 등이 있는 날이면 어김없이 참석하셨다. 언제나 두루마기나 한복 차림으로 오셨다. 고문 후유증으로 성치 않은 몸임에도 가두 행진이 있는 날이면 걸음이 허락하는 데까지 늘 앞서서 함께 걸으셨다.

대한문 앞 쌍용차 분향소 싸움이 여론의 주목을 받기 시작하자 박근혜 정권은 중구청 공무원들과 용역들을 앞세워 분향소를 철거함과 동시에 분향소 천막이 있던 인도 위에 커다란 화단을 설치했다. 그리고 경찰은 인도 위의 화단을 보호한다는 명목으로 24시간 경비 병력을 투입해 대한문 화단 앞에서의 모든 집회와 시위를 금지하려 했다. 서울남대문경찰서는 대한문 화단 앞 집회신고에 대해 금지 통고를 내렸고 1인 시위도 못하게 방해했다. 법적 근거도 없이 대한문 화단 앞 공간을 집회금지구역처럼 운용했다. 당시 나는 민변 노동위원장으로서 아무런 법적 근거도 없이 경찰의 자의적인 판단으로 대한문 화단 앞 공간을 집회금지구역으로 만들고 운용하는 행태를 묵과할 수 없었다. 2013년 7월, 민변노동위원회 이름으로 대한문 화단 앞 공간에 집회신고를 하자 서울남대문경찰서는 그 장소에서의 집회 및 시위를 제한한다는 통고를 보내왔다. 경찰은 대한문 화단을 지킨다는 이유로 화단 경계 앞에 경비 병력들을 질서유지선이라며 신고된 집회 장소를 침범해 도열시켰다. 신고된 집회 장소를 침범한 경찰을 두고 집회를 진행할 수는 없었다. 나는 집회 주최자로서 경찰이 집회 장소를 침범한 것은 집회를 방해하는 것이므로 경찰에게 즉시 신고된 집회 장소 밖으로 나가 줄 것을 요구했다. 그러나 서울남대문경찰서 경비과장은 어림 반 푼도 없다는 태도로 우리를 비웃었고 경비 병력을 철수시키지 않았다. 나는 집회 참가자들에게 내가 모든 책임을 질 것이니 집회 장소 안에 들어와 있는 경비 병력들을 모두 밀어낼 것을 요청하고 함께 몸싸움을 벌였다. 옷이 벗겨지고 찢어지고 몰골이 엉망이 됐다.

선생님은 싸움이 끝날 때까지 그 자리를 뜨지 않으셨다. 그리고 옷이 찢겨진 나를 안쓰러운 눈으로 바라보며 "권 변호사 오늘 정말 고생 많았어. 그래 그렇게 싸우는 거야", "언제 내가 밥 한번 살 터이니 시간 좀 내줘"라고 격려해 주셨다. 그 후 백 선생님은 나를 보면 "우리 변호사 오시는가?"라며 반갑게 맞아 주셨다. 그 말이 그렇게 살갑게 느껴질 수가 없었다. 채원희 씨는 백 선생님이 아무에게나 '우리 변호사'라고 부르지 않는다고 했다. 처음 들어 본다고 했던 것도 같다.

이 당시 선생님은 쌍용자동차 정리해고 반대투쟁은 물론 노동자들의 집회나 투쟁, 특히 비정규직 투쟁에는 빠짐없이 참여하셨다. 노동자·농민·빈민들의 투쟁에도, 반미 반제국주의 통일 투쟁에도 선생님이 필요한 곳이면 어디든 가시고 또 제안하셨다. 광폭 행보를 멈추지 않으셨다. 자본가와 권력, 그리고 외세를 향해 꾸짖는 소리는 천둥과 같았다. 그는 민중운동가요, 통일운동가요, 민중의 벗이자 지도자였다. 아니 선생님은 이 세상을 민중이 주인 되는 세상으로 개벽하고자 열망했던 진정한 불쌈꾼(혁명가)이셨다.

선생님은 박근혜가 대통령에 당선되자 독재자 아버지의 후광으로 제2의 유신정권이 들어섰다며 개탄을 금치 못하셨다. 2016년 11월 박근혜 퇴진 촛불 행동이 시작되자 선생님은 불편한 몸을 이끌고 한 번도 빠짐없이 촛불집회 앞자리에 자리를 지키셨다. 집회에 나오시는 날에는 화장실 가는 문제 때문에 아예 몇 시간 전부터 물조차 드시지 않았다고 한다.

선생님은 자본가와 권력자들에게는 불같고 무서운 분이지만, 개인적으로 만나면 매우 따뜻한 분이셨다. 선생님은 내게 밥 한번 사겠다고 한 약속을 잊지 않으셨다. '부인과 함께 꼭 들러라'고 해서 나는 새해 초에 집사람과 대학로에 위치한 통일문제연구소를 찾은 적이 있다. 큰절로 인사를 드리려 하니 사양하다 못내 인사를 받으시고 공평하게 만 원짜리 지폐 한 장씩을 나눠주셨다. 그리고 당신이 자주 가는 식당이라며 원희 씨의 부축을 받으며 앞장서 가까운 식당으로 안내해 가셨다. 선생님께서는 아내에게 술 한 잔을 따라 주며 "이런 남편 만나 고생이 많지요. 내가 그런 사람이니 누구보다 잘 알고 있어요"라며 위안을 건네 주셨다. 그리고 내게는 "권 변호사는 부인에게 잘해야겠어"라며 웃으셨다. 나는 그 따뜻함을 아직도 잊지 못한다.

대통령 박근혜가 탄핵되고 난 후, 나는 용산철거민 화재참사의 주범인 김석기 전 서울경찰청장이 2018년 제20대 총선 때 자신의 고향인 경주에서 국회의원에 출마한다는 소식을 접했다. 그를 낙선시키겠다는 목표로 경주에서 출마할 마음을 먹고 경주로 내려갈 결심을 굳혔다. 선생님을 찾아뵙고 김석기를 잡으러 경주에 내려간다고 말씀을 드렸다. 그러자 선생님은 "권 변호사, 경주는 무슨, 김석기 한 사람 잡는다고 뭐가 달라져. 당신 같은 사람은 서울에 남아서 혁명을 해야지"라며 반대를 하셨다. 나는 선생님의 반대에도 끝내 현실 정치에 도전하겠다는 고집을 꺾지 않고 2017년 6월 경주로 내려갔다. 경주에서 2018년 4월 무소속 후보로, 2020년 4월 정의당 후보로 두 번의 총선에 출마했지만 김석기 후보의 당선을 저지하는 데 실패했다.

내가 경주에 내려가 있는 기간에 선생님께서는 몇 차례 입원과 퇴원을 반복하셨다는 소식을 접했다. 그리고 2020년 연말쯤 선생님께서 위독해 다시 서울대병원에 입원하셨다는 소식을 전해 들었다. 2021년 새해가 시작되었을 때 문안 인사를 드리러 갈 생각으로 병문안이 가능한지 타진했으나 코로나19 방역 지침 때문에 가족 외에는 병문안이 불가하다는 이야기를 들었다. 새해 2월 15일 선생님은 영영 돌아올 수 없는 길을 떠나셨다. 결국 선생님께 경주로 내려간다며 인사를 하러 간 것이 나에게는 선생님과의 마지막 작별 인사가 되고 말았다. 통탄을 금할 길이 없다. "우리 변호사 오시는가?"라고 웃어 주시던 모습이 지금도 눈에

2013년, 대한문 앞, 민변 변호사들이 주최한 '집회허가제 화가 난다' 집회에서 ⓒ채원희

선한데 만날 길이 없음이 너무도 애달프다. 너무도 소중한 한 어른을 잃었다.

나는 2020년 하반기부터 정의당 노동본부장에 임명되어 다시 경주와 서울을 오가며 활동을 재개했고, 2021년 5월 노동본부장 임기가 끝난 후에도 서울에서의 활동이 많아졌다. 결국 나의 활동 무대는 다시 서울이 되었다. 올해 '파리바게뜨 노동자 힘내라 공동행동' 활동으로 전태일 노동상 단체상을 수상하게 되어 지난 11월 13일 마석 모란공원을 찾았다. 전태일 열사 바로 옆에 낮고 둥글게 자리 잡은 '백기완 묻엄'을 보자 새삼 그리움이 몰려왔다. 선생님께 삼배를 올리고 무릎을 꿇었다. "권 변호사, 당신은 서울에 남아 혁명을 해야지"라는 소리가 귓전을 스쳐갔다. 선생님이 그리던 세상은 나와 너 차별 없이 함께 땀 흘리고 일하며 함께 올바르게 잘사는 '노나메기 벗나래(세상)'다. 대동 세상이다. 당장 혁명은 못할지라도 일하는 사람을 갈라 차별하고 부를 독식해 불평등을 갈수록 심화시키는 자본가 세상에 맞서 싸워야 하지 않겠는가? 선생님의 2주기를 맞아 "노동자는 하나로 단결하여 깡다구로 싸우는 거야"라며 불호령을 내릴 것 같은 선생님을 다시 기억한다.

이봐! 기죽지 말고 배짱을 가져.
당당하게 자신 있게 살어!

고진수—세종호텔 노동조합 지부장

"이봐! 걱정할 거 없어! 배짱 있게 행동해! 그놈들 아무것도 아니야!"

선생님께 처음 인사드리러 갔을 때 눈을 마주치며 내게 해 주신 말씀이다. 파업을 하고 투쟁을 하고 연대를 느끼고 노동자의 눈으로 세상을 보기 시작하며 거리에서 투쟁의 현장에서 늘 백기완 선생님을 뵈었다. 흰색 두루마기를 휘날리며 호통을 치시는 모습은 단번에 머릿속에 또렷이 박혔고, 먼발치에서만 뵙다가 처음 인사를 드리러 갔을 때는 두근거리고 설렜던 기억이 난다. 그리고 해마다 새해에 인사를 드리러 가는 것은 여전히 설레는 일정이었고, 어릴 적 세뱃돈을 기다리는 느낌처럼 해 주시는 덕담들은 한 해 동안 자신 있게 운동할 수 있는 보약이었다.

"태산과 같다"는 말이 가장 잘 어울렸던 선생님! 인사를 드리러 가는 일을 매번 설레게 만들어 주셨던 선생님! 그런 선생님으로부터 언제든 호명을 받는 것이 소망이었는데 이제 안 되는구나 생각하니 아쉬운 마음이 더 커진다.

세종호텔 투쟁이 길어지면서 투쟁의 현장에 선생님을 모시자는 요청이 잦아지고 그때마다 단번에 오셔서 해 주셨던 말씀이 있다. 호텔이라는 명칭은 쓰지 않으시고 항상 여관이라 일컬으셨던 것이 기억난다. 세종이란 이름으로 여관 사업을 하는 놈들이 이렇게 노동자들에게 폭력을 행사하면서 무슨 교육 사업까지 넘보느냐고 호통을 치셨다. 선생님께서는 오랜 기억을 불러내어 젊은 시절에 세종호텔에서 맞선을 보셨다는 경험을 들려주시기도 했다. 선생님으로부터 잘 들을 수 없던 내용의 경험담이었고 그 장소가 세종호텔이었다니 인연이라 불러도 그리 억지는 아닐 터이다. 그렇게 세종호텔 노동자들도 힘든 시기를 지나거나 힘 받는 시점이 필요할 때마다 선생님께 요청을 드리면 해 주시는 말씀들이 죽비처럼 와닿았고 버텨 내는 힘이 되었다.

투쟁을 승리하고 내 일터에서 손수 만든 음식을 선생님께 꼭 근사하게 대접해 드리겠다는 약속도 끝내 지키지 못했다. 하지만 선생님의 말씀들은 여전히 살아서 곳곳에서 우리를 채근하고 있고 싸움은 여전히 진행 중이다. 부끄럽지 않게 살아가야 하는데 선생님이 계셨다면 호통을 치시며 이렇게 말씀하실 것 같다. "이봐! 뭐 하는 거야? 자신감을 가져! 배짱을 가지고 물러서지 말고 당당하게 나가!" 같은 말이라도 선생님이 해 주시면 왠지 모를 자신감이 더 생기던 기억들이 지금의 순간에 더 간절해진다.

세종호텔은 대양학원이 사학재단을 운영하며 수익사업으로 하는 호텔 사업장이다. 10년 전 280여 명이 대부분 직접고용 정규직으로 일하던 일터가 이제 정규직은 고작 22명이 남았고, 외주 하청 노동자들을 포함해도 50명이 채 되지 않는다. 정상영업을 할 때는 어용노조를 만들어 상시적인 구조조정과 민주노조 탄압을 일삼더니, 코로나를 핑계로 100명이 넘는 노동자들을 내보내고 이도 모자라 눈엣가시인 민주노조를 뿌리 뽑으려고 12명에게 정리해고를 통보했다. 사학 비리로 두 차례 세종대학교 대양학원 재단이사에서 해임된 주명건은 재단의 수익사업체인 세종호텔을 사유화하기 위해 청춘을 바쳐 일해 온 노동자들을 헌신짝처럼 내버리는 일을 강행하고 있다. 민주노조가 가장 큰 걸림돌인 상황에서 코로나는 정리해고를 진행할 명분을 만들어 준 것이다.

작년 12월 10일자로 해고 당한 노동자들은 지금껏 거리에서 정리해고 철회하고 복직을 하기 위한 투쟁을 이어 나가고 있다. 10년 넘게 진행된 민주노조 사수투쟁은 내부 노동자들이 단결하지 못한 탓에 결국 어용노조에 소속되었던 노동자들도 대부분 구조조정을 당했고, 얼마 남지 않은 노동자들 중에서도 민주노조 조합원들만 정리해고를 당했다. 명백한 부당노동행위임에도 국가기관인 노동위원회는 정리해고가 정당하다는 판결을 두 번이나 내놓았다. 국제통화기금(IMF) 외환위기 극복을 핑계로 만들어진 정리해고법과 비정규직법은 지금까지 이어져 오면서 노동자들의 삶을 옥죄고 있다.

그런 와중에 거기 백기완 선생이 계셨다. 투쟁 사업장들이 모여 박근혜 대통령의 퇴진 공동투쟁을 시작할 때도 백기완 선생님이 격려해 주고 독려해 주셨다. 그 시기에 노동자들이 앞장서서 길을 열어야 한다고 하시고 투쟁을 선포하는 기자회견에도 함께해 주셨다. 그러나 박근혜 정권이 탄핵을 당할 즈음에 들어 노동자들의 목소리는 확장되지 못했다. 이에 투쟁 사업장은 정리해고, 비정규직 악법을 포함한 노동법의 전면 재개정을 요구하며 정부청사에서 농성에 돌입했다. 이때도 선생님이 한달음에 오셔서 힘을 실어 주셨다.

촛불의 거대한 민심을 민중들의 생존권을 지키는 현실적인 요구들로 바꾸고자 애쓰고 투쟁의 힘을 모으고자 단식과 고공농성까지 했지만, 백만이 넘는 촛불의 거대한 힘은 끝내 또 다른 보수 양당인 자유주의 정권으로 바뀌는 과정만 앞당기는 결과만 만들었다. 선생님은 좋아하는 민중가요의 대목이 "몰아쳐라 민중이여!"라고 하셨다. 그렇게 몰아치는 민중들이 광화문을 가득 메울 때 그 대오에 힘든 몸을 이끌고 매일 함께하셨던 선생님은 어떤 바람을 가지셨을까! 광화문에 나오실 때마다 자주 화장실에 가는 불편함을 감수하면서도 기어이 함께하면서 기대하셨던 바람이 무엇일지 자못 궁금하다. 세상은 쉽게 변하지 않지만 그럼에도 불구하고 당당하게 헤쳐 나가라고 하시지 않았을까?

지금 선생님은 없다. 지금도 투쟁의 현장들에 어김없이 나타나셔서 태산과 같은 무게의 말씀들을 해 주실 것만 같다. 그 정신과 말씀들은 살아서 우리들의 가슴에 요동치지만 이제 육성을 들을 수는 없다. 상상만으로도 모골이 송연해지는 지독한 고문의 상처에도 죽음을 두려워하지 않고 불의에 맞서는 선생님의 신념을 과연 조금이라도 가질 수 있을까? 선생님을 생각하면 그나마 권력을 가진 자들과 자본가들에게 그들이 두려워할 당당함과 배짱을 펼치고 싶은 마음에 자신감이 더 붙는 것 같아서 힘이 되고 위로가 된다. 생존을 위해 투쟁하는 다양한 민중들의 고난의 현장에 오랫동안 늘 함께해 오신 선생님의 발자취와 말씀들은 각각의 마음속에 각기 다른 형태로 힘의 원천이 될 것이다.

파업 이후 투쟁을 이어 가면서 늦게 선생님을 알게 되었고 10년 정도의 기간 동안 가까이에서 뵈면서 내 마음속에 태산의 모습으로 각인되어 있는 선생님은 노동자 민중들에게 미소를 지으실 때는 그 누구보다 인자하고 따뜻한 웃음을 주셨다. 때때로 지금 뭐 하고 있냐고 호통도 치시지만 그 또한 무거운 사랑의 느낌이었다. 선생님이 꿈꾸셨던 너도 잘살고 나도 잘살되 모두가 올바르게 잘살자는 노나메기 벗나래(세상)가 노동 해방 세상이리라. 혁명이 늪에 빠지면 예술이 앞장서라는 말씀으로 문화예술의 중요성도 일깨워 주셨고, 남북통일을 통해 평화가 오기를 한평생 염원하며 운동해 오시니 통일에 대해서도 관심을 놓지 않게 하셨다. 평화통일도, 노나메기 벗나래도 꿈꾸는 자들이 포기하지 않는 한 이루어질 것이다. 관건은 자본가보다 얼마나 더 간절하고 치열하게 싸울 것이냐이다. 그 투쟁의 길에서 선생님의 말씀이 또다시 가슴에 새겨진다.

"이봐! 기죽지 말고 배짱을 가져. 당당하게 자신 있게 살어!"

존재만으로도 투쟁하는 노동자에게
힘이셨던 선생님!

김소연 ─비정규노동자의집 꿀잠 운영위원장

처음 접한 백기완

백기완 선생님을 처음 알게 된 것은 1987년 겨울이다. 당시 고등학교 2학년이었던 나는 학원 비리에 맞서 싸우고 있었다. 소위 '사립학교민주화투쟁'이다. 학교가 수업을 충실히 하지 않아 학생들은 여러 방송프로그램의 방청객처럼 수업 시간을 허비하였다. 더 나아가 학교는 수학여행비, 동문들이 준 장학금을 떼먹었다. 당시 12월 첫 직선제 대통령선거가 있었는데, 사람들에게 학교 싸움을 알리고 투쟁 기금을 모으기 위해 대통령 후보들의 유세장을 찾았다. 유세장에 다녀온 친구들이 백기완 후보 유세장이 제일 분위기가 좋고 응원을 많이 받았다고 했다. 함께 싸웠던 선생님 한 분은 백기완 후보가 당선되면 우리 학교 문제도 해결

될 수 있다고 했다. 그렇게 '백기완'이라는 이름을 알게 되었고 그때부터 나와 친구들에겐 '우리 편 백기완'으로 인식됐지만, 먼발치에서나 가끔 뵐 수 있는 어른이었다.

기룡 투쟁 속에서 만난 백기완

그러다 불쑥 백기완 선생님이 아주 가까이 우리 곁에 서 있었음을 알게 되었다. 선생님을 가까이에서 뵌 것은 기룡전자분회 1,000일 투쟁 때다. 비정규직이라는 이유로 특근하고 퇴근하는 길에 문자 한 통으로 해고되고, 정규직 절반의 임금을 받고, 부모님이 돌아가셔도 정규직 경조 휴가의 딱 절반만 유급으로 인정되는 비인간적인 처우를 받으며 기룡전자에서 일했다. 정규직도 행복하지는 않았다. 생산직 노동자 300명 중 정규직은 50명도 채되지 않았다. 회사는 영원한 정규직은 없다며 시키는 대로 하라고 겁박했고, 출산휴가조차 제대로 가지 못하게 했다. 이러한 상황에서 회사의 부당함에 맞서 정규직과 비정규직이 함께 2005년 7월 5일 노동조합을 결성하고 '해고'만은 막아 보자고 했다. 하지만 회사는 더 많은 노동자를 '계약 해지'라는 이름으로 해고했다. 해고를 막기 위해 어쩔 수 없이 8월 24일 생산 현장 점거 파업농성에 돌입했고, '해고 중단', '불법파견 중지 정규직 전환', '대표이사 성실교섭'을 요구했다. 회사가 해고 중단을 먼저 약속하면 업무에 복귀해서 교섭을 통해 문제를 해결해 나가자고 했지만, 회사는 해고 중단을 할 수 없다고 했다. 대부분 여성 노동자인 조합원들이 24시간 농성장을 지키며 투쟁했다. 회사는 용역 깡패를 고용하고 정규직 남성들로 구사대를 조직해 일거수일

투족을 감시하고 폭력을 행사했다. 54억 손해배상 청구와 업무방해 고소로 조합원이 유치장에 수감되는 상황이 발생하기도 했다. 그러다 급기야 55일 만에 공권력이 투입되어 경찰에 끌려 나와 2명이 구속되었다. 공장 앞에 천막 농성장을 설치하고 해 보지 않은 투쟁이 없을 만큼 다양한 투쟁을 벌였다.

1,000일 가까운 시간을 싸우다 1,000일 전의 현장으로 돌아가자는 절박함으로 2008년 삭발, 서울시청 광장 고공 농성과 구로역 CCTV 탑 고공 농성, 전 조합원 무기한 단식 농성으로 이어지는 치열한 투쟁을 벌였다. 백기완 선생님과 이소선 어머니, 시민사회단체들이 함께해 주셨다. 이때 백기완 선생님을 직접 만났다.

공권력 침탈이 예상될 때도, 용역 깡패들과 구사대가 폭력을 행사하려 할 때도, 이른 아침부터 저녁까지 지켜 주셨다. 경비실 옥상에서 함께 단식했던 유홍희 동지가 심장 통증을 느꼈다. "폐에 물이 차는 것 같다. 혹여 쓰러질 경우 10분 내로 병원으로 이송하지 못하면 목숨이 위험할 수도 있다"라는 의사의 소견에 유홍희 동지가 어쩔 수 없이 단식 농성 67일째 되던 날 119 구급대의 도움을 받아 들것에 실려 경비실 옥상에서 내려왔을 때 선생님께서 손을 꼭 잡아 주셨다. 억울하고 서러운 마음 가득했는데 선생님의 따뜻한 손을 접하니 참고 참았던 서러움인지 고마움인지 뜨거운 눈물이 걷잡을 수 없이 흘렀다. 그 눈물이 지금도 잊히지 않는다. 하지만 회사의 문제 해결 의사가 없는 상태에서 단식을 중단할 수 없어 3일 만에 다시 농성장으로 돌아와 단식을 이어 갔고, 94일째 되던 날 결국 병원으로 실려 갔다.

문제 해결 없이 또다시 지난한 시간을 보내야 했다. 일상 투쟁을 지키며, 기륭 문제 해결과 함께 비정규직의 법적 근거인 파견법을 철폐하자고 호소했다. 그러면서 언제부턴가 명절 즈음에 동대문 한울삶의 이소선 어머니와 백기완 선생님을 뵈러 갔다. 그때마다 환하고 온화하게 맞이해 주셨다. 그러면서도 "기죽지 말고 두 눈깔 똑바로 뜨고 고개 뻣뻣이 들고 싸워. 알겠어?"라고 하셨다. 기죽은 적 별로 없는 기륭 투쟁이지만 기죽지 말라는 말이 참으로 힘이 되었던 때다.

2010년 끈질기게 버티고 싸우던 어느 날 기륭전자 부지를 개발하겠다고 포클레인이 밀고 들어와 포클레인 바퀴 밑으로 들어가고, 위에도 올라가 문제 해결 없이 공사할 수 없다고 버티며 싸울 때, 여지없이 선생님은 노구를 이끌고 와 우리를 지켜 주셨다. 그리고 그 힘으로 2010년 11월 1일 투쟁한 지 1,895일 만에 기륭전자 정규직으로 복직하는 합의를 끌어냈다. 하지만 2013년 12월 회사는 야반도주를 했고, 우리는 또다시 싸워야 했다. 도망간 사무실을 지키며 1년여의 철야농성을 하고, 2014년 12월 22일 사회적 투쟁으로 전환하는 투쟁을 선포했다. "좋은 노예제도가 없듯 좋은 비정규직은 없다. 우리가 6년을 싸워 합의했지만, 합의가 제대로 이행되지 않아 또다시 싸울 수밖에 없는 것은 결국 비정규직, 정리해고 법 제도 때문이다. 잘못된 법을 폐기하라고 사회적 목소리를 내야 한다"라고 밝히고, 비정규직·정리해고 법 제도 폐기를 요구하며 4박 5일간 기륭 농성장에서 청와대까지 오체투지 행진을 했다. 12월 26일 마지막 날 광화문 광장 세종대왕 동상 앞에서 여기서부터는 오체투지로 갈 수 없다며 경찰이 방패로 가로막았다. 경찰 다리 사이를 파고들며 어떻게든 반보라도 앞으로 나아가려 했다. 우리는 오체투지로 행진해 왔기 때문에 걸어서 갈 수 없다고 오체투지로 청와대에 갈 수 있게 해달라고 요구하며, 엎드린 채 일곱 시간을 버티며 싸웠다. 그때 선생님은 추운 날씨에도 함께 자리를 지켜 주시면서 잠깐만이라도 일어나라고, 너무 추우니 잠시라도 몸을 움직여야 한다고 애태우셨다. 선생님은 잠깐이라도 몸을 일으켜 몸이라도 데우라고 분회장 유흥희 동지에게 이야기 좀 하자며 일어나라고 했지만, "선생님, 저는 우리 동지들과의 약속 때문에 일어날 수 없어요"라며 끝까지 거부했다. 투쟁하는 젊은 노동자 중 대놓고 자기 말을 거부한 경우라며 "나는 동지가 아니냐?"며 두고두고 그때의 상황을 말씀하셨는데, 우스개로 말씀하셨지만 애정이 뚝뚝 묻어났다. 아마도 유흥희 동지의 결연한 모습에서 투쟁하는 노동자의 뚝심을 보신 듯하다.

선생님은 오체투지를 배밀이라고 부르라고 했다. "너희가 한 배밀이는 종교 행사가 아냐! 민중의 민란이야"라고 하셨다. 기륭전자분회에 이어 2차 행진을 기륭·쌍용자동차가 함께, 3차 행진을 기륭·쌍용자동차·통신 비정규직과 함께했는데, 경찰은 어떤 장애물에도 굴하지 않고 바닥을 온몸으로 기는 모습을 보면서 우리 노동자들의 오체투지 행진을 정말로 '민란'이라고 말하며 신고를 내주지 않으려고 했다. 2차 행진 때는 곳곳에서 경찰과 부딪치며 기었고, 세종문화회관 앞에서 경찰의 방패에 막혀 하룻밤을 꼬박 바닥에 엎드려 대치했다. 통일문제연구소에 가면 방문에 배밀이 행진 때 바닥에서 몸을 일으키는 사진이 담긴 기륭전자분회 주점 포스터가 붙어 있다. 시간이 한참 지난 포스터라 이제는 떼라고 했더니, 채원희 동지가 선생님께서 절대 떼지 말라고 했다며, 그 이유가 배밀이 행진 모습이 당찬 투쟁의 결기가 느껴져서라고 하셨단다. 그렇게 선생님은 늘 우리에게 힘을 주시며, "기륭전자분회는 해산하면 안 돼! 회사가 없어진다고 노동자 조직이 해산해서는 안 된다 이 말이야!" 호령하듯 말씀하시며 기륭전자분회로 뭉쳐서 생명 아닌 것에 맞서 싸워야 한다고 하셨다.

대선후보로 만난 백기완

나는 2012년에 상상하지 않았던 대선 투쟁을 하게 됐다. 신자유주의에 맞서 5년, 10년 투쟁했던 당사자들이, 투쟁하는 노동자들이 앞장서서 직접 정치를 해 보자고 의기투합했다. 보수 양당 체제로는 안 된다며 끝까지 완주하는 후보를 내서 선거 투쟁을 하자 결의하고 대선 투쟁을 하게 됐고, 후보로 나가게 됐다. 박근혜가 되면 안 된다는 위기감으로 많은 이들이 끝까지 완주하는 것에 대하여 문제를 제기하기도 했다. 이때도 선생님께선 "노동자는 세상의 주인인데, 말로만 하지 머릿속엔 없어. 주눅 들지 말고 배짱 있게 나가. 그리고 생명 아닌 것(자본)과 분명히 싸워. 김소연! 눈치 보지 말고, 하고 싶은 말 다해. 온몸으로 말해. 밥도 먹고 출세도 하고 싶고 그런데도 노동자 같아야 하는 소시민적 갈등에 빠진 노동자 민중과 김소연은 갈등할 수밖에 없어. 옛날 진보주의자들은 자기가 중심이며 주체라는 자부심으로 민중을 만났지만, 김소연은 목숨을 걸고 옳은 얘기해. 경제민주화니 하는 이런 얘기가 아닌 200년간 자본주의가 세상을 망쳤으니 세상을 뒤엎어야 한다는 말을 당당히 해"라고 하셨다. "세속적인 선거운동이 아닌 파격적인 선거운동을 해! 노동자 후보가 나왔으니 하고 싶은 이야기를 다 하고 비정규직을 강요하는 이 체제하고 싸워야 해."

그때 해 주신 말씀에 역시 우리 선생님이라며 큰 용기를 얻었다. '세상을 뒤엎는 노동자 대통령'으로 슬로건을 정하고, 선거운동이 아니라 선거 투쟁으로, 악수하러 다니는 선거가 아니라 노동자 민중 투쟁 현장에 함께했다. 삼성 앞에서 눈보라 맞으며, 현대차 용역에 가로막힐 때 경찰 벽을 넘기 위해 내던져지기도 하고, 강정 해군기지 공사가 24시간 진행될 때 하루라도 멈추게 하는 선거 투쟁을 벌였다.

선생님은 기륭뿐 아니라 투쟁하는 현장 곳곳을 누비며 함께해 주셨다. 절박한 투쟁에 늘 긴급하게 연락해 참석을 요청해도 거절 한번 하시지 않고 한걸음에 와 주셨다. 특히 2013년 기아차 화성공장 고 윤주형 비정규직 해고 노동자의 장례를 치르지 못하고 있을 때, 그것도 자본이 아니라 노동조합에 막혀 어려움을 겪고 있을 때 선생님께서 선뜻 나서 주셨다. 해고자로 장례를 치를 수 없다는 해고 노동자들의 요구였다. 선생님 덕분에 해고자 신분을 벗고 장례를 치를 수 있었다. 그때 백기완 선생님의 존재 자체의 고마움, 어른의 존재에 감사함이 너무도 컸다.

비정규노동자의집 '꿀잠'의 주춧돌을 놓아 준 백기완

기륭전자분회 투쟁이 마무리되어 가는 시점에 투쟁하는 노동자들이 흩어지지 않고 계속 활동할 수 있도록 하는 것이 필요하지 않겠냐는 고민에서 출발한 '언제든 밥 먹고, 잠자고, 투쟁 이야기를 나눌 수 있는 비정규노동자들의 집'을 지어 보자고 기륭전자 투쟁 10년 평가토론회 자리에서 투쟁하는 노동자의 연명으로 제안했다. 당사자 제안에서 시민사회 제안으로 확대되었고, 제일 먼저 선생님과 문정현 신부님이 나서 주셨다. 기금 마련을 위해 선생님의 붓글씨, 문정현 신부님의 새김판(서각)을 '두 어른'이라는 이름으로 전시를 열고 수익금 전액은 비정규노동자의집 '꿀잠'의 주춧돌이 되었다. 두 어른의 전시를 준비하며 나눈 대담이 단행본으로 출간되었고, 역시 인세 전액이 주춧돌이 되었다.

이렇게 시작한 비정규노동자의집 꿀잠은 2016년 6월 사단법인 창립총회를 하고, 2017년 4월에 건축물 개조(리모델링) 공사 착공식을 하고, 2017년 8월 19일에 문을 열었다. 선생님은 꿀잠의 매 순간 함께해 주셨고, 문을 연 날에 '노동자의 혁명적 거점'이 되라는 글귀를 적어 주셨다.

2022년은 꿀잠 개관 5주년이었다. 작년 8월 20일에 꿀잠을 함께 짓고 이용하고 운영하는 이들이 한자리에 모여 한바탕 놀며 서로의 소감과 투쟁 이야기를 나눴다. 선생님이 계셨다면 한걸음에 오셔서 꿀잠 운영진과 투쟁하는 노동자들, 산재 피해 유가족 등 투쟁하는 이들에게 큰 힘을 주셨을 터이다. 그리고 11월 1일엔 지난 5년간의 활동을 집약해 보고 앞으로의 5년을 조망하는 시간을 가졌다. 과연 꿀잠은 선생님의 바람대로 노동자의 혁명적 거점이 되고 있을까!

선생님과의 인연을 돌아보니, 우리가 잘했다고 스스로 칭찬

할 만한 일이 하나 생각난다. 기륭 자본이 야반도주한 허망한 공간을 지키고 있을 때 '스승의 날'을 맞아 비정규직 투쟁의 스승은 백기완 선생이라며 농성장에서 잔치를 벌인 적이 있다. 스승은 무슨? 뭘 정해 놓고 하는 형식도 마땅치 않다고 하셨지만, 다만 하루라도 선생님께 우리들의 고마움을 전하는 자리는 환하고 따뜻해 마음이 참 좋았다. 선생님께 여쭤보지는 않았지만, 선생님이 투쟁해 왔던 길을 돌아보는 영상은 선생님보다 투쟁하는 노동자들이 더 위안 받고 힘이 되었던 기억이 있다.

선생님과 투쟁의 동지로 만난 것은 십 수 년이었지만, 언제나 선생님은 투쟁하는 노동자의 가장 든든한 의지처이자 뒷배이셨다. "기죽지 말고, 두 눈깔 똑바로 뜨고 고개 빳빳이 들고 생명 아닌 것과 싸워야 한다. 딱 한발 떼기에 목숨을 걸고 나도 잘살고 너도 잘살되 올바로 잘사는 노나메기 벗나래(세상)를 만들어야 한다"라는 말씀은 우리에게 가장 큰 격려이자 위로이자 구호였다. 존재 자체로 힘이셨던 귀한 우리 선생님! 선생님의 말과 삶을 잊지 않고 뚜벅뚜벅 걸어 나가겠다는 다짐을 해 본다.

기억하고 실천하는 한
영원히 우리 곁에 남아 계신다

이향춘―민주노총 공공운수노조 의료연대본부 본부장

백기완 선생님은 바위 같은 존재였다. 강하고 단단하게 노동자들의 곁에 늘 함께하셨다. 호탕한 웃음으로, 사자후로, 때로는 호통을 치면서 잘 싸워야 한다고 당부하셨다. 정권이 바뀌고, 동지였던 사람들이 곁을 떠나고, 숱한 바람의 흔들림에도 선생님은 맨 앞에 앉아 계셨다. 경찰과 대치 상황에서도 선생님이 앞장서서 나섰기 때문에 뒤에 있는 우리는 앞으로, 앞으로 두려움 없이 나아갈 수 있었다. 죽도록 싸우는 노동자들의 아픔을 알아주고 보듬어 주고 열사들의 죽음에 피 울음을 쏟아 내며 남아 있는 자들이 싸워야 한다고 하셨다. 우리 노동자들에게는 언제나 든든한 방패막이 되었고 두려움 없게 만들어 준 존재였다.

서울대병원 노동조합과 선생님의 인연은 매우 깊다. 통일문제연구소가 혜화동에 있고, 선생님께선 서울대병원에서 진료를 받는 환자였으며, 이곳에서 생의 마지막을 보내셨다. 무엇보다도 서울대병원 투쟁에 언제나 한걸음으로 달려오셨다. '이 할애비가'로 시작한 연설은 투쟁하는 조합원들에게 힘을 주고, 살아온 역사를, 우리말의 소중함을 알게 해 주셨다. 어느 날은 외래진료를 보러 오시다가 집회를 하고 있는 우리에게 불끈 주먹 쥔 손을 흔들면서 잘하라고 웃어 주셨다. 투쟁하는 노동자들을 그냥 지나치지 않으셨다. "서울대병원 노조가 잘해야 해!"하며 우렁찬 목소리로 도포 자락 휘날리며 말씀하셨다.

지금도 들려오는 듯하다. "힘들지? 잘하고 있지? 잘해야 해. 이 할애비가 함께하고 있어." 20대의 조합원과 60대의 조합원들에게도 벽이 없는 분이셨다. 잔잔한 이야기꾼처럼 말씀을 시작하다가 서울대병원 로비가 쩌렁쩌렁하게 울리도록 선동하면 모두가 함성과 박수로 화답했다. 지나가는 환자와 보호자들도 노령에도 한 치의 흐트러짐 없이 말씀하시는 선생님의 얘기를 가만히 서서 듣다가 박수를 치거나 인사를 하고 가기도 했다. 서울대병원 노동조합의 파업이 장기화되어 조합원들이 불안하고 두려워할 때 "동트기 전 새벽이 가장 어둡다"며 위로와 희망을 주기도 했다.

1987년 설립한 서울대병원 노동조합 30년의 역사는 백기완 선생님이 강조했던 '모두가 잘사는 세상'을 만들기 위한 시간이었다. 서울대병원이 일관되게 투쟁해 왔던 비정규직 정규직화와 차별 철폐, 의료 공공성 강화는 노동자와 환자의 안전을 위한 투쟁이었고 국민 건강권을 지키기 위한 투쟁이었다.

다양한 직종, 서로 다른 요구, 각자가 보는 위치에 따라 핵심 사안이 다른 병원 사업장에서 협업하지 않고는 환자의 생명이 위험에 빠질 수 있다. 환자가 질병으로 진단→수술→치료→회복의 과정을 거치기까지 의사와 간호사, 방사선사, 임상병리사, 청소·시설·간병 노동자가 유기적으로 협업하지 않으면 치료가 지연되거나 회복되지 않고 악화될 수 있다. 그래서 정규직, 비정규직, 특수고용 노동자가 각자의 위치에서 각자의 업무를 원활하게 할 수 있는 노동환경을 만드는 것이 매우 중요하다.

'국민의 생명·안전과 밀접한 상시·지속적 업무'는 정규직 일자리여야 하고, 비정규직 증가는 의료서비스의 질 저하와 환자의 안전에 위협을 준다고 국민들에게 알렸다. 다른 한편으로는 정규직 노동자들에게 비정규직 차별 철폐와 정규직화가 왜 중요하고 필요한지, '모두가 잘살기 위한 길'인지 현장 구석구석을 다니며 설득하고 조직했다. 초기에는 비정규직 노동자들의 처우 개선을 임단협에서 요구하는 것으로 시작하다가 정규직 노동자들이 병원 내 하청 노동자들을 직접 조직하는 것으로 발전시켰다. 현장을 돌며 비정규직 당사자들을 조직하고 교육하면서 투쟁의 주체로 세웠다. 정규직 노동자들이 비정규직 정규직화를 위해 파업을 하고, 원하청 노동자들이 공동의 요구를 걸고 공동 파업 투쟁도 했다. 20년 동안 비정규직 차별 철폐와 정규직화를 위해 투쟁을 멈추지 않고 지속적으로 했기 때문에 2018년 마침내 비정규직의 정규직화 합의를 이루어 낼 수 있었다.

호텔보다 비싼 병실료를 인하하고, 다인용 병상을 확보하고, 영리법인을 도입하는 것을 금지하고, 환자 제공 식사에 우리 농축산물을 사용하도록 하고 유전자 변형 농산물을 금지시켰다. 더 나아가 환자 식사의 보험 적용, 저소득층 환자의 진료비 경감, 기후 위기 대응, 어린이 환자 급식 직영화 등을 병원과 합의했다. 매년 임단협을 하면서 의료 공공성을 확보하는 요구안을 걸고 정부와 병원을 향해 투쟁했고, 의료민영화 저지 투쟁을 위해 파업을 하기도 했다. "의료는 상품이 아니다"라는 구호는 공공병원으로서의 서울대병원 역할과 국민 건강권을 책임져야 할 정부의 역할을 바로 세우기 위한 투쟁 의제였다. 노동조합으로서 노동권을 쟁취하기 위한 투쟁도 하지만 병원 노동자로서 의료 공공성을 확대하는 투쟁도 수행하는 것이 당연하다. 이런 투쟁의 정당성이 서울대병원 노동자들을 움직이게 하는 힘이고 자부심이기도 하다.

노동조합 활동을 하다 보면 능력 밖의 일과 부담감, 자신감 부족, 조합원을 설득하고 동의를 얻기까지의 과정이 너무 힘들어 지칠 때가 많다. 하지만 더 어려운 조건에서 묵묵히 힘든 투쟁의 길에 서 있는 동지들을 보면 부끄럽다. 명절에 '힘들지' 하며 토닥이고, 세뱃돈 만 원과 덕담을 주셨던 선생님이 떠오른다. 기죽지 말고 투쟁하라며 노동자들 곁을 든든하게 지켜 주시던 백기완 선생님이 계셨기에 매일매일 무너지려는 마음을 다시 잡고 일어설 수 있었다. 서울대병원 노동조합이 여러 고비를 넘어 강한 노조로 뚝심 있게 갈 수 있는 것도 많은 분들의 위로와 격려가 있었기에 가능했고, 그 속에 백기완 선생님과의 인연과 기억이 자리한다.

백기완 선생님은 권력에 호통을 치면서 거침없는 행보를 썩씩하게 치고 나간 이 시대의 어른이셨다. 참어른으로서 당신께서 직접 그 길을 보여 주셨다. 백기완 선생님의 부재는 노동자들에게는 깊은 고통이지만, 살아남은 자들이 기억하며 실천하는 한 영원히 우리 곁에 남아 계신 것임을 잊지 말고 살아야겠다.

아이들 일이니 절대 양보도, 타협도 해서는 안 된다

전인숙—4·16 세월호참사 단원고 고 임경빈 군의 어머니

최선을 다해서 즐겁고 행복하게 사는 게 인생이라고 생각했습니다. 삶을 살아가며 배우고 싸우며 틀리면 고치면서, 혼자 살아가는 세상이 아니라 가족들, 주변 사람들과 즐겁게 웃으며 행복하게 살아가는 게 전부라 생각했습니다. 그중에서도 아이들이 태어나 자라면서 서로를 챙겨 가며 생각해 주고 한 번 더 웃을 때마다 행복이 늘어 가던 엄마였습니다. 하고 싶은 것, 먹고 싶은 것, 보고 싶은 것, 입고 싶은 것, 뭐든 다 해 주고 싶어 평범하게 맞벌이도 하며 쉬는 날 여행도 다니며 참 즐겁게 또 행복하게 지냈습니다. 2014년 4월 16일을 겪기 전까지는.

세월호 참사가 일어나고 내 아이를 잃고 나서 그동안의 삶이 송두리째 바뀌었고, 살아 있어도 살아 있는 사람이 아닌 상태로

집이 아닌 거리에서 이야기를 들어 달라고 소리도 내 보고 싸워 보기도 했습니다. 가만히 있으면 다 들어주고 밝혀 주겠다던 정부는 늘 묵묵부답. 내 아이가 수학여행 길에서 돌아오기 위해서 당연히 구조 받아야 할 상황에 도대체 왜 구조 받지 못했는지 알고 싶다고 했지만 오로지 가만히 있으라는 대답들뿐이었습니다. 아무 소리도 들리지 않았고 아무도 눈에 들어오지 않았습니다. 상처가 되는 말을 거침없이 하는 수많은 사람들로 인해 정신 차리는 것조차도 쉽지 않았습니다.

그렇게 시간이 조금씩 지나가며 어느 날 정신이 들어 주위를 둘러보니 제 곁에서 부모인 저보다 더욱더 큰 울림, 아니 더욱 강한 목소리를 내주시는 선생님이 보이기 시작했고 목소리가 들렸습니다. 때로는 아무것도 모를 때가 있었고 두려울 때도 있었습니다. 그럴 땐 언제나 더 큰 목소리로, 더 큰 몸짓으로 앞으로 전진할 수 있는 힘을 주셨습니다. 세월호 일정이 있으면 언제나 제일 앞에 서 계셨던 선생님! 찾아뵙고 인사드릴 때 그 어떤 아버지 못지않은 따뜻한 마음과 웃음으로 세월호 부모들을 맞아 주시고, 반갑고 고마운 손님에게는 차가 아닌 막걸리를 내와야 하는 것이지 하시던 목소리가 평생 남아 있을 듯합니다.

함께 싸워야 할 곳에서 눈이 와도 비가 와도 외롭고 힘든 이들의 앞에서 늘 힘이 되어 주신 선생님! 따뜻한 미소를 머금고 힘내라고 잡아 주셨던 손, 앞장서서 주먹 불끈 쥐고 올려 주시는 모습은 어쩌면 더 큰 목소리를 낼 수 있게 용기를 주셨던 것 같습니다. 오래오래 저희 곁에 함께 계실 것이라고 생각했는데 벌써 선생님 떠나신 지 2주기가 다가오고 있습니다.

선생님께서 앞장서서 투쟁한 세상은 아직 변한 게 없습니다. 오히려 더 어수선해지고 노동자들이 일터에서 마음 놓고 안전하게 일할 수 없음은 사건 사고 소식만으로도 쉽게 짐작할 수 있습니다. 찬바람이 불어오니, 거리에서 차가워진 선생님 손에 제 주머니의 핫팩을 쥐어 드렸던 기억이 떠오릅니다. 제대로 일을 해야 하는 이들에게 호통을 쳐 주시던 모습도 함께.

"아이들 일이다. 절대 양보도, 타협도 해서는 안 된다"라던 선생님의 말씀을 기억합니다. 앞으로도 타협보단 진실을 찾고, 포기보단 아이들을 생각하며 더 열심히 헤쳐 나갈 것입니다. "아이들 생각하면 부모가 생각하는 게 맞다. …어떤 놈도 부모를 막을 수 없다"라고 하시던 말씀들 잊지 않겠습니다. 보이지 않는 어둠 속에서 등대의 환한 빛으로 길을 안내해 주셨던 선생님! 고맙습니다.

1할이 감옥에 갈 각오로 싸운다면
승리할 것이다

전호일—전국공무원노동조합 위원장

지난해 10월 말에 서울 한복판 이태원에서 정권의 무능과 무책임으로 159명의 소중한 생명을 떠나보내야 했습니다. 세월호 참사로 304명의 꽃 같은 생명이 진도 앞바다에서 스러진 지 불과 8년만의 일이었습니다. 노나메기 세상을 위해 한평생 헌신하신 선생님의 투쟁과 연대가 더욱 떠오르는 때입니다. 대학 시절 20대 때 먼발치에서 선생님의 포효하시는 연설을 들었던 기억이 있습니다. 저의 가슴을 더욱 뜨겁게 해 주셨습니다. 어느 집회에 초청 연사로 오신 선생님의 사자후를 토해 내신 연설은 지금까지 기억에 생생합니다.

　1990년대 군부독재의 서슬이 시퍼렇던 노태우 정권에 항거하며 분신과 투신이 있었고, 혹은 경찰 폭력으로 꽃다운 청춘들의 목숨이 짓밟히는 시절이었습니다. 선생님은 공안 통치의 고삐를 더욱 죄려는 불의한 노태우 정권에 분노한 학생들과 노동자들의 집회 현장에 오셔서 진보운동의 큰 어른 역할을 다하셨습니다. 당시 선생님께서는 설레는 저의 가슴속에 불쌈꾼(혁명가)의 씨앗을 심어 주셨습니다. 30년 전 청년의 가슴속 작은 씨앗이 50대인 현재 공무원노조라는 진보운동의 줄기와 잎으로 성장하였습니다.

해방 이후 파란만장했던 77년 대한민국 역사 속에서 공무원노조는 진보운동의 막내입니다. 공무원은 국가로부터 임금을 받고 노동력을 제공하는 사실상의 노동자입니다. 하지만 노동자, 농민, 빈민, 학생 등 민중들이 엄혹한 시절에 독재정권과 맞서 싸울 때 공무원은 정권의 하수인으로서 민중을 억압하는 세력이었습니다.

공무원노조가 출범하기 전까지 대한민국 역사에서 공무원이 민중과 연대해 투쟁한 때는 딱 한 번 있었습니다. 75년 전 제주4·3항쟁의 도화선이 된 총파업에 공무원이 참여한 적이 있습니다. 제주도청 공무원들과 경찰서 경찰관들이 '민주경찰 완전 확립을 위한 무장과 고문 즉시 폐지' 등 6개 요구조건을 내걸고 단체행동을 한 것입니다.

하지만 이후 독재정권은 국가공무원법 등 관련 법에 정치운동과 집단적 행동 금지규정을 새겨 넣어 공무원들의 손발에 족쇄를 채워 노예의 삶을 강요했습니다. 1987년 6월 항쟁으로 형식적 민주주의를 쟁취한 후 노동자들이 민주노조의 깃발을 올릴 때도 공무원은 참여하지 못했습니다.

공무원이 노동자라는 이름을 찾기까지 무려 55년의 세월이 걸렸습니다. 김대중 정권 출범 후 공무원직장협의회가 속속 들어섰지만 그 한계를 스스로 깨닫고 정권의 탄압을 뚫고 2002년 3월 23일에 창립을 하게 된 것입니다. 시기상조라며 정권이 쳐놓은 법의 울타리를 뛰어넘어 노동자 의식으로 다시 태어나 자력으로 노동자의 이름을 찾은 것입니다. 시키면 시키는 대로 하면서 불의한 정권과 함께 '역사의 죄인'이란 오명을 벗고 이제는 부정부패를 척결하고 공직사회개혁의 주체로서 노나메기 삶에 당당히 진입했습니다.

공무원노조 출범 이후 백기완 선생님과의 인연은 시작되었습니다. 선생님께서는 공무원에 안주하지 않고 공무원노조가 출범한 것을 누구보다도 반겨 주셨습니다. 2004년 11월 '공무원노조특별법 저지, 노동3권 쟁취'를 위한 공무원노조 총파업 당시 선생님께서는 인터뷰를 통해 "공무원노조만 혼자 싸우는 일이 있어선 안 된다. 떳떳하고 씩씩하게 서로 어깨 겯고 나간다면 어려운 문제는 돌파될 것"이라면서 "정정당당하게 시민들을 만나 싸움의 정당성을 호소해야 한다"라고 말씀하셨습니다.

또한 당시 공무원노조의 투쟁에 대해 노무현 정부가 계속 강경 기조로 나오는 것에 대해 "정부기관에서 일하는 사람들도 노동자라고 해야지. 한국 정부기관에서 일하는 일꾼들의 삶은 그야말로 처참하기 그지없다. 극악한 노예의 삶을 살아온 예는 전 세계 어디에도 없을 것이다"라고 우리의 투쟁을 옹호하시며 "노예 상태에서 벗어나고 해방되고자 공무원노조라는 것을 만들었는데 그렇다면 당연히 그 자유를 인정해야지 아니면 봉건시대의 악덕 지주, 왕도 정권의 지배자들의 착취와 무엇이 다른가?"라면서 공무원노조에 정당성을 부여해 주셨습니다.

투쟁 승리의 방법으로 "전국 공무원 노동자가 70만 명이라고 한다면 그중 1할, 7만 명이 싸우다 감옥에 갈 각오로 싸운다면 이번 싸움은 승리할 수 있다고 본다"면서 "정권에 봉사하는 일꾼이 될 것이냐 아니면 이 나라의 주인인 민중들에게 봉사하는 일꾼이 될 것이냐의 사이에서 분명한 태도를 가져야 한다. 그러면 이 싸움에서 이길 수 있을 것이다"라고 하셨습니다.

이후 선생님께서는 2012년 10월 20일 잠실운동장에서 열린 5만이 집결한 조합원 총회에 참석하셔서 힘을 보태 주셨습니다. 2013년에 10년사(『공무원 노동운동사: 전국공무원노동조합 10년사』) 출판기념회 축하를 해 주시며 "공무원노조 여러분께서 진보, 정의, 양심을 위해 주먹을 쥐는 것은 많은 시간이 걸리지만, 주먹이 쥐어지는 순간 승리할 것"이라며 역사에 대한 관심과 투쟁을 멈추지 말 것을 강조하셨습니다.

박근혜 정권이 탄압의 칼날을 세웠을 당시 공무원노조 집행부가 2016년 새해 인사차 들렀을 때 선생님께서는 "노동운동이 힘들어진 상황이지만 오히려 이것이 기회일 수 있다. 공무원들이 노조를 만들었다는 것은 아주 획기적인 일이다. 노조에 가입한 공무원들, 그중에서도 전국공무원노동조합이 감옥에 갈 결기로 싸운다면 박근혜 정권을 거꾸러뜨릴 수 있을 것"이라며 "공무원노조가 두려움 없이 당당하고 자신감 있게 투쟁에 임하라"고 격려하신 바 있습니다. 공무원노조는 그해 11월 민중총궐기를 포함한 촛불집회에 적극 참여해 결국 불의한 정권을 끌어내린 바 있습니다.

또한 10년 동안 설립신고 쟁취를 위해 법외노조로 투쟁해 온 우리에게 힘을 보태 주셨습니다. 선생님께서는 불편하신 몸으로도 '공무원노조·전교조 법외노조 취소 촉구 시민사회 원로 기자회견'을 직접 주도하셨습니다. 결국 2018년 3월에 설립신고를 쟁취하였습니다. 다른 시민사회단체, 노동단체 등 모든 민중세력에 힘을 주셨듯 진보세력의 막내인 공무원노조 20년 역사에도 힘을 불어넣어 주시며 함께해 오셨습니다.

공무원노조는 창립 당시 부정부패 척결 공직사회의 강령을 실천하기 위해 20년 동안 조합원 단결과 연대의 고삐를 놓지 않고 있습니다. 고위 관료, 재벌·보수 정치세력이 만들어 놓고 정치 교체를 해 가며 공고해진 그들의 기득권을 지키기 위하여 77년의 역사 속에 민중들의 요구를 외면하고 억압해 왔습니다. 20년 전 공무원노조 출범은 정권의 노예 상태를 벗어나 억압 받는 민중들과 함께 싸우면서 너도 일하고 나도 일하고 그리하여 너도 잘살고 열심히 일하는 사람이 잘사는 노나메기 세상을 꿈꾸자는 선언이었습니다. 공직에 입문하여 퇴직할 때까지 신분을 보장받아 소시민으로나마 살고자 하는 이익을 버리고 약자와 함께 잘살자고 하는 약속이었습니다. 2004년 민주노동당 지지선언, 총파업, 2009년 시국선언, 공적연금강화를 위한 총궐기, 민중 탄압을 자행하는 정권에 항거하는 등 약속 실천에 주저하지 않았습니다.

하지만 공무원노조는 아직까지 갈 길이 멀게만 느껴집니다. 우리나라가 세계 10대 경제 강국이라고 하지만, 여전히 후진국

공무원 수준의 권리조차도 없습니다. 진정한 노동자로서의 무기를 아직도 쟁취하지 못하였습니다. 다른 선진국들은 ILO 기본 협약에 맞게 공무원들에게 정치기본권과 노동기본권을 주고 있습니다. 기본 협약은 올 4월에 공식 발효가 되었지만 정부와 국회는 법 개정 등 후속 조치를 제대로 이행하지 않고 있습니다.

공무원의 정치적 자유는 아직 열악합니다. 정당 가입은 고사하고 정치인의 글에 '좋아요' 표현을 하면 징계와 처벌이 기다리고 있습니다. 선거에 입후보하려면 공직을 그만두어야 합니다. 유럽 선진국 공무원들은 휴직하고 선거에 나갔다 당선되는 것이 가능하고 임기 종료 후 복직할 수 있습니다. 우리나라의 공무원 노조 가입은 하위직으로 한정되어 있고 교섭 항목은 지극히 제한되어 있으며, 노동자의 최대 무기인 파업권은 아예 주어지지 않았습니다. 이 모두가 민중 세력이 싹을 틔우지 못하게 하려는 자본과 권력의 술수입니다.

공무원노조는 2020년 11월 공무원·교원 정치기본권 보장 관련 법률 개정 10만 입법 청원으로 국회에 촉구한 바 있습니다. 하지만 국회는 아직도 답을 주지 않고 있습니다. 또한 2022년 4월과 11월 공무원노조 총력투쟁결의대회를 통하여 노동3권 보장과 함께 정치기본권 보장을 재차 촉구하였으나 정치권과 정부는 답이 없습니다. 한국 노동자의 역사에서 공무원들이 정치 자유와 함께 노동3권을 쟁취하는 날이 오면 실질적 선진 민주주의가 비로소 실현될 것입니다. 불의한 정권의 잘못된 정책에 불복종할 수 있는 정치 행위와 쟁의 행위로 견제할 수 있게 됩니다. 민중 행정을 실현하기 위한 토대가 될 것입니다. 정권의 욕심을 따

라가는 정책인지 진정 민중을 위한 정책인지는 일선의 집행 공
무원 노동자가 잘 알고 있기 때문입니다.

고 백기완 선생님 별세 2주기를 맞아 불의한 군사독재 정부
와 싸운 정신, 노동자의 온전한 노동 해방을 위해 투쟁하고 분단
된 사회를 통일 세상으로 만들려 한 삶을 생각합니다. 공무원노
조는 선생님의 그 정신과 실천을 잘 이어 나갈 것입니다.

길목버선이 되어 준
우리 선생님

정승희―IBK기업은행 지점장, 전 한국노총 부대변인

나이 오십을 훌쩍 넘기고 나니 그사이 여럿이 떠났고, 그럴 때마다 뒤돌아본다. 그리고 오늘, 선생님을 비롯한 많은 분들의 헌신과 애씀에도 불구하고 여전한 현실은 왜일까? 어디서부터 무엇이 잘못된 걸까 자문해 본다. 우리는 그저 "너도 일하고 나도 일하고 너도 잘살고 나도 잘살되, 올바로 잘사는 세상을 세우자"는 지극히 인간적이고 어쩌면 당연한 바람을 가졌을 뿐인데 이 시대는 이조차도 꿈꿀 수 없는 것인지 안타깝다.

평범한 보통 시민인 나도 이런 마음인데, 격동의 한국 현대사에서 굵직한 사건의 주역으로 살아오며 한평생 고통과 고난을 감내해야 했던 선생님은 어떤 마음이셨을까. 늙고 병든 몸으로 마지막 가시던 길에 과연 어떤 생각을 하셨을까 되짚어 보게 된다. 물론 안타까운 마음에 나 혼자 하는 넋두리다. 여러 번의 투옥과 고문으로 만신창이가 된 몸조차 돌보지 않고 마지막 그 날까지 더 낮은 곳으로, 민중 속으로 나아가고자 했던 선생님은 "역사와 민중 앞에서 그런 '쩨쩨한 소리' 하지 말어!"라며 호통하셨을 거다.

선생님은 말씀하셨다. 태어나 보니 일본제국주의 식민지 치하였다고. 열세 살에 맞은 해방의 기쁨이 채 가시기도 전에 우리 민족은 또다시 제국주의 미국의 발아래 놓이게 되었다고. 패권을 둘러싼 열강의 세력 다툼에 휘말린 가족과 민족은 외세와 이승만 독재정권에 의해 분단을 맞았고, 전쟁과 분단 고착화라는 뼈아픈 상처를 입었다고. 그리고 박정희, 전두환, 노태우 군사독재정권의 탄생과 함께 반민주, 반민중의 수렁으로 빠져들었다고.

반민주, 반민중, 반통일의 시대를 살아 내야 했던 민중들에게 '저항' 말고 다른 선택지가 있기나 했을까. 청년 백기완은 분연히 떨쳐 일어났다. 선생님은 1960년 4·19혁명 이후 존경하는 선배 장준하 선생 등과 함께 재야 민주화운동의 선봉이 되었다. 1964년 한일협정반대운동(6·3항쟁), 1969년 삼선개헌반대투쟁, 1971년 유신헌법 반대 개헌청원 100만인 서명운동 등 반민주 독재정권에 맞서다 옥고를 치렀다.

석방 이후 다시 1978년 민족문학의 밤, 1979년 YWCA 위장결혼식 사건, 1986년 부천경찰서 성고문 진상 폭로대회를 주도하다 투옥되었다. 일제강점기 독립운동가들처럼 수감과 모진 고문을 반복해서 겪다 보니 가진 것은 알통밖에 없던 건장한 청년 백기완은 지금 내 나이, 오십 줄에 지팡이에 의지하는 신세가 되었다. 여기까지가 수없이 들었던 나와 만나기 전 선생님의 역사이다.

1987년에 선생님은 고문 후유증으로 건강이 악화되어 형 집행정지로 석방되자마자 6월항쟁의 거리에 나섰다. 박종철 열사, 이한열 열사의 억울한 죽음은 우리 모두를 저항의 거리로 불러냈다. 선생님은 1971년 이후 16년 만에 민중의 힘으로 쟁취한 1987년 제13대 직선제 대통령선거에 독자 민중후보로 추대되며 우리 세대와 만났다. 백기완이란 이름 석 자가 내 머릿속에 각인된 시기도 그해 겨울이었다. 선생님은 늘 "역사가 곧 자기 거울"이라고 말씀하셨는데 선생님이 살아 낸 투쟁의 역사가 추대의 배경이 되었다.

추대와 중도 사퇴까지 짧았던 유세 기간에 현장에는 "가자! 백기완과 함께, 민중의 시대로!"라는 선거 핵심 구호가 나부꼈고, 그 분위기만으로도 6월 민주항쟁 이후 한껏 부풀어 오른 우리들의 민중 의식을 고양시키기에 충분했다. 검정색 두루마기를 입고, 반백의 사자 갈기 같은 머리칼을 손가락으로 쓸어 넘기며 피를 토하듯 진실을 토해 내던 백기완 후보의 연설은 형언할 수 없는 마음가짐을 불러일으켰다.

야권 후보 단일화와 군부독재 종식을 촉구하며 1987년 대선에서 중도 사퇴했던 선생님은 5년 뒤인 1992년 또다시 독자 민중후보로 추대되어 대통령선거에 출마했다. 이번에는 끝까지 싸웠지만 득표율은 1% 수준이었다. 민중후보는 최선을 다했고 유권자는 깊은 인상을 받았지만, 득표율은 기대에 한참 미치지 못했다. 겨우 두 번째 선거. 유권자는 운동권의 실력, 재야의 수권

능력을 더 지켜보고자 한 것이다. 당시 나는 금융노조가 지금의 산업별 노조로 전환하기 이전의 기업별 노동조합 시절 기업은행 노조의 새내기 간부였다.

어느 곳에서든 맨 앞줄에서 당당하게 앞장서서 나아가던 선생님 뒤를 멀리서 따르던 대학생은 졸업을 하고 취업을 했다. 그 직장인은 1년 후 "주는 대로, 시키는 대로" 회사가 하라는 대로 안 하고 골칫덩이 노동조합 간부가 되었다. 잠시 우스갯소리를 하자면 노조 간부가 되려고 기업은행에 침투했다는 오해는 이쯤에서 풀고 싶다. 다만 '장산곶매 이야기'의 장산곶매처럼 자신의 마지막 안식처까지 부수어 낼 만큼 각오가 남다르지 못했던 나는 먹고살기 위해 취업을 했고, 내 앞에 닥친 현실적인 문제와 모순을 해결하면서 최소한의 양심과 동시대인에 대한 염치를 지키며 살고자 했다.

아무튼 1993년 말부터 노동조합의 교육 사업을 맡은 나는 분회장 교육의 초청 강사로 민중 대통령 후보였던 선생님을 모셨다. 사실 당시는 사무직 노동운동의 초창기였고, 노동 현장은 공장이라고 생각하던 시절이었다. 은행 노조는 귀족 노조라고 말하는 사람들도 있었다. 하지만 화이트칼라 노동자는 '넥타이 부대'라는 이름으로 6월항쟁의 또 다른 주인공이 되었고, 이를 기반으로 사무직 노동운동은 성장하고 있었다.

전국적으로 산개한 은행의 구조상 부서별, 지점별로 구성된 분회는 노조의 골간 조직이고 분회장은 그 중심이다. 하여 나는 에둘러 말하는 법 없이 정신이 번쩍 나도록 담금질하시는 선생님의 직설화법에 내가 매료되었듯, 우리 분회장들도 선생님의 말씀을 듣고 자신의 틀을 깨고 세상을 직시하는 계기를 만들게 되리라 기대했다. 예상대로 선생님은 강당을 가득 메운 분회장들의 열화와 같은 지지와 호응을 받았다. 나와 선생님과의 만남은 이렇게 성사되었다.

선생님과는 그날 이후 쭉 백기완 통일문제연구소 후원회원으로 인연을 이어 왔다. 그날들 중에는 기업은행 노조 간부들과 선생님께 명절 인사를 다녀왔던 기억이 있다. 또 다른 날에는 운동 선후배들과 문안 인사를 다녀왔던 기억도 있다. 그럴 때마다 선생님은 백의민족답게 평소 입으시는 하얀 모시 바지저고리 차림으로 환하게 웃으며 우리를 맞이해 주셨다. '혁명가', '거리의 투사'로 불리는 선생님께서 어쩜 그리 해맑은 아기 웃음을 지으시는지 선생님을 만나고 나면 내 마음까지 환해졌다.

1980년대부터 고문 후유증으로 고생하시던 선생님은 1992년 대선 이후 부쩍 야위시고 편찮으시다고 했다. 그 긴 세월, 마지막 가시는 날까지 선생님 곁을 지켰던 통일문제연구소 채원희 활동가가 주로 소식을 전해 주었다. 그러나 건강에 굴하실 분이 아니었기에 세 번째 밀레니엄 이후 다시 노조 간부로 복귀한 나는 2003년경 어느 날엔 '백기완의 통일 이야기'라는 주제로 '조합원 자녀들과 함께하는 역사문화탐방' 행사를 기획했다.

그날 철원 노동당사 앞에서 강연하시다 눈물짓던 선생님의 모습이 떠오른다. 강연이 끝나고 선생님은 당신의 저서 『백기완의 통일 이야기』에 사인도 해 주시고, 참석자 한 사람 한 사람과 사진도 찍어 주셨다. 하얀 머리에 하얀 우리 옷을 입고, 처음 들어 보는 멋진 강연을 해 주신 할아버지는 우리 아이들에게 큰 인상을 남기지 않았을까 생각한다.

다시 현장에 복귀해 있던 2006년경 어느 날에는 민주노동당 지역위원회 활동을 함께하는 김현우 동지(현 에너지기후정책연구소 연구기획위원)와 함께 선생님을 모시고 대학로에서 식사도 하고 선생님이 날마다 드시러 가신다는 학림다방에서 커피도 마시며 사사로운 이야기를 나눴다. 대략 3년 단위로 현장과 노조를 오가며 활동하던 나는 중요한 결정을 앞두고 선생님의 조언을 듣고 싶었다. 노동조합 상급 단체 파견을 두고 고민하던 때였다.

대략 이야기는 이랬다. 새 노조집행부로부터 간부 제안을 받았다. 경험이 많으니 단사 활동보다는 상급 단체인 산별로 가라는 제안이다. 물론 나이도 있고 은행에서도 승진을 바라볼 때이기는 한데, 적어도 3년간 다시 일할 수 있는 기회를 포기하기는 아쉬웠다. 금융노조는 마뜩잖았다. 현장을 떠나는 무리수를 두더라도 우리나라 노동운동의 총본산인 최상급 단체로 가고 싶은데, 그 최상급 단체가 민주노총이 아닌 어용의 오명을 쓰고 있는 한국노총이다. 내 주위의 많은 사람들이 한국노총을 백안시하고 발 담금조차 우려하는데 어찌해야 할지 갈팡질팡 고민이었다.

내 마음을 읽으셨는지 가만히 듣고 계시던 선생님은 짧게 한마디 하셨다. "안 하는 것보다 하는 게 나은 거야." 그렇게 선생님은 나의 길목버선이 되어 주셨다. 길목버선은 먼 길을 갈 때 발이 부르트지 않도록 하기 위해 덧신는 버선이다. 그길로 나선 나는 2007년부터 2012년까지 6년간 한국노총 홍보선전본부와 정책본부에서 파견 간부로 일했고, 비정규직법, 부당 해고, 노동시간, 최저임금, 성평등, 일·가정 양립, 사회적대화, 노동자 정치세력화, 공공성 확대, 기후정의 등 노동 의제를 비롯한 다양한 사회 문제를 다뤘다.

나의 한국노총에서의 공식적인 마지막 업무는, 1992년에 브라질 리우데자네이루에서 열렸고 20년이 지난 2012년 같은 장소에서 다시 개최되는 유엔 지속가능발전 정상회의(리우+20) 대응과 국제 캠페인 참가였다. 관련된 활동을 마지막으로 우여곡절 끝에 현장에 복귀한 나는 많은 노력을 통해 지금은 지점장이 되었다. 이제는 조합원도 아닌 사용자의 지위가 되었지만, 노총에서의 활동 기간은 내가 노동뿐만 아니라 한국 사회 문제 전반을 이해하고 해결의 노력을 기울이게 한 최고의 시간으로 기억된다. 나의 길목버선이 되어 파견 결정에 힘을 보태 주신 선생님께 다시 한번 감사드린다.

오늘 내가 몸담고 있는 금융 공공기관의 상황은 새 정부에 의해 추진되고 있는 규제 혁신안에 대한 갈등으로 노조와 사측이 극한 대립을 보이고 있다. 노조는 디지털 전환과 비대면 서비스 증가라는 변화에 주목하면서도 고령자 등 디지털 취약계층 보호와 금융 공공성 확보를 위해 무분별한 점포 폐쇄를 중단할 것과 적정 인력 유지를 요구하고 있다. 사측과 정부가 금융서비스 불평등, 금융 소외 등 구조적으로 해결해 나가야 할 과제들이 산적하다는 노조의 요구를 귀담아들어야겠지만, 정부가 공공부문과 금융시장의 규제 혁신과 효율성을 국정 과제로 제시하고 노동유연화를 표방하고 있어 노사, 노정 간 갈등 해결은 쉽지 않아 보인다.

우리와 거래하고 있는 중소기업 노동자들과 중소기업의 상황은 더욱 간단치 않다. 중소기업 노동자의 열악한 노동환경은 두말할 것도 없고, 늘어나는 외국인노동자에 대한 대책도 부재한 상황이다. 고물가·고금리·고환율 여파로 어려움을 겪고 있는 중소기업들은 구인난에 또다시 발목이 잡힌다. 일자리 양극화로 인한 구인난과 구직난의 공존은 어제오늘의 일이 아니지만, 코로나19 이후 더욱 심화됐다는 의견이다.

지속가능발전을 위한 중소기업의 ESG(환경·사회·지배구조) 경영에 대한 인식 제고와 2050탄소중립 전환 지원도 중소기업 육성 지원을 목적으로 설립된 우리의 주요 책무이다. 은행경영에서 이 모든 문제를 책임지고 풀어낼 사람은 은행장이다. 그러니 기업은행장은 시중은행장과 달리 공공부문에 대한 비전이 분명한 중소기업 금융 전문가여야 할 것이다.

그럼에도 어느 것 하나 쉽지 않은 과제이다. 선생님이 돌아가신 지 두 해가 되어 간다. 시간이 흐르면 기억마저 희미해진다지만 우리말로, 우리 옷으로, 우리 역사로 영원히 살아 계신 선생님은 노나메기 벗나래(세상)를 세우려면 지치지 말라고, "앞서서 나가니 산 자여 따르라"고 우리를 향해 손짓하신다.

다시 우리 맘속으로
돌아오소서

정택용―사진가

과거를 살고 계신 분이라고 여겼다. 고등학생 때 통학버스 라디
오에서 대선후보로 연설하시는 목소리로 처음 만난 분. 나중에
도 인연이 별로 없을 때는 큰 집회 현장 앞쪽 줄에서 대표자들이
나 나이 드신 분들 틈에서나 볼 수 있는 분이었으니까. 게다가 그
즈음 선생님 말씀을 들으러 가는 기자들을 머뭇거리게 만드는
얘기를 들었다. 선생님을 뵈면 반드시 엎드려서 절을 해야 한다
고 했다. 그러지 않으면 말씀은커녕 불호령을 듣는다는 이야기
에 제사나 차례 때 외에는 할 일이 없는 절을 하면서까지 뵐 일이
없어서 다행이라는 생각도 잠깐 했다. 도무지 가까워질 일이라
곤 있을 수가 없는 분이라고 여겼다.

　　그때 선생님은 당신의 앞에서 사진 찍는 이들에게 너그럽지

않으셨다. 무대 위에서 벌어지는 일을 마음에 들게 찍기 위해선 앉아 있는 사람들 앞에 서게 되는 때도 종종 있었다. 그러다가 선생님 앞을 가리게 되는 때면 언제나 크게 꾸짖는 소리가 뒷머리를 때렸다. 그 지청구를 들으면 주눅이 들었다. 그런 일이 몇 차례 되풀이되니 선생님의 앞쪽이 마음에 드는 자리인 경우가 많았어도 차라리 서지 않는 쪽을 택하게 됐다. 그렇게 의미 없는 인연의 상태로 세월이 흘러갔다.

사진을 찍기 시작한 처음에는 무엇에 중심을 두고 찍어야 할지 몰라 닥치는 대로 여기저기를 기웃거렸고 이것저것을 찍었다. 그러다가 점점 노동자들을 찍기 시작했다. 일을 하고 있는 사람을 찍기보다는 일터에서 쫓겨났거나 쫓겨날 처지에 놓인 노동자, 부당한 대우를 받고 싸우는 노동자들을 찍기 시작했다.

그 시작은 서울 금천구에 있던 기륭전자라는 공장이었다. 부당함에 맞서 노동조합을 만들고 해고되고, 점거하고 단식하고 땅바닥을 기고 하늘로 오르고, 잡혀가고 두들겨 맞고, 마음은 쓰라리고. 그 앞에서 몇 년 동안 사진을 찍다 보니 그런 노동자들이 줄줄이 엮여 있었다. '연대'라는 이름으로.

한미 FTA 집회 같은, 다른 곳에서야 가끔 뵙던 선생님을 노동자들의 투쟁 현장에서도 마주치기 시작했다. 그런 곳에서 이소선 어머니를 뵙는 일은 조금도 낯설지 않았는데 선생님을 뵙는 일은 이상한 일이었다. 저분은 왜 이곳에 계실까. 누가 선생님을 여기로 모셨을까. 고통 받는 노동자들은 늘어났고, 사진은 정리해고와 비정규직 문제에 집중하기 시작했다. '연대' 속에서 선생님을 만나는 일도 갈수록 잦아졌다.

그전까지 권위주의적인 분이라고 생각했던 선생님은 노동자들 틈에선 뜻밖에도 인자한 어른이었다. 투사였고 예술가였고 학자였지만 노동자인 적은 없었다고 생각했던 분이 노동자들에게는 그렇게 너그러우실 수가 없었다. 그분이 자리를 함께하고 있다는 것이 든든해지기 시작했고, 선생님 앞에서는 아니지만 친구나 벗이라고 말하는 일도 더러 생겼다. 관계가 관계를 만들어 가고 있는 걸 느끼게 됐다.

살아 계실 때 선생님께 확인 받지 못해서 아쉬운 일이지만 당신의 눈앞을 가리는 사진 찍는 이들한테 너그러워지신 것도 그즈음이라고 들었다. 기륭전자분회 노동자들이 회사가 야반도주한 건물에서 농성하던 때 맞이한 스승의 날. 선생님을 모셨고, 사진가들이 정성을 모아 선생님께 드리는 영상을 만들었다. 그 마음을 느끼셨는지 아니면 그 뒤로는 만나 뵈면 앞에 가서 인사를 드리는 사이가 되어서 그랬는지 사진 찍는 이들한테 비켜나라고 꾸짖는 장면을 보기가 어려웠다. 사진가들도 선생님을 점점 가깝게 느끼기 시작했다.

어쩌다 보니 2014년 11월 조계사 전통문화예술공연장에서 열린 선생님의 민중사상 특강을 준비하는 기획 모임을 같이하게 됐다. 그때마다 선생님이 계신 통일문제연구소에서 회의를 했기 때문에 들어서면 먼저 선생님께 인사를 드려야 했다. 처음 가던 날, 드디어 절을 올려야 하는구나 싶었다. 마음이 무거웠던 것은 첫 번째 때문이 아니었다. 회의가 잦았는데 갈 때마다 절을 올려야 하나 싶었다. 그게 뭐라고 왜 그렇게 망설여졌을까. 명절 때 찾아뵙고 절 올리는 일은 전혀 어색하지가 않았는데 보통 때는 이상하게도 절을 올리는 일이 머뭇거려졌다. 다행히 걱정과는 달리 선생님은 그렇게 고지식한 분이 아니셨다. 두세 번 절을 드린 뒤에는 공손하게 허리를 굽혀 인사만 드려도 됐다. 그게 뭐라고 마음이 훨씬 편해졌다.

자주 뵙게 되면서 절 인사법의 경우처럼 이전에 선생님을 잘 모를 때 가졌던 생각들이 많이 치우쳐 있었다고 느꼈다. 격식에 맞지 않거나 조그마한 말실수에도 크게 화를 내실 것만 같았다. 그러나 기나긴 이야기를 풀어내실 때 목소리가 높아졌다가 낮아지고 이야기가 노랫가락으로 바뀌었다가 급기야 한 사람의 배우로 분하는 모습을 보며 이분은 천성이 틀에 갇힌 분이 아님을 알았다. 회의가 끝나고 저녁을 먹으러 간 자리에서 술 한두 잔을 곁들이시며 우스갯소리를 주고받던 모습이 너무나 보기 좋아 추억으로 머릿속에 깊이 남는다.

노동자들의 투쟁 현장, 사회적 참사로 고통 받는 이들의 현장, 국가 폭력에 아파하는 이들의 현장이 얽히고설켜 연대의 끈이 촘촘하게 맺어질수록 선생님의 현장도 늘어났다. 가는 곳마다 선생님을 만날 수 있었다.

그 안에서 선생님은 인간적이셨다. 선생님께 절 올리는 일이 부담스럽기만 했지 선생님께서 절을 하시는 모습은 상상도 하지 않았다. 부산 한진중공업 앞에 차려진 최강서 열사의 빈소 영정 앞에 엎드리시는 모습은 인상적이었다. 몇 번째였던가. 한진중공업 희망버스 계획을 발표하는 기자회견장에서 자꾸 늘어 가는 동료들의 죽음을 말하며 울부짖던 김정우 전 지부장한테 선생님은 호통을 치셨다. "야, 김정우. 울지 말라우!" 선생님도 울고 계

2011년, 쌍용자동차 살인해고 규탄과 문제 해결을 촉구하는 범국민대회 ©정택용

셨다. 세 번째 희망버스. 영도의 수변공원 근처에서 지새우던 밤, 선생님은 머리를 숙여 괸 채 찻길에 앉아 계셨다. 오랫동안 늘 선생님을 옆에서 모셔 온 채원희 선배가 그날도 선생님의 한 손을 잡고 함께 앉아 있었다. 인사를 드릴 수가 없었다.

선생님은 너무나 인간적이셨다. 기륭전자분회 노동자들이 자신들이 할 수 있는 싸움을 다하고 비정규직 제도를 없애려는 사회적 투쟁으로 전환하며 오체투지를 시작했을 때, 한겨울 닷새 동안의 오체투지 마지막 날. 광화문 광장에서 청와대로 향하는 길이 경찰에 막혀 차가운 바닥에서 몇 시간을 엎드려 버텨야 했다. 엎드려 있는 사람도, 보는 사람도 고통스러웠던 시간. 그 모습을 안쓰러워하시던 선생님께서 기륭 해고 노동자 유홍희를 일으켜 세우려고 했다가 퇴짜를 맞으셨다는 이야기를 나중에 들었다. 아마도 바로 그다음이었을 것이다. 엎드려 있는 사람들 옆, 선생님께서 채원희 선배한테 몹시 언짢아하시며 성을 내고 계셨다. 딱 두 마디만 들었다. "그러면 나는?" 유흥희가 괘씸했던 것인지 당신께서 버티기 힘드셨던 것인지 알 수 없지만, 너무나도 인간적인 말씀에 엄혹한 상황에서도 지나치며 웃음이 터져 나왔다.

인간적인 모습은 조금씩 인간의 모습으로 바뀌어 갔다. 그 모습을 바라보는 건 슬픈 일이었다. 사진 찍으러 가는 곳마다 계셨던 선생님을 더는 만나기가 힘들어졌다. 입원하시기 전 어쩌다가 드물게 만났을 때 선생님은 기자회견 내내 서 계실 수가 없어 의자에 앉으셔야만 했다. 그 지친 모습을 열심히 찍었지만 찍으면서 슬펐다. 함께 먹는 자리에서도 술을 전혀 못 드시게 됐다. 술을 끊는 일을 경계하시던 선생님께서 그리되신 현실이 슬펐다. 드실 수 있을 때 더 권해 드리지 못한 것이 후회됐다.

직접 찍은 선생님 사진들은 몇 년 전부터 틈틈이 정리해서 모으고 있었고, 갑작스럽게 우왕좌왕하지 않기 위해 입원해 계실 때 통일문제연구소에 가서 미리 사진들을 정리했다. 옛날 사진들을 골라서 스캔하고 수많은 사진 파일들도 추려서 한곳에 모았다. 그러던 중 병상에 계신 모습을 찍은 사진들도 보게 됐다. 평소와는 너무나도 달라 보이던 그 모습이 또 어찌나 그리도 슬픈지.

선생님은 그렇게 힘들어 하시면서도 왜 노동자들, 고통 받는 이들의 옆자리를 지키려고 하셨을까. 돌아가시기 전 세종호텔노조가 새로운 투쟁의 시작을 알리는 기자회견장에서, 삼성 해고자들을 위한 청와대 앞 기자회견장에서 선생님은 자리를 함께하시다가 지쳐 앉으셔야만 했다. 현수막 뒤로 하얀 머리카락밖에 볼 수 없었다. 그럼에도 그곳으로 모신 사람들의 바람을 거절하지 않고 참석해 버티신 이유는 무엇이었을까. 그런 생각을 하고 있자면 왜 사진을 찍고 있는지 돌아보게 된다. 왜 사진을 찍는지 답을 주시지는 않지만, 어떻게 사진을 찍어야 하는지는 알려 주시는 것 같다. 소속 없이 자유로운 영혼이랍시고 게을러질 때 당신의 마지막 모습들은 부지런하게 움직이며 사진을 찍으라고 채찍질하는 여러 동기 중 하나가 됐다.

돌아가신 분의 '정신을 계승하자'는 말을 하곤 한다. 전태일 정신, 열사 정신… 생전에 그분들이 말한 것은 아니지만 기리고자 하는 마음이리라. 당신께서 생전에 정의하지 않으셨는데 어느 누가 적확하게 정리할 수 있을까. 아니 그보다 선생님처럼 여러 방면에 걸쳐 살아오신 생을 어떻게 짧은 글로 정리할 수 있을까. 만약 누군가 선생님 생전에 선생님께 "선생님의 정신을 이어받고 싶습니다. '백기완 정신'에 대해 한 말씀 해 주십시오"라고 여쭤봤다면 뭐라고 하셨을까. 만약 그가 올곧게 자신의 길을 걷고 있는 이였다면 이렇게 답하셨을 것 같다. "이봐, 젊은이! 잘하고 있어. 그런 거 신경 쓰지 말고 그냥 하던 대로 하면 돼." 허투루 살아가고 있는 이가 여쭤봤다면? 한바탕 걸걸하게 긴 이야기를 풀어내셨을까? 상상할 필요가 없다. 그저 자신의 자리에서 할 일을 꿋꿋하게 해 나가는 이들이라면 선생님은 한없이 응원하셨을 것이다.

선생님께서 살아 계셨다면 힘들어도 함께하셨을 투쟁 현장들은 끊임없이 이어지고 있다. 선생님과 문정현 신부님을 괴롭혀 우리가 함께 만든 공간 비정규노동자의집 꿀잠에서 싸움을 이어 간 고 김용균 님의 유족들한테 힘이 되어 주신 것처럼, 선생님은 마사회의 부조리를 알리며 하늘의 별이 된 고 문중원 님, 동국제강에서 일하다 산재로 세상을 떠난 고 이동우 님의 유족들한테도 힘이 되어 주셨을 것이다. 살아 계셨다면 국민건강보험 콜센터 노동자, 파리바게뜨 제빵 노동자, 조선소 하청 노동자 등 인간답게 살기 위해 싸우는 이들의 손을 잡아 주셨을 것이다. 살아 계셨다면 해고된 지 37년 만에 복직한 김진숙 지도위원을 얼싸안고 얼마나 기뻐하셨을까. 채원희 선배의 품에 안긴 사진으로 자리한 선생님을 보며 309일 만에 85호 크레인에서 내려오는 김진숙 지도위원을 바라보던 선생님의 모습을 떠올렸다.

선생님의 나중은 노동자들의 기쁨 그리고 아픔과 함께였다. '백기완 정신'이라는 것이 있다면 "선생님께서 살아 계셨다면…"이라고 상상하게 만드는 현장 속에 있을 것이다. 선생님은 과거를 살고 계신 분이 아니었다. 현재를 함께 살다 가셨고 아직까지 우리 맘속에 살고 계신 분이었다.

아주 오랜 시간을 선생님과 함께하진 못했지만 선생님 삶의 마지막을, 말 그대로 관에 들어가시기 바로 전 마지막까지 찍을 수 있었던 건 영광이었다. 선생님께서 돌아가셨다는 소식을 듣고 곧바로 통일문제연구소로 달려가 서울대병원 장례식장에서부터 마석 모란공원 장지까지 닷새 동안 할 일을 하며 지켰다. 단지 선생님과 생전에 맺은 우정 때문이었다. 대단할 것도 거창할 것도 없는 인간적인 우정이었다. 그의 인간적인 모습을 좋아했고 그런 우리를 예뻐해 주셨다.

영결식과 노제 때 피켓에 쓰인, 선생님을 찍은 사진들이 부담스럽기도 했지만 우리 우정에 대한 답이라고, 생전에 주신 고마움에 대한 부족한 보답이었다고 생각하기로 했다. 그의 사진이 쓰임 있음에 영광이었고, 선생님이 마지막까지 마음을 보탠 싸우는 비정규직 노동자들이 그것들을 들어 줘서 그 또한 큰 영광이었다. 선생님은 유머가 많은 분이었다. 그래서 선생님 곁이 싫지 않았다. 살아 계실 적에 조금 더 버릇없어 보이는 농담을 던져 드리지 못한 것이 아쉽다.

선생님께 용서를 구하며 마무리를 해야겠다. 선생님의 우리말 사랑은 모르는 사람이 없을 것이다. 늘 선생님 앞에서는 조심했고, 옆에 안 계실 때 우리끼리도 농담이 섞였을지언정 외국어나 한자말 쓰는 걸 조심했다. 평소에도 어려운 말과 글 쓰는 것을 좋아하지 않았는데 그런 면은 선생님 뜻과 잘 맞았다. 하지만 말과 글이 길어지다 보면 선생님의 뜻을 끝까지 이어받기란 참 어려운 일이다. 늘 그랬다. 선생님 앞에서도 그랬으니 하물며 이런 글에서는 오죽할까. 선생님 앞에서 카메라를 카메라라고 말하지 않으려고 애쓰던 기억이 생생하다. 선생님 앞에서 깨닫지 못하고 외국어를 쓰는 사람들이 있어 웃음이 터지는 때도 많았다. '크리스마스'라고 세 번이나 말하다 선생님께 크게 꾸지람 듣던 어느 시인의 모습은 늘 조심해야겠다고 다짐하게 만들었다.

버스, 라디오, FTA, 권위주의, 야반도주, 생로병사, 경계, 호텔, 스캔, 파일, 피켓, 유머. 심지어 비정규직도, 투쟁도, 연대도, 해고도 한자말이니 선생님께 부끄러운 일이다. 지금 이 글을 쓰며, 게다가 이 글은 선생님을 그리며 생각하는 글인데 가장 부끄러운 건 '오체투지'를 '배밀이'로 쓰지 못했다는 점이다.

선생님. 그날 관에 들어가실 때까지 사진을 찍었습니다. 살아 계실 때 예뻐해 주셔서 고맙습니다. 관에 모시기 전에 하얀 버선 신으신 거 봤습니다. 그거 신고 자유로이 훨훨 돌아다니시다가 다시 우리 곁으로, 우리 맘속으로 돌아오소서….

힘들고 앞이 안 보일 땐
'제모리'를 떠올립니다

최인기 — 민주노점상전국연합 수석부위원장

멀리서 바라보던 선생님을 직접 만난 것은 1992년 대통령선거가 한창이던 청년운동 시절이었습니다. 그때 저는 구로지역 백기완 선거운동본부에서 활동하였지요. 날짜는 떠오르지 않지만 퇴근 시간 무렵입니다. 가리봉역, 지금의 서울 가산디지털단지역에 노동자와 서민들이 모여들었습니다. 아마도 하얀 눈발이 날렸던 것으로 기억합니다. 선생님께서는 머리에 띠를 두른 젊은 노동자들의 어깨에 목말을 탄 채로 연설하셨습니다. 노동자가 밀집해 있는 공장지대라 한국의 노동 현실과 불평등에 대해 말씀하셨습니다. 저는 그 모습을 넋 놓고 바라보았습니다. 여기저기서 구호와 함성이 터져 나오고 지나가던 사람들도 걸음을 멈추고 이 광경을 목격했습니다. 선거유세 장소가 갑자기 집회 장소로 바뀌는 듯싶더니 수많은 사람에 둘러싸여 예정에도 없던 공단 오거리까지 행진을 벌였습니다.

당시는 민중들의 귀와 눈이 통제되던 시절이었습니다. 감히 정권을 비판하기란 쉽지 않았던 때죠. 물론 아직 인터넷이 발달하지 않았지요. 사람들은 군부독재 정권에 억눌린 감정을 분출하기 어려웠을 터입니다. 심금을 울린다고 할까요? 선생님의 연설은 이렇게 수많은 사람의 가슴을 두드렸습니다. 정보가 넘쳐나는 요즘 섬섬옥수처럼 때로는 사나운 짐승처럼 포효하는 '알곡' 같은 선생님의 연설이 그리워지는 시절입니다. 그전에도, 그 후에도 수없이 들었지만 이날 선생님과 직접 맞닥뜨린 감흥은 평생 소중한 추억으로 지금까지 가슴에 남아 있습니다.

선생님께서는 언제부턴가 저의 이름을 불러 주셨습니다. 대학로 집회 대오 사이로 상념에 젖어 물끄러미 앉아 계시는 모습을 먼발치서 보며 스치듯 지나가다 들켜 "왜 그냥 지나가느냐?"며 혼난 적도 있습니다. 많은 사람과 함께하는 뒤풀이 자리에서도 제 이름을 불러 주시며 "똑바로 투쟁하라!"고 일갈하십니다. 그때마다 정신이 번쩍 들었습니다. 마치 저의 일거수일투족을 지켜보고 계시는 듯했습니다. 선생님이 계시던 대학로 통일문제연구소는 저의 소중한 피난처이기도 했습니다. 그때마다 선생님께서는 따뜻하게 맞이해 주셨지요. 한번은 아들이 초등학생 때 함께 세배를 하러 간 적이 있었는데, 만 원짜리 한 장을 아들 손에 쥐어 주셨습니다. 그 후로 퇴근해 집에 들어가면 녀석은 달려와 텔레비전에서 지난번 그 할아버지 봤다고 합니다. 이렇게 할아버지와 아빠의 인연을 통해 녀석은 세상을 조금씩 알아 가는 듯했습니다.

제가 여러 차례 구속되었을 때마다 감옥에 면회 오신 것도 정말 잊을 수 없습니다. 면회 오셔서 하신 말씀 가운데 "너무 어려운 책 읽으려고 애쓰지 마라. 건강 해친다"라며 틈틈이 체조와 운동을 하라고 당부하셨습니다. 대부분의 사람들은 책을 많이 읽으라고 했지만, 선생님은 고통스러운 감옥 생활을 이겨 내는 방법으로 명상을 추천하셨습니다. 덧붙여 감옥 안에서도 패배 의식에 휘둘리지 말고 '낭만'을 가져야 한다며 이를 우리말로 '제모리'라 하셨습니다. 선생님의 저서 『벼랑을 거머쥔 솔뿌리여』에도 나오는 이야기입니다. 통일문제연구소 채원희 씨가 국가보안법으로 구속되었을 때도 하셨던 말씀인 듯싶습니다. 이렇게 선생님께서 특별 면회를 해 주시면 그 후 교도관들의 태도도 부드러워지는 듯했습니다. 돌이켜 보건대 '선생님 찬스'가 아니었나 싶습니다.

그리고 생전의 선생님과 맺은 소중한 인연은 대부분 빈민 운동과 관련된 기억들입니다. 한두 가지만 말씀드리겠습니다. 1995년 겨울의 이야기입니다. 인천 아암도에서 장애인과 노점상이 함께 장사를 시작했습니다. 11월 24일에 인천시와 연수구는 아암도 일대 개발과 도로 정비 등을 앞세워 일방적인 전면 철거를 강행합니다. 이들의 절박한 생계 활동을 대상으로 수억 원을 들여 철거 용역을 계약한 후 철거를 시작했습니다. 수십 명의 장애인과 노점상은 한겨울 강제 철거에 저항하며 망루에 올라 고공 농성을 전개했습니다. 물대포와 포클레인을 동원한 폭력적인 철거가 지속되는 가운데 이들은 추위와 굶주림, 공포 속 극한상황에 내몰렸습니다. 그때 한 청년이 고립된 상황을 외부에 알리고자 경찰 포위망을 뚫고 탈출을 결심합니다. 망루를 탈출한 지 3일 뒤 인천 아암도 해안에서 시신으로 발견되었습니다. 경찰은 영안실을 침탈하여 동지의 시신을 탈취하여 강제 부검을 하고 사인을 익사로 단정했습니다. 이날 사망한 청년은 제 또래인 이덕인 열사입니다. 지방신문의 단신에 실린 이 사건을 둘러싸고 유가족은 울부짖으며 호소했지만 점차 잊히기 시작했습니다. 선생님께서는 이러한 사건을 세상을 알려 내기 위해 앞장섰습니다. 발견 당시 두 손이 밧줄에 포박된 상태로 묶여 있었던 점, 얼굴 부위와 어깨 등에 피멍 든 상처가 존재했던 점, 조류가 세지 않은 지역에서 실종된 지 사흘이나 지나 시신이 발견된 점 등등 숱한 의문을 둘러싼 사연을 해결하기 위해 힘을 쓰셨습니다.

도시빈민 이야기 가운데 철거민도 빼놓을 수 없습니다. 수많은 철거 현장에 힘을 보태 주셨지만, 특히 용산참사를 둘러싼 투쟁 현장에 불편하신 몸을 이끌고 항상 자리를 지켜 주셨습니다. 전국철거민연합 남경남 의장이 구속되어 수용 생활을 하다 나오셨을 때는 마치 돌아온 자식인 듯 끌어안고 우셨습니다. 선생님께서는 슬프면 슬픈 대로 기쁘면 기쁜 대로 숨기지 않으셨습니다. 저희도 함께 따라 울었습니다.

하지만 언제부턴가 선생님께서는 저희를 외면하셨습니다. 저희가 아니라 저를 만나지 않으려 하셨습니다. 짐작하건대 노점상 단체가 둘로 갈라진 것에 '대로'(大怒)하셨던 것입니다. 너희들 하나가 되기 전에 다시는 내 앞에 나타나지 마라며 질타하셨습니다. 저는 조직이 나뉜 게 다 이유가 있을 텐데 하며 속으로 야속했습니다.

"내가 여러분에게 꼭 부탁하고 싶은 말이 있어. 피해 받는 민중들, 답답한 사람들이 역사적 구조 속에서 자신의 위치를 파악해 내고 그러한 큰 안목으로 단체를 키워 내는 노력을 할 수 있어야 해. 가난한 사람의 사회적인 성격을 올바로 보고 고민을 풀어낼 수 있는 이론과 실제를 창출해 낼 수 있어야 하는 거야…. 내가 보기엔 노점상과 철거민은 아직도 우군이 없는 유격전을 벌이고 있어요. 시장 바닥에서 한 뼘 안 되는 궁둥이마저 붙이기 어려운 엄청난 탄압이 집중적으로 가해지고 있다고 봐. 이런 때일수록 가장 힘차게 일어나야 한다고 봐요. 여러분은 흩어져 있는 수많은 사람을 규합해야 한다고 봅니다. 생존권 사수를 위해 함께 연대하고 열심히 투쟁하시기 바랍니다…."

저희 단체의 가장 큰 행사인 6·13 대회 때 선생님께서 마지막으로 하신 말씀입니다. 삶의 여정에서 수많은 사람을 만나고 경험하지만, 선생님은 저희 빈민운동의 이정표가 되어 주셨습니다. 운동가의 삶이란 수많은 번민과 고통 속에서 살아가기 마련입니다. 힘들고 앞이 안 보일 땐 '제모리'라는 말을 떠올립니다. 희망이라고는 손톱만큼도 찾기 힘든 지금, 어떻게 실천해야 하는지 귀감이 되어 줄 선생님의 쩌렁쩌렁한 호통 소리가 그립습니다.

진정 큰 어른의 모습을
보았습니다

함재규 ─ 전국금속노동조합 통일위원장

저에게 그 어른은 아비의 가르침보다 더 많은 것을 안겨 주셨고, 세상에 닫힌 눈을 뜨게 하는 염력을 불어넣어 주셨습니다. 두루마기 도포 자락이 참 잘 어울린 어른, 그 두루마기에는 색깔 구분이 없습니다. 흰색이든, 옥색이든, 검정색이든, 수를 놓았든, 민무늬든.

우리가 치열하게 그 무엇을 향해 한 글자, 단어 하나, 말 한마디 하나하나로 서로가 으르렁거릴 때 무엇 하나 구분 없이 평등하고 조화롭게 이치를 알려 주신 분입니다. 그분은 그렇게 하나의 실천으로 수만 가지의 가르침을 주셨습니다. 굳이 말과 글로 가르치지 않아도, 학문으로 섭렵하지 않아도, 지식을 꺼내어 보이려 하지 않아도 말입니다.

통일을 떠올리면 으레 생각나는 어른. '통일문제연구소', 대학로의 허름한 선술집과 나름의 맛난 음식점을 지나 좁디좁은 골목길을 돌아설 쯤 왼쪽으로 청색 대문이 보입니다. 그 위에 담쟁이넝쿨 사이로 고개를 들추어 내걸린 나무 팻말은 새내기였던 저에겐 충격이었습니다. 그야말로 대놓고 통일을 이야기하는 것이 금기시되던 때, 통일을 국시로도 삼지 못했던 암흑의 시대에 정말 한줄기 빛이었고 신념과도 같이 송곳처럼 박혔습니다. 당시에는 미소를 짓게 하고 다짐을 하게 하였고 오늘에는 단 한순간도 일그러지지 않은 우뚝 선 심장의 솟대로 다다랐습니다.

"무엇이 그토록 함몰된 듯한 인생에, 철부지 과거 역사의 편향된 시각에 또 다른 세상의 한줄기 빛으로 떠오르게 만든 것일까?" 제 스스로에게 가끔 질문을 던지곤 합니다. 내게는 마치 〈아침이슬〉이라는 대중적인, 그러면서도 우리만이 흥얼거리는 노래처럼 사용되는 민중 노래를 처음 맞이하는 충격적인 반향으로 가슴에 남아 있습니다.

그렇게 격동의 시대, 독재에 대한 항거와 민주화운동기에 오롯이 군부에 맞섰던 선배들의 뒤를 봐주는 이가 있었으니 그가 바로 고 백기완 선생님이십니다. "그분의 정신이 아니었으면, 그토록 모진 세월을 어찌 감당할 수 있었겠는가?"라는 어느 선배의 웃음 띤 회상의 말이 그저 고개 끄덕이고 입술 앙다문 긍정의 수긍을 만들어 내고 저항의 주먹을 불끈 쥐고 악다구니를 가다듬게 하는 용기의 청천이었습니다.

백범 사상. 그렇게 꿈꾸셨던 사상적 기반과 투쟁. 구로 동맹파업, 대우차 민주화운동, 권인숙 성고문 폭로대회, 범민족 대회,

2016년, 재벌개혁 전국금속노동조합 결의대회에서 ©채원희

국보법 철폐 운동, 전노협과 박창수 열사의 한진 투쟁, 쌀 개방 저지와 평양에서의 누님 상봉. 이라크 파병 반대와 기륭전자 투쟁, 용산참사와 쌍용차 투쟁, 콜트콜텍과 희망버스 투쟁 그리고 유성기업 투쟁.

너무나 많은 공간에서 뵈었던 그분은 우리 금속노동자에게는 살아 숨 쉬는 신화적인 존재이십니다. 유성기업 고 한광호 열사 투쟁대책위원장 시절 만나 뵙고 유성 투쟁의 어려움을 호소하고, 당부 말씀 부탁에 한 치의 망설임도 없이 불편하신 몸을 이끌고 양재동 투쟁현장에 한 편의 자리를 내어 주셨습니다. 이는 참으로 형언조차 힘든 위로였고 의지였고 끝끝내 승리하는 버팀목이었습니다.

살고자 하는 몸부림으로 버티는 세상이 아닌 모두가 잘사는 세상, 통일된 조국의 미래는 결단코 우리 스스로가 저항하고 투쟁할 때만이 가지고 온다는 진리를 일깨워 주셨습니다. 그런 그분의 삶은 민중 주체의 만담으로 써 내려가는 역사 그 자체입니다.

민중과 함께 노동자와 함께 내 안에도 백기완이 있습니다. 2016년 7월 22일(금) 금속노조 1박 2일 상경 투쟁. 광화문 광장을 푸른 물결로 물들인 "재벌개혁, 그룹사 공동교섭 성사, 한광호 열사 정신계승, 16임단투 승리! 금속노조 전 조합원 서울 상경 투쟁"과 늦은 시간의 광화문 투쟁. 금속노동자의 맨 앞에 선생님이 계셨습니다.

함께하셨던 그 모습은 무엇으로든, 그 어떤 것으로든 화답을 못해 낼 정도의 존경이었고, 금속노동자에겐 가슴 깊이 또렷하게 남아 있는 자부심입니다. 평생을 통해 놓을 수 없는 기억입니다. 광화문의 투쟁은 그렇게 선생님의 존재만으로도 박근혜 퇴진 투쟁의 서막을 알리는 고동 소리이고, 광화문 광장을 민주주의의 광장으로 탈바꿈하는 우레와 같은 함성 소리였습니다.

이른 새봄이 오면 선생님의 2주기입니다. 그 새봄을 밝히려 동토에 눈이 녹아 생기의 물이 되는 우수를 지나 참 거역할 수 없는 세월을 뒤로한 채 그렇게 이른 봄을 안기려 먼저 가셨습니다. 하나님의 뜻으로나 알 수 있는 세상에서의 쓰임새를 알뜰히도 챙기셨다는 말밖에는 더 이상 그 깊은 말을 형언할 수 없습니다. 그래도 참 냉혹한 서러움과 아쉬움이 남습니다. 다시 이 시대의 백기완을 찾아 헤맬 것인지 아니면 우리 민중 모두가 그 길을 가라는 것인지, 내 안의 백기완을 깨워야 하는 것인지… 그렇게 살 수 있는 용기는 과연 있는지… 도저히 흉내조차 낼 수 없는 그 기

백을 도저히 감당하기 어렵지마는, 그래도 이 시대에 참 많은 백기완을 남겨 주셔서 그저 무한 반복의 감사를 드릴 뿐입니다.

저항과 투쟁의 한길을 가겠노라 생각한다면 당연히 걷고 싶은 힘든 길, 그 여정을 지극한 외로움으로 견디었던 분. "어찌 그리 힘든 길을 걸으셨습니까?" 누구도 감히 용기 내지 못하는 길을 헤쳐 몸소 돌다리를 두드리며 놓아 주셨던 그 길을 기억합니다.

노동자의 세상. '너와 내가 일하고, 너와 내가 함께 잘살고, 너와 내가 올바로 잘사는 그런 세상.' 노나메기 벗나래는 노동자의 바람일 것입니다. 그리고 그 길은 민중이 헤쳐 나가는 투쟁과 저항이 어우러진 아름다운 여정이 될 것이고 미래를 안아 오는 신새벽이 될 것입니다. 오늘 색이 바랜 백기완 시집 『이제 때는 왔다』를 다시 꺼내어 펼칩니다.

그 리 움

쌈꾼들의 눈을 틔워 주시던
그 헌걸찬 목소리

가족처럼 공감하던 따스함과
추상과 같던 목소리가 그립습니다

권미화—4·16 세월호참사 단원고 고 오영석 군의 어머니

백기완 선생님! 너무도 오랜만입니다. 코로나 확산으로 찾아뵙지도 못하여 늘 죄송했는데 2주기가 다가오고 선생님께서는 이제 별이 되셨으리라 생각하니 더욱 그리움이 사무칩니다. 그곳에서는 황해도 은율 고향 땅의 집과 논밭, 산천을 마음대로 다니고 계시겠지요? 이승에서는 이루지 못한 평화통일도 성취하셨겠지요. 통일만이 아니라 노나메기, 노동 해방 등 생전에 꿈꾸신 모든 것들이 그곳에서는 이루어졌기를 간절한 마음으로 소망합니다.

선생님께서는 소외 당하고 고통 받는 국민 한 사람, 한 사람의 아버지셨습니다. 세월호 참사로 사랑하는 아이를 잃은 엄마와 아빠에겐 참으로 따뜻하고 정의로운 어른이셨습니다. 지금도

선생님께서 세월호 가족들을 위해, 노동자들을 위해 집회나 다짐하는 자리에 어김없이 함께해 주셨던 기억들과 체온을 그리워합니다. 가족처럼 공감해 주시고 조언을 아끼지 않으셨던 따스한 미소와 사자후를 토해 내시던 목소리가 떠오릅니다.

우리는 너무도 큰 어른을 잃었습니다. 선생님은 고문 후유증으로 몸이 성치 않음에도 고통이 있는 곳이면 비가 오든 눈이 오든 찾아오셔서 저희들의 고통과 분노를 함께 나누셨습니다. 우리에게는 늘 한없이 따스하셨지만 자본과 권력에 대해서는 추상과 같았습니다. 제 기억 속에서 가장 어둡고 절망적인 상황을 떠올릴 때면 백기완 선생님이 그 자리에 함께하십니다. 자본과 권력에 대해 일침을 가하는 그 통쾌한 순간에도 선생님은 자리를 하십니다. 그 사자후를 떠올릴 때마다 지금도 숙연해집니다.

우리는 큰 분을 잃었습니다. 이 땅의 고통 받고 소외 당하는 모든 이들에게 선생님은 동지이자 친구였고 가족이었습니다. 선생님과 이별했지만, 제 심장과 머릿속에는 선생님의 말씀과 함께한 기억들이 생생하게 각인되어 있습니다. 선생님! 수많은 시간들을 함께해 주셔서 감사합니다.

선생님! 사무치게 그립습니다. 몇 년 전 세뱃돈으로 주신 만원은 여전히 잘 간직하고 있습니다. 눈비에도 아랑곳하지 않고 집회에 찾아 주셨던 그 마음도 잊지 않겠습니다. 사계절이 흘러가고, 동백꽃과 벚꽃이 피고 지더라도 참어른 백기완 선생님의 모습과 말씀들은 가슴속 깊이 남아 있을 것입니다. 그걸 생각하고 실천하는 순간 선생님은 죽어도 살아난 것이요, 저희들은 살았다 하더라도 산 것이 아니었다가 다시 사는 것입니다.

계실 때 은혜만 받은 듯하여 자제분들과 가족들께 너무도 죄송합니다. 선생님! 이제 싸움은 저희들이 할 터이니 선생님께선 그곳에서 편히 쉬시기를 바랍니다.

선거 벽보에서나 뵙던 선생님과
함께 투쟁할 수 있어서 고마웠습니다

김성민―금속노조 유성기업 영동지회장

2017년 3월 초, 아직 쌀쌀한 날씨에 무거운 마음은 발걸음을 더디게 했다. 금속노조 유성기업지회에 자행된 노조 파괴로 돌아가신 고 한광호 열사의 추모식에 선생님의 참석을 부탁드리러 가는 길이었다. 함께 걸음 했던 동지가 "백 선생님께서 뭐라고 하실지도 몰라. 그래도 잘 말씀드리자"라며 걸음을 재촉했다.

2016년 3월 17일 한광호 열사가 자결한 이후 유성기업지회는 노조 파괴 투쟁을 열사 투쟁으로 전환했다. 유성기업지회 노동자들은 모든 것을 걸고 "노조 파괴에 의한 살인이다"라고 외치며 노조 파괴를 한국 사회의 가장 큰 노동문제로 부상시켰다. 2016년 11월 박근혜 정권의 국정농단에 분노한 수백만의 시민들이 촛불을 들던 때에 유성기업 노동자들은 거세게 투쟁을 전개했다. 2017년 2월에 부당노동행위로는 기업주가 구속된 적이 없다던 검찰의 판단을 뒤집고 유시영 회장이 구속되었다. 열사가 돌아가신 지 거의 1년이 다 되어 가는 시점에서 지회는 더 이상 열사 투쟁을 이어 가는 것이 쉽지 않다고 판단했다. 1년 가까이 장례를 치르지 못하고 차가운 영안실에 모셔 두고 있는 것은 유족들에게 너무나 죄송한 일이었기 때문이다. 유성 범대위는 열사 투쟁을 끝내는 것이 맞는지 아닌지 토론하였다. 열사의 장례식을 놓고 여러 의견들이 있었으나 장례를 치르는 것으로 결정했다. 선생님께 가는 발걸음이 너무나 무거웠다.

백기완 선생님은 국정농단의 시국에 열사를 꼭 보내야만 하겠느냐며 당신께선 열사 장례에 참석하지 않겠다고 하셨다. 하지만 열사를 보내는 문화제에는 참석하셨다. 백기완 선생님은 그런 분이셨다. 본인의 소신과 원칙을 지키되 항상 노동자들과 함께하려고 한 분이셨다.

중학생 시절 노태우, 3김의 대통령선거가 있던 때에 민중후보로 출마하여 두루마기를 입고 찍으신 선거 벽보에서 처음 선생님을 대하였다. 당시에 대학생들이 데모를 하면 우리 동네까지 최루탄 냄새가 났다. 그러면 일부 어른들 얘기처럼 "공부는 안 하고 허구한 날 데모질만 하네"라고 친구들과 이야기를 했다. 요즘은 동료들과 가끔 "민주화가 되었다는 지금도 이렇게 힘들게 투쟁을 해야 하는데 그 당시 서슬 퍼런 군사정권에서는 얼마나 힘들었을까?", "과연 우리는 그때에 투쟁을 할 수 있었을까?"라는 이야기를 하곤 한다.

2011년 유성기업 노조 파괴가 진행될 때 필자는 민주노총

충북본부장이었다. 까까머리 중학생 시절 백기완 선생님의 대선 벽보를 보던 때부터 지금까지 노동자 민중은 노동자로서 기본적인 권리조차 쟁취해 내지 못하고 있다. 헌법이 보장하는 노동3권은 전태일 열사 전까지는 사문화된 문장에 지나지 않았다. 이후 노동자들의 지난한 투쟁으로 노동3권을 어느 정도 보장 받게 되었으나 신자유주의 체제로 인하여 노동자들은 정규직과 비정규직으로 나뉘었고, 노동조합을 만들고 유지하는 것조차 힘들게 되었다. 그리고 정규직 어용 노동조합들은 정권의 공작과 힘을 업고 민주노조를 파괴하고 있다.

이런 국면에서 노조 파괴를 막고 민주노조를 사수하겠다는 유성기업 노동자들에게 백기완 선생님은 커다란 힘이 되어 주셨다. 늘 함께해 주셨다. 2014년 3월 14일 옥천 광고 철탑 앞 희망버스는 백기완 선생님의 제안으로 시작되었다. 노조 파괴는 일반적인 노사갈등이 아닌 정권과 자본이 결탁한 헌법을 유린한 범죄행위였다. 유성기업 노동자들은 이것과 싸우기 위해 모든 것을 걸고 투쟁했다. 당시 두 명의 지회장(아산 홍종인, 영동 이정훈)이 옥천 나들목 부근 광고 철탑 위에서 고공 농성을 시작했다. 이렇게라도 하면 사람들이 알아볼까? 한 번이라도 관심을 가져 달라는 간절한 마음이었다. 그렇게 고공 농성을 한 지 4개월이 지난 다음 옥천 희망버스는 제안되었고, 그 작은 옥천군에 그리고 좁디좁은 그 장소에 수많은 노동자 민중들이 모여서 유성기업 노동자들의 투쟁을 응원하고 함께했다.

당시에 제안자였던 백기완 선생님은 이렇게 말씀하셨다. "옆집에 사람이 아프고 힘들다면 손을 잡아 주는 것이 사람입니다.

…시민 여러분 살기가 힘들지요? 아무리 힘들어도 저 싸우는 한 노동자의 비명 소리를 듣고 어찌 가만히 있을 수가 있겠습니까? 우리 다 같이 3월 15일 유성으로 달려갑시다." 백기완 선생님의 말씀은 투쟁하는 노동자들에게는 힘이 되었고, 축 처진 어깨를 한 노동자들에게는 자신감을 가지라는 호통이었다. 3월 15일 희망버스에서 선생님은 "진짜 희망은 바로 우리 노동자요! 노동자가 앞장서서 야만의 문명을 뒤집어엎어야 한다!"라고 외치셨다. 유성기업 노동자들은 연봉 7,000만 원 받는 노동자들의 불법파업이라는 거짓말에 위축되기도 했고, 차별과 징계의 탄압에 쓰러지기도 했다. 그러나 선생님의 말씀에 "우리가 옳다! 그래서 끝까지 싸우겠다"는 용기를 얻었다.

선생님은 유성기업 노동자들뿐만 아니라 모든 노동자들에게 희망을 보여 주셨다. 고문 후유증으로 편찮으신 몸을 이끌고 항상 앞에서 몸소 행동하셨다. 아쉬운 것은 더 이상 선생님의 위로 어린 말씀과 호통을 들을 수 없다는 사실이다. 엄혹했던 군사독재 때의 중학생 시절 선거 벽보에서나 뵙던 선생님과 성인이되어 함께 투쟁할 수 있어서 고마웠습니다. 자본주의 시대를 사는 노동자 민중들에게 선생님이 걸어가신 길을 저희도 따라갈 수 있도록 하겠습니다. 선생님 참으로 고맙습니다.

우리를 흔들리지 않게 잡아 주는
목소리를 기억하고 전하렵니다

김승하 – 전 KTX 열차승무지부 지부장

"야! 그분이 이철 사장 혼내셨대."

참으로 힘든 순간, 세상 모든 길이 닫혀 있어 어디에도 갈 수 없고, 모두가 나를 등지고 있는 암담한 순간에도 어디엔가는 나를 향한 하나의 문은 열려 있다는 생각을 했다. 잡으려고 손을 뻗기만 하면 잡아 줄 손길이 어디엔가는 꼭 있다는 사실을 그 바닥에 닿고서 깨달았다.

KTX 승무원! 지상의 스튜어디스라 치켜세우던 눈길이 세상 신기한 눈길로 변하던 3월, 우리는 추운 콘크리트 바닥에서 지내게 되었다. 좋은 직장을 만들겠다는 신념으로 시작한 파업이었다. 하지만 그렇게 힘들 줄 몰랐다. 그렇게 세상이 매몰찬 줄 상상도 못했던 우리가 세상의 차가움에 좌절해 있을 때, '백 기 완'

세 글자를 알게 되었다. 사회에 첫발을 내딛기 전 부모님 품에만 있던 우리에겐 낯선 이름이다. 한복을 입고 목청껏 말씀하시던 모습이 생소하게 느껴졌다. 저분은 무엇이 맺히셨기에 저렇게 지친 기색도 없이 외치고 계실까 궁금했다.

KTX가 뭐냐! "빠른 기차"라고 하면 되지! 영어로 된 KTX라는 이름을 거부하며 우리를 빠른 기차 승무원이라 부르시던 분이다. 도포 자락을 휘날리며 우리에게 걸어오신 그분은 좌충우돌하며 투쟁하는 우리를 안타까워하시며 위로해 주셨다. "사회가 잘못했다, 정치가 잘못했다, 이철 사장이 잘못했다." '취업 사기', '불법파견', '비정규직'이라는 생소하고 비참하게 만드는 단어만 배우다 처음으로 우리 아픔을 보듬어 주는 '진짜 어른'을 만났다. 찬바람 맞으며 투쟁하는 우리에게 투쟁의 이유를 공감해 주고 같이 외쳐 주시는 어른이 계신다는 건 찬기를 잊을 만큼 따스함으로 다가왔다.

철도공사 사장이었던 이철, 그를 만나기 위해 첩보 작전을 방불케 할 정도로 여기저기 그렇게 찾아갔지만, 매번 동원된 경찰들이 우리를 끌어내 내던졌다. 그런데 백기완 선생님이 이철 사장을 직접 만나 빠른 기차 승무원들 어떻게 할 거냐고 호통을 치셨다는 이야기를 전해 들었다. 세상에 그런 분이 계시다는 것만으로도 얼마나 큰 힘이 되었는지 모른다.

우리의 외침이 수백 번 목이 쉴 만큼 오랜 시간 동안 거리를 헤매고 나서야 싸움이 끝났다. 세상의 그 모든 목소리가 모여 우리를 철도공사로 돌아가게 해 주었다고 생각한다. 투쟁을 마무리하고 현장으로 돌아간다는 기쁜 소식을 함께해 주신 많은 분들께 전해 드릴 수 있어 너무 좋았지만, 마음 한편으로는 그간의 희생과 부족한 마무리들이 계속 남아 더 큰 숙제를 안고 들어가는 기분이었다.

그리고 수많은 목소리, 그 속에서도 유난히 힘이 있던 그 카랑카랑하던 큰 목소리를 우리는 기억하고 있다. 언제나 우리 편이셨던, 힘없고 어려운 이들을 위해 목소리를 내셨던 진짜 어른, 우리를 흔들리지 않게 잡아 주는 그 목소리! 이제는 잊지 않고 전할 것이다.

"기죽지 말고 당당하게 앞으로 나아가자! 세상은 우리가 만들어 간다."

노동자 쌈꾼들의 눈을 틔워 주시던
그 헌걸찬 목소리

김정우─전 금속노조 쌍용자동차 지부장

쌍용자동차 정리해고 투쟁은 옥쇄파업 77일의 시간보다 치열했다. 하지만 우리의 치열함으로 나라와 자본이 친 거대한 탄압의 벽, 생존을 박탈하는 착취의 벽을 넘지 못했다. 회사는 팔렸고 기술은 도둑질 당했다. 무엇보다 나라는 쌍용차의 생존을 거부했고, 노동자들은 자기만의 생존을 위해 이기심의 늪으로 침몰했다. 바로 그 늪 위로 비관 자살이라는 죽음의 소나기가 떨어진 것이다.

무수한 죽음이 덮쳐 왔다. 받아 안기도 무서운 절망의 시간들 속에서도 우리는 어떻게든 투쟁을 해야 했다. 어디서든 죽어 가는 동료들의 아픔을 가슴에 안고 그를 사회에 알려야 했다. 그게 유일하게 우리가 자꾸 짙어지는 죽음에 맞서서 살아 내고 말겠다는 우리의 각오였다. 그 결심으로 우리는 대한문에 투쟁의 거점을 틀었다. 거점을 틀고 사회적 투쟁을 하자 정말 많은 분들이 우리에게 연대의 마음을 이어 주셨다. 말이나 언론에서만 듣던 기라성 같은 분들이 오셨다. 우리는 괴로웠지만 외롭지는 않다는 위로를 받고 또 받았다.

내가 평택 쌍용차를 품고 우리들만의 일터가 좁다며 서울 대한문으로 나오게 된 것도 많은 부분을 백기완 선생님의 힘에 기댔기 때문이다.

주눅 들지 마!
쩨쩨하게 굴지 말고.
사내놈이 울긴 왜 울어?
대륙을 품고 세상을 품고 노동자답게 어깨를 펴, 이 자식아!
썩어 문드러진 자본주의 세상 확 까부숴야지!

싸우다 막혀 주저앉은 곳에
동지들의 피땀 상처에 울부짖는 시간에
할 만큼 한 것 아닌가 하는 한계에 밀려
더 많은 인내와 투쟁을 요구하는 이들의 눈빛을 마구 피하고 싶고
눈길을 마주치고 싶지도 않은 바로 그곳 그때에

김정우 임마, 너가 싸움꾼이야!
울지 마!

조용히 그러나 단단히 어깨를 쳐 주던 백기완 샘의
말길 손길 눈길이 나를 다시 세우고 다시 걷게 해 주었다.

개인적으로 백 선생님과의 추억 두 가지가 있다. 하나는 세뱃돈이다. 명절에 선생님에게 인사를 가면 세뱃돈으로 만 원짜리 배춧잎 한 장을 주셨다. 우리는 액수를 넘어 우리에게 다시 어린 시절 그 맑은 날로 돌아가게 해 주는, 우리가 의지하고 우리를 안아 주는 어른이 계시다는 것만으로도 누구나 정말 뛸 듯이 좋아했다.

그것은 아마 우리에게 맨 처음 순결한 결심으로 주먹을 쥐고 영혼을 엮었던 동지애와 민중 사랑에 대한 환기였고 다짐이었다. 백 선생님 1주기 때 참여한 이들에게 주어진 봉투를 보면서 거기에 백 선생님이 우리에게 주셨던 마음도 함께 가득 차 전달되었으면 했다. 이러니 선생님의 부재는 우리에게 거대한 의지와 결합의 상실이라 하지 않을 수 없다.

두 번째는 선생님이 넘어져 고관절 수술을 받고 병원에 입원했을 때 밤샘 간호를 했던 기억이다. 병원에서 투쟁하는 노동자들이 당번을 정해 돌아가며 하루씩 간호를 했는데 나도 함께했다. 새벽에 잠시 깜박 졸았나 했는데 이른 새벽에 먼저 일어난 선생님이 아주 꼿꼿하게 병상에서 운동을 하고 계셨다. 빨리 나으려면 이런 운동을 해야 한다고 의사 선생님이 시킨 것이라며 고관절 강화 운동을 하셨다. 가슴이 찡하게 울려왔다. 선생님은 건강을 챙기기 위해 의사 선생님의 말에 충실했다. 의사 선생님의 말을 조금 돌리면 바로 동지의 말이 될 것이다. 우리는 투쟁을 하면서 아주 많이, 아주 쉽게 자기의 처지에 몰리고 이해에 사로잡혀 시대의 요구와 동지의 요청을 외면하곤 한다. 어떤 때는 아주 주관적인 고집에 사로잡혀 길이 어긋나기도 한다. 느낌으로는 우리 시대에 가장 고집쟁이처럼 보이는 백 선생님이 건강 하나에도 저렇게 귀를 열고 이렇게 새벽부터 절제와 노력으로 요구에 부합되는 투쟁을 하고 있다 생각하니 나의 생활이 너무나 듬성듬성한 것은 아닌지 괜히 찔려 왔었다.

노사 간의 합의를 하고 복직을 기다리는 해에도 설에 백 선생님을 찾았다. 무얼 하고 있냐는 질문에 포장마차에서 아내의 일을 돕고 있다고 하니 대뜸 "김정우! 쌈꾼이 그래서야 되겠어?" 되물으셨다. 백 선생님은 우리 투쟁하는 노동자들을 한발 떼기를 한 존재로 본 듯하다. 그래서 생활인 김정우 대신 쌈꾼 김정우가 환했던 모양이다. 불의에 맞서고 부정에 칼을 들며 투쟁으로 세끼를 가름하라고 하신 것이다. 그 말씀에 동의하면서도 그 말씀대로 살아 내지 못하는 현실이라 아직도 그때 백 선생님의 말씀은 내 가슴에 콱 박혀서 빠지지 않는다. 그날이었던가? 산삼주를 한잔씩 나눠 주시면서 역사를 보는 노동자 쌈꾼들의 눈을 틔워 주시던 그 헌걸찬 목소리가 정겹게 들렸다. 그립다!

이름들에 새겨진 기억

노순택 — 사진가

1

2022년 11월 22일 늦은 오후, 나는 커다란 액자를 옮기다 떨어뜨렸다. 다행일까, 액자는 무사했다. 불행일까, 발등이 아팠다. 밤이 되자 발가락과 발등이 붓기 시작했고, 퍼런 멍이 맺혔다. 마른 발이 아기 발처럼 통통해졌다. 새벽녘엔 통증으로 잠을 이루기 힘들 지경이었다. 이튿날 아침 삼천포 병원에서 엑스레이 사진을 찍었고, 그것으로 부족해 다시 컴퓨터단층(CT) 사진을 찍어야 했다. 엄지발가락 뼈가 부러졌다. 깁스를 하고 한 달 가량을 지켜본 뒤, 그래도 뼈가 붙지 않으면 철심 박는 수술을 할 것이라고 의사가 말했다.

병원에서 빠져나오기 무섭게 날아온 문자 한 통.

"원고 마감해 주실 거죠. 꼭 꼭 꼭. 편할 때 전화 좀 해 주어요. 꼭 꼭 꼭."

채원희였다. 답하지 않았다. 전화하지도 않았다.

집으로 돌아와 얌전하게 누워 책을 읽는다. 예전 같으면 화가 치밀었을 것이다. 누구보다 나 자신에게. 조바심이 일었겠지. 싸돌아다니는 게 업인데, 가만히 집에 처박혀 있어야 한다니. 하지만 화가 나지 않았고, 조바심이 일지도 않았다. 자주 자책하며 살았으므로 이번엔 나를 용서해도 될 것 같았다. 싸돌아다니는 게 일이었지만, 지금은 가고 싶은 데도 없지 않은가. 사진기를 들지 않아도, 글을 쓰지 않아도, 몸이 근질근질하거나 조바심이 일지 않는다. 몇 년 전만 해도 이런 나를 상상할 수 없었다.

이른바 '현장 사진'을 업으로 삼았던 나는 거리에서 사진기와 연필을 쥐고 있을 때 마음이 편했다. 다른 일 때문에 현장에 가지 못하면 조바심이 일었다. 그 현장에 내가 가든 안 가든, 달라질 것은 없는데도… 현장에 간다는 것은 내 작업의 첫 번째 원칙이었다. 하지만 떠나왔다. 예외 없는 원칙이란 없는 법이고, 보고 싶은 것을 보려는 욕망이 보기 싫은 것을 보지 않으려는 욕망에게 졌으므로. 서울, 내가 태어나고 자랐으며, 가장 커다란 탐욕과 가장 야비한 폭력과 가장 치열한 저항이 맞붙는, 이 땅에서 가장 뜨거운 현장, 그 서울에서 가장 먼 곳으로 나는 도망쳤다. 삶과 죽음이 다투는 그 어디에도 현장은 있을 거라 자기최면을 걸면서.

그런 내게 백기완을 쓰라니. 쓰기 싫었다. 애당초 백기완을 좋아하지도 않았다. 심지어 나는 2017년 『씨네21』에 「나는 백기완이 싫었다」라는 글을 쓴 적도 있었다. '싫었다'는 과거형 진술은 지금은 그렇지 않다는 현재형 속마음을 담고 있었지만.

죽는 순간까지 현장에 서려고 했던 사람, 마지막 순간에 '노, 동, 해, 방' 네 글자를 힘겹게 써 내려간 그 사람에 대해 현장에서 달아난 놈이 무슨 말을 할 수 있을까. 심지어 나는 백기완의 장례를 나흘째 지키다가 마지막 날 집으로 도망친 놈이었다. 그 장례식이 내가 현장의 친구들과 함께했던, 아니 끝까지 함께하지는 못했던 마지막 일이었다. 오랜 단식투쟁을 끝낸 지 얼마 지나지 않아 피골이 상접했던 송경동이 붙잡는 손길도 뿌리치고, 오히려 그를 원망하며 나는 달아났다. 집으로 돌아가는 버스 안에선 못난 놈을 탓하는 나와 할 만큼 하지 않았냐는 내가 다퉜다. 내 아버지가 돌아가셔도 이만큼 일하지는 않을 것이라는 한마디가 둘의 싸움을 멈추게 했다.

당신이 병석에 계실 때, "오뚝이처럼 일어났던 백기완도 이번엔 어려울 것 같다"는 판단에도 불구하고 삶의 끈을 쥐고 계실 때, 송경동과 채원희를 비롯한 몇 친구들은 일찍부터 움직였다. 나도 그들 중 하나였다. 선생님의 떠남을 함께 슬퍼하고 배웅할 이들의 손에 '작은, 책으로 엮은 백기완' 한 권 쥐어 주자는 게 우리 뜻이었다. 송경동은 글을 모았다. 나는 내가 찍은 백기완과 남이 찍은 백기완을 사방에서 긁어모았다. 눈알이 빠져라 사진들을 바라보았다. 수백 장의 사진을 추려 냈고, 다시 거기서 딱 백기완의 나이만큼만 사진을 다시 추렸다. 여든여덟 살에 돌아가실 줄 알았기에 여든여덟 장을 골라냈고, 한 장 한 장에 짧은 설명을 달았다. '그날'에 배포할 보도 자료도 함께 만들었다. 여쭤 본 적은 없지만 '뻔한 장례식 풍경'은 당신도 싫어할 거라 내 맘대로 짐작하며, 이야기꾼 백기완다운 사진으로 영정을 만들었고, 눈부시게 희고 근엄한 국화꽃 장식 대신 싸움꾼 백기완다운 사진을 크게 세워 당신 자신을 지키게 할 작정이었다. 미리 준비하지 않으면 할 수 없는 일이었다. 아직 살아 계신데 예의 없는 짓 아닌가, 누군가 나무란다 해도.

선생님은 그해를 버텼다. 나는 '그 책'에 실을 사진 한 장을 더 골랐다. 송경동이 해고 노동자 김진숙의 복직을 요구하며 청와대 앞 길바닥에서 한겨울 단식투쟁을 할 때 위기가 찾아왔지만 또 버티셨다. 처절했던 단식을 마치고 1주일이 지났을 때 당신이 가셨다. 안성에서 새벽 버스를 타고 올라간 장례식장에서 송경동에게 건넨 첫마디.

"형 싸우던 거, 잘 마무리하라고 기다려 주신 거네."

"그러신 것 같아."

서둘러 인쇄기가 돌았고, 당신을 묻던 날, 삶과 투쟁을 담은 작은 책 『남김없이』가 추모객의 손에 쥐여졌다. 마지막 날 도망쳤던 나는 나중에야 책을 얻었다. 생각은 여전하다. 내 아버지가 돌아가셔도 그렇게 일하지는 않을 것이다. 슬픔의 성질이 다르니까.

2

멀리 있는 병원에 자주 갈 수 없기에 마을 목욕탕에서 반신욕으로 물리치료를 대신한다. 탕 안의 지루한 버팀에 책만 한 벗이 있

120

을까. 『연초점』이라 이름 붙인 얇은 책에서 신새벽이 쓴 「말에 새겨진 기억」을 읽었다. 글은 오래전 영화 〈해피투게더〉의 대사 한 줄로 시작한다. 떠난 보영(장국영 분)이 돌아와 이렇게 말할 것이라는 아휘(양조위 분)의 독백.

우리 다시 시작하자.

나는 첫 줄을 읽자마자 혼잣말로 대답한다.

아니, 그러긴 어려울 거야.

우리는 알게 모르게 작은 단위의 말 속에 기억을 새기며, 기억이 담긴 말들은 꼬리에 꼬리를 물고 기억이 새겨진 또 다른 말들을 호출한다는 신새벽의 얘기에 나는 밑줄을 그었다. (연필 없이는 책을 읽지 못한다.)

이런 식이다. 어느 날 하나의 말이 입에서 나온다. '우리는 울고'라고 하면 "아름다움이란 무서움의/시작일 뿐 우리는 가까스로 견디고"라고 하는 김우창 번역 릴케와 이어지고, "나는 천천히 울기 시작했다"라는 봄날의 책 노동 에세이집과도 이어진다.

백기완이 남긴 말에 새겨진 내 기억은 무엇일까. 그 말은 또 어떤 말을 호출했을까. 있다. 말의 닮음은 아니지만, 의미의 이어 짐. 선생님의 시 「묏비나리」에 가락을 붙인 노래 〈임을 위한 행진곡〉이 "앞서서 나가니 산 자여 따르라!"로 마무리될 무렵이면, 내 입에선 자주 김남주의 시로 만든 노래 〈길〉의 첫 마디, "길은 내 앞에 놓여 있다"가 느닷없이 시작되곤 했다. 지금 생각해 보니 말이 된다. 사랑도 명예도 이름도 남김없이, 앞서서 나갔던 이들이, 온몸을 다해 터놓은, 그 길이 언제나 우리 앞에 놓여 있었으므로.

뜨거운 물속에 앉아 비 오듯 땀을 흘리다가 마음먹는다. 다시 시작하지는 않을지라도, 현장으로 돌아가지는 않을지라도, 부탁 받은 글은 써야겠다.

3

백기완의 시간을 다시 더듬는다. 그의 떠남을 준비하며, 그의 어린 시절과 청년과 중년과 노년의 모습이 담긴 사진들을 훑어보고 골라내면서 나는 시간의 빈자리를 채우기 위해 골몰했다. 연대기를 보여 주는 사진에서 비어 있는 시간은 어색할 테니까. 하지만 빈자리, 빈자리가 있었다. 그것은 단지 사진의 공백이었을지 모른다. 누군가의 삶과 투쟁이 언제나 사진 찍히리란 법은 없으니까. 그러나 그것이 단순한 사진의 공백일까.

나는 막연히 짐작했다. 당신 또한 모든 걸 집어치우고 가라앉고만 싶을 때가 있었을 거라고. 가까웠던 이들과 단절한 채 '현장'을 떠나고 싶을 때가 있었을 거라고. 그냥 조용히 숨어 지내고만 싶을 때가 한두 번이 아니었을 거라고. 정말로 그랬을까. 그랬겠지, 사람인데. 그런 시간들의 일부가 사진의 공백으로 드러난 건 아니었을까, 나는 내 맘대로 그 공백 안에 백기완의 꺾임

2013년, 서울 대한문 앞 쌍용자동차 희생자 분향소 앞 ⓒ노순택

과 넘어짐, 좌절과 단절을 채워 넣는다.

하지만 그는 다시 시작했다. 떠나지 않았다. 달아나지 않았다.

그를 싫어했다. 어쩌다 마주쳐도 반갑게 인사하고 싶은 마음이 없었다. 내게 백기완은 '아무한테나 호통치는 운동권 꼰대 할아버지'였으니까. 미웠던 백기완이 안 미운 백기완으로 바뀌던 순간에 관해 쓴 짧은 글이 「나는 백기완이 싫었다」였다.

그 글에 등장하는 두 사람, 비정규직 노동자 윤주형과 김수억.

한 사람은 죽었고, 한 사람은 싸운다. 죽은 이를 기억하며 싸운다. 싸우다 넘어지고, 싸우다 굶고, 싸우다 갇히면서도. 가끔은 싸우다 울겠지. 윤주형의 죽음으로 김수억이 깊은 수렁에 빠졌을 때 손 내민 이들 중 한 명이, 아주 각별하게 손 내민 이가 백기완이었다. 나는 김수억이 시킨 일을 마지못해 하다가, 그만 백기완과 친구가 되었다.

친구 사이가 아니었다면, 그저 모셔야 하는 어르신이었다면, 그의 곁에 가까이 가지 않았으리라. 당신을 향한 내 불만을 어쩌다가 전해 듣고는 행동을 고쳤다. 늦었지만, 스스로 고쳐 쓸 줄 알았다. 다시 시작할 줄 아는 멋쟁이였다.

4

존 버거의 『우리가 아는 모든 언어』를 읽다가, 비운의 혁명가 로자 룩셈부르크를 기억하는 지점에서 잠시 멈췄다. 끄트머리에 이렇게 쓰여 있었다. (밑줄을 그었다.)

"나는 있었고, 지금 있으며, 앞으로도 있을 것입니다"라고 당신은 말했습니다. 당신은 당신이 보여 준 본보기 안에 살아 있습니다.

백기완은 떠났다. 허나 그가 보여 준 '본보기'는 여기 남아 있다. "앞서서 나가니 산 자여 따르라"는 외침은 여전히 귓가에 맴돌고, "길은 내 앞에 놓여 있다"는 노래로 이어진다. 그다음 소절이 뭐였더라. "여기서, 네 할 일을 하라"였지.

생각해 보면 말에만 기억이 새겨지는 것이 아니다. 이름에도 기억이 새겨지고, 이 이름이 저 이름을 부른다. 백기완을 부르면, 문정현이 떠오른다. 채원희가 불려 나온다. 윤주형과 김수억이 따라 나온다. 김수억을 부르면 자연스럽게 유흥희가 떠오르고, 유흥희를 부르면….

끝날 듯 끝나지 않는, 이름들의 돌림노래.

그 이름들에 새겨진 기억.

내겐 불가능한 일 중의
하나에 대하여

송경동—시인

선생님! 잘 지내시는지요? 한참 못 뵈었다는 생각일 뿐, 선생님
께서 이 세상에 계시지 않다는 것이 아직도 잘 인정되지 않고 실
감 나지 않습니다. 그런데 자꾸 추모의 글을 써 보라고 합니다.
난감하고 불편합니다.

사는 내내 제 기억에 가장 많이 남아 있던 분은 선생님도 잘
아시는 김남주 시인이었습니다. 철부지 문학청년 시절 2년여 만
난 게 다인데 평생 그 얼굴이 잊히지 않았습니다. 김남주 시인께
무엇을 많이 배운 것도 아니었습니다. 술자리에서 '물봉'이라는
별명답게 하얀 이를 드러내고 천진난만하게 웃으시는 걸 훔쳐보
던 게 다였습니다. 그 술자리에서 가끔 "언제까지나, 언제까지나
헤어지지 말자고, 맹세를 하고 다짐을 하던 너와 내가 아니냐~"

로 이어지던 〈해운대 엘레지〉를 수줍게 부르시던 모습을 훔쳐보는 게 다였습니다. 그런데도 그 모습이 근 30여 년 동안 잊히지 않았습니다. 김남주 선생님의 진면목을 마주친 것은 도리어 그 술자리를 벗어나 구로공단(현 구로디지털산업단지)으로 노동운동이라는 참삶을 배워 보겠다고 떠난 후였습니다. 본격적으로 사회운동, 노동운동을 배우는 과정에서 '김남주'가 선택했던 혁명의 길이, 긴 수인의 길이 어떤 뼈저림이며 고귀함인지를 조금씩 배우게 되었습니다. '만인을 위해 내가 일하고, 싸우고, 몸부림칠 때가 자유'라는 것을 어렴풋이 깨닫게 되기도 했습니다. 그렇게 싸우는 이들과 '피와 땀과 눈물을 나눠' 흘릴 때 비로소 어떤 경계에도 갇히거나 억압 당하지 않는 자유로운 영혼에 이를 수 있다는 희미한 자각에 간신히 이르렀던 것 같기도 합니다. 그 후 김남주 선생님은 기꺼이 저의 친구가 되어 주셨습니다. 약해지려 할 때마다, 또는 또 하나의 싸움에 나서야 할 때마다 선생님은 선명한 모습으로 떠올라 나의 길을 지지하고 엄호해 주셨습니다. 사람들은 볼 수 없었겠지만 제 곁에는 늘 그 든든하고 투철한 동지가 함께 계셔 주셨기에 기운 내서 예까지 달려올 수 있었습니다.

그 사랑이 꽤나 깊었던가 봅니다. 2011년 한진중공업 희망버스를 마치고 부산구치소에 입감되던 날 저녁, 간수가 0.7평짜리 독방문을 따고 저를 가두었을 때 히죽히죽 웃던 선생님께 얘기했었죠. "선생님! 저 잘했죠?"

그런데 어느 틈엔가 죄송한 노릇이지만 김남주 선생님의 실루엣이 조금씩 옅어진 그 자리에 백기완 선생님께서 너무도 선명하게 와 계시는 걸 깨닫고 있습니다. 도대체 왜 선생님은 생전보다 더 자주 저에게 출몰하시며 떠나시지 않는 건지를 알 수가 없습니다. 컴퓨터 화면을 봐야 하는데 눈앞을 가로막고 있는 건 선생님이십니다. 잠깐씩 해찰도 부려 보고 싶은데 그때마다 선생님께서 제 안경 앞에 와 서 계십니다. 세종호텔 해고자 동지들을 봐야 하는데 선생님이 먼저 보입니다. '비정규직 이제 그만 1,100만 공동투쟁' 친구들이 1박 2일 농성을 하는데 정말 안 가 볼 거냐고 묻습니다. '전국장애인차별철폐연대'(전장연) 일일 주점엔 왜 못 왔냐고 물으십니다. 유가족이 쓸쓸히 지키고 있는 삼성 정우형 열사 분향소에 한번 들러야 하지 않겠냐고 묻습니다. 공공운수노조가 총파업에 돌입한다는데, 서울대병원노조가 파업에 들어갔다는데, 화물연대 특수고용직들이 총파업에 나섰다는데, 코레일 네트웍스 비정규직 동지들이 철도 파업에 돌입한다는데 안 가 볼 거냐고 평소처럼 길 나설 채비 먼저 하시고 채근이십니다. 그럴 때마다 "원희야, 원희야!" 부르며 길 빨리 나서야 한다고 야단이시던 모습 그대로이십니다.

저는 차를 타고 무심히 지나는 중인데 지나는 곳마다 선생님이 저만치 내려 계셔서 민망할 때가 많습니다. 금천구를 지날 때면 저 공단 안쪽 기륭전자 옛터 근처에 서 계시고, 목동을 지날 때면 서울도시가스공사 굴뚝 아래에 여태 앉아 계십니다. 신용산역 앞을 지날 때면 철거민 다섯 분의 죽음을 껴안고 싸우던 옛 용산4가 레아호프 골목쯤에 서 계시고, 간혹 강남 지역을 지날 때면 삼성전자서비스 비정규직들과 반올림 동지들이 긴 천막생활을 하던 그 사거리에 서 계십니다. 도심인 시청과 광화문 인근으로 들어오면 정말 발 디딜 틈 없이 선생님이 도처에 서 계셔서 눈 따로 둘 곳과 피해 갈 틈이 없습니다. 생전엔 육신이 하나이어서 그나마 도망 다닐 수 있었는데 영(靈)이 되시고 나니 온 세상에 동시에 못 갈 곳, 깃들지 못하실 곳이 없으신 듯해서 부처님 손바닥 안에 갇힌 철부지 손오공마냥 감당이 안 됩니다.

이렇게 2년여 술자리에서만 간혹 뵈었던 김남주 선생님과는 또 다른 인연인지라 선생님은 더욱 생생하게 제 의식의 대부분을 점령하고 진주한 후 영영 떠나지 않으실 듯해 난감합니다. 김남주 선생님과 함께 살아오던 때엔 나도 그렇게 살아 봐야지 하는 뜻 모를 용기가 충만하던 청년이었는데, 지금은 그런 패기를 많이 잃고 가끔은 나도 이젠 편히 좀 살고 싶다는 소시민적 유혹에도 시달리는 못난이가 되어 있어서요. 그래서 더 자주 나타나셔서 저를 비춰 보는 거울이 되어 주시나 보다 생각하고 있습니다.

그러나 다시 일어서야겠죠. 한국 사회 근현대의 온갖 격랑을 헤치고 모든 저항하는 자들의 말뚝이로, 시대의 참소리로 굳게 서 주신 선생님처럼 살 자신은 없지만 역사와 시대 앞에, 힘써 일하고 싸우고 나누는 이들 앞에 부끄럽지 않은 자가 되어야겠죠. 독점과 착취와 폭력으로 모든 생명의 평등과 평화를 짓밟는 무리들에 맞서 끝까지 저항하며 새로운 시대로 우리 모두가 함께 넘어가는 행복한 일을 두려워하지 말아야겠죠.

이렇게 하루에도 몇 번씩 생전보다 더 생생하게 선생님을 만나고 있는데, 이럴 땐 어쩌면 좋을까요? 시시때때로 물으며 말씀 듣고 있는데 이제 그만 살아 있는 백기완을 잊고 추모의 글을 써 보라고 합니다. 어쩌면 좋을까요? 어떻게 하면 이렇게 생생한 선

생님을 희미하게 잊어 갈 수 있을까요? 제겐 영영 불가능한 일이
아닐까 싶은데요?

우물 빛 하늘 때굴때굴 굴러가는
저 새처럼

조영선−민주사회를위한변호사모임 회장

"앞으로 오지 말라우. 거, 원희야! 앞으로 조 변 오지 말라고 해."

불호령이 떨어졌다. 설날을 맞이하여 세배하러 갔다가 부들 부들 떨리도록 불호령에 몸 둘 바를 몰랐다. 정적이 흐르고 식은 땀이 흘렀다.

"세상이 변해도 말이야, 누군가는 노동자 곁에 있으면서 함 께 지켜 줘야지, 조금 달라졌다고 벼슬하려고 하는 게 말이 돼? 보라우. 뭐 한다고 들어간 사람들이 제대로 한 것 봤어? 자기 벼 슬자리나 늘리려고 하지. 노동자들이 죽어 나가는 판에 누구 한 사람 목숨 걸고 싸우려 하지 않아."

평생 벼슬을 갖지 않은 처사 백기완 선생님은 그 이후로도, 추석이나 다른 때 갔을 때에도 불호령이셨다. 그렇게 국가인권위 사무총장직을 사임하고 뵈러 갔을 때, 선생님은 "잘했어. 진작 그럴 것이지"라면서 반기셨다.

선생님은 대통령 후보로 두 차례 나갔을 뿐 공직에 그 어떤 이름도 올린 적이 없다. 그 흔한 어떤 위원회 위원장, 위원 자리 하나 맡지 않으셨고, 오로지 그는 평생 통일문제연구소 소장으로 거리에서 노동자들과 함께하였다. 기륭전자 비정규직 노동자들의 긴 단식투쟁에 함께 나섰고, 한진중공업 희망버스 때에도 문정현 신부님과 함께 부산 영도 회사 담벼락을 넘었다. 쌍용자동차, 김용균을 비롯한 노동자 투쟁 현장, 박근혜 탄핵 때에도 추운 겨울임에도 찬 아스팔트 바닥을 개의치 않고 맨 앞자리에서 포효하는 사자의 모습으로 자리를 지켜 주셨다. 선생님이 계심으로써 비로소 노동자들의 사기는 충만하였고, '존재' 그 자체로서 깊은 위로를 받았다.

선생님과의 인연은 집회 때 오가면서 인사하는 것을 제외하곤 십 몇 년, 오래되지 않는다. 사실 형인 조영관 시인을 통해 먼저 백기완 선생님을 가까이 뵐 수 있었다. 형이 언젠가 노나메기 창간호에 「산제비」라는 시가 실렸다면서 무엇보다도 즐거워하던 기억이 있다. 형이 『실천문학』으로 공식 등단하기 전이었고, 백기완 선생으로부터 시는 이렇게 써야 한다고 칭찬을 받았다고 한다.

형은 1980년대 일월서각을 그만두고 노동자가 된 이른바 '학출 노동자'였다. 모두 잔치가 끝났다면서 현장을 떠났건만, 형은 간암으로 세상을 뜬 2007년까지 현장 노동자로 살다 갔다. 어찌 새로운 인생을 계획하지 않았겠나 싶지만, 그저 노동자로, 노동자와 함께 꿈꾸며, 생을 다할 때까지 노동자로서, '황소보다 힘이 센' 시인으로서 살다 갔다. 그러하였기 때문인지는 모르나, 선생님은 그런 형을 아꼈다. 매년 추모제에도 오셔서 애석해하셨다. 아마도 전부 이해할 수는 없지만 한평생 노동자로서, 노동자와 함께, 노동자 세상을 향해 발버둥 치는 형이 못내 짠해서이지 않았을까. 선생님처럼.

아마도 신념을 지키면서 어려운 현실을 극복하려는 사시나무 잎사귀 둥지에서 떨고 있는 한 마리 '새'를 보듬어 준 것은 아닐까. 조영관의 〈산제비〉의 마지막 연은 이렇다.

웅숭그리고 있던 잠에서 깨어
가슴에 불을 담고 뜀박질했던 날들
야만이 끝나는 그 순간에 또 다른 야만이 길을 트는데
아무도 희망을 말하지 않아도
항상 처음처럼 들풀들은 자라나고
하늘 향해 길을 낸 버드나무를 바람이 흔들면
날카로운 삶의 흔적처럼
파들파들 떠는 사시나무 잎사귀에
둥지에
햇살이 걸리면
사금파리 같은 빛살이 희망을 쏘고
광야로 길을 떠난
발바닥이 뜨거워 잠들지 못하는
목이 말라

하 목이 말라서

우물 빛 하늘 때굴때굴 굴러가는 저 새야

선생님은 1960년대 중반 한일협정 반대운동을 계기로 통일
운동과 민주화운동에 앞장섰으며, 1969년에는 박정희의 3선개
헌 반대운동에 앞장서 활동하였다. 3선개헌을 통해 재집권에 성
공한 박정희가 1972년 12월 영구 집권을 꾀하는 유신헌법을 제
정하자, 1973년경부터 장준하 등 재야인사, 종교인, 지식인 및
청년학생 등을 접촉하며 반민주적인 유신헌법을 개정하기 위한
'개헌청원 100만인 서명운동'을 추진하는 등 활발하게 유신헌법
개정 운동을 벌였다. 그러자 박정희는 개헌 운동을 저지하기 위
하여 1974년 1월 8일 긴급조치 제1호를 발동하였는데, 긴급조
치 제1호는 유신헌법을 부정·반대·비방·개정 또는 폐지·청원하
는 행위에 대해서도 영장 없이 체포·구속·압수·수색할 수 있으
며, 민간인도 비상군법회의에서 15년 이하의 징역에 처할 수 있
었다.

선생님은 이에 굴하지 않고 개헌 논의를 공공연히 하다가 긴
급조치 제1호의 첫 번째 위반자로 영장 없이 체포되어 중앙정보
부에서 갖은 고문을 당하게 되었다. 당시 긴급조치 제1호 위반죄
는 당시에도 그랬지만 현재에도 어이없는 것이다. 범죄 사실이
1974년 1월 10일 오후 1시경 백범사상연구소 사무실에서 장준
하, 김희로 등에게 "개헌청원 발기인 30명 중 내가 제일 젊었는
데 나만 남으면 체면이 안 되니 나도 장준하 형님을 따라 형무소
에 가겠다"라는 말을 하였다는 것이다. 또한 1974년 1월 12일 오

후 2시경 "1·8 조치는 국민의 의사를 무시한 장기 집권의 수단이 분명하며, 나도 장준하 형님을 따라 형무소에 가겠다"라는 말을 함으로써 대통령 긴급조치를 비방하였다는 것이다. 이로 인해 선생님은 1974년 8월 20일 대법원에서 징역 12년, 자격정지 12년이 확정되었고, 1년 2개월여를 서울 서대문형무소에 수감되었다. 당시 유신헌법에도 청원권이 엄연한 기본권으로 규정되어 있음에도, 하위 긴급조치에 의해 백범사상연구소에서 나눈 개헌청원에 관한 대화가 유죄가 된 것이다. 개헌청원도 죄가 되는 세상, 유신 박정희의 종말은 이미 이때부터 시작된 것이다.

이후 이용훈 대법원장 시절, 긴급조치 위헌 판결에 힘입어 선생님의 긴급조치 위반 또한 형사 재심을 통해 무죄를 선고 받았다. 이것이 희망버스 이후 두 번째 선생님과 맺은 재판 인연이다. 그런데 선생님께서 긴급조치 위반죄에 대해 무죄를 선고 받았음에도, 국가배상에서는 기각 당하였다. 소위 "긴급조치 제1호가 사후적으로 법원에서 위헌·무효로 선언되었다고 하더라도, 유신헌법에 근거한 대통령의 긴급조치권 행사는 고도의 정치성을 띤 국가 행위로서 대통령은 정치적 책임을 질 뿐"이라는 이유였다. 나중에 언론보도에 의하면, 상고법원 설치를 주장하던 양승태 대법원의 국정농단에 의해 긴급조치, 한국전쟁 전후 민간인 학살 등 피해자들이 대거 기각 당하였다는 것이다. 다행히 지난 8월 대법원 전원합의체는 '고도의 정치 행위'라는 기존 대법원 판결을 뒤엎고 피해자의 손을 들어주었지만, 선생님과 같이 이미 항소심에서 패소하고 대법원에서 확정된 원고들은 현행법으로는 구제 받을 수 없게 되었다. 선생님에게 긴급조치는 잔인한 형벌만 남긴 채, 배상이나 명예 회복마저 받지 못한 고약한 유물이 되었다.

평생 한길을 갈 수 있을까. 흔들리면서 가더라도 갈 수 있을까. 그토록 오랜 세월, 사랑도, 명예도, 이름도 남김없이 살아가신 힘은 어디에서 비롯된 것일까. 선생님이 남긴 '살아남은 우리들의 과제'는 과연 무엇인가. '가슴에 불을 담고 뜀박질했던 날들'이 아득한데, '아무도 희망을 말하지 않아도/항상 처음처럼 들풀들은 자라'듯, '우물 빛 하늘 때굴때굴 굴러가는 저 새', 산제비처럼, 어쩌면 하심하고 허이 허이 하면서 묵묵히 가는 게 아닐까. 그런 게 아닐까.

백기완 선생님이 써 주신 추천사

허영구—전 민주노총 부위원장

백기완 선생님은 우리나라 민중운동사에 큰 발자취를 남긴 분이다. 그러니 그분의 삶에 대해서는 많은 사람들이 알고 있다. 나 또한 투쟁 현장에서 선생님을 뵈었기에 여러 가지 인상적인 기억이 남아 있다. 많은 이야기들은 다른 분들의 회고에서 상세하게 나올 것이기에 나는 선생님이 써 주신 추천사 이야기를 소개할까 한다.

2004년 4월 나는 1년여 동안 인터넷 게시판에 올린 글을 모아 『노동의 불복종』, 『진보정치를 위하여』 등 두 권의 수필집을 낸 바 있다. 이때 선생님께 추천사를 부탁드렸는데 「기록을 넘어 실천으로」라는 제목으로 글을 써 주셨다. 이 추천사는 필자의 글을 실제보다 과도하게 평가해 주셨다. 추천사라는 것이 대부분

냉철한 평가보다는 더 잘하거나 제대로 하라는 의미가 큰 탓에 부끄럽지만 원문 그대로 옮긴다. 아래는 선생님이 정성 들여 써 주신 추천의 글이다.

허영구 동지의 글을 읽으면서 퍼뜩 떠오르는 것이 있다. 그러니까 그것이 아마도 35년 앞선 일일 게다. 요즈음은 어느 대학에서 훈장질을 하는 큰딸애가 어느 중학교엘 들어가고자 이른바 면접을 보는데 '너희 아버지의 직업은?' 하고 물어 얼핏 '글을 쓰신다'고 했단다.

노다지(노상) 길거리에서 떠돌고 다닌다고 할 것이면 무언가 귀(코드)가 아니 맞을 것 같아서 그랬는데 선생이라는 것이 대뜸 '무슨 글을 쓰느냐?'고 해서 '우리 아버지 이름은 백 아무개고 무슨 글인지는 몰라도 새벽에만 쓰시는 것 같더라'고 했더니 만년 실업자가 쓰는 글이란 뻔하지 않느냐고 비아냥대면서 나가 보라고 해 쫓기듯 나왔단다.

그러곤 진짜로 떨어지고 나서다. '아버지, 아버지 직업은 무엇이냐? 만년 실업자란 직업도 있느냐? 더구나 새벽에만 긁적거리는 글은 그 내용이 어떤 것이냐? 남한테 존경 받는 글을 쓰시면 안 되느냐?'라고 해서 고개를 돌리며 생각했다.

그 중학교로 말하면 예술을 공부하겠다고 하는 애들만 고르는 데다. 그렇다고 할 것이면 선생님들이 좀 더 예술적이어야 할 터인데 어린 딸애한테 그 따위 막심(폭력) 어린 말을 하는 것을 보면 이제부터 내가 쓰는 글은 그런 반예술적인 사람들의 가슴을 겨냥하는 화살이 되겠다고 다짐하면서도 늘 쓰는 글이 모자란 것 같아 글보다는 행동을 앞세우며 살아온 것이 나라는 사람이다.

그런데 이참 허영구 동지의 글을 보면서 깜짝 놀랐다. 은빛 모래 위에 굽이치는 것 같은 그의 글들은 단순한 글이 아니다. 내 수준과는 달리 행동을 글로 옮긴 것들이라는 것이다. 그의 글들은 그의 행동과 하나가 되는 행동적 논리였다 이 말이다. 교보문고나 영풍문고를 가 보라. 그렇게 책들이 산더미 같아도 행동과 글이 하나로 같은 것들이 있는가. 없다. 있다면 오로지 허영구 동지의 글들이라고 들이대고 싶다.

두 술(번)째로 허영구 동지의 글들은 단순히 그의 생각의 반영이 아니라는 것이다. 그의 생각들을 글이라는 행동으로 통일시킨 실천의 세계라는 것이다. 날마다 여러 가지 신문과 책들에서 홍수처럼 쏟아지는 글들을 보란 말이다. 그 어느 구석에 생각과 행동을 일치시킨 것들이 있는가 말이다. 거의가 삶의 안팎이 다르고 그리하여 거짓된 형식 논리인 위선의 나발들이 아닌가.

그러나 허영구 동지의 글들은 단순한 글귀 문장이 아니다. 그러면 무엇이냐. 허영구 동지의 꿈이 아로새겨진 사실적 창작, 다시 말해서 그의 이상과 현실을 예술로 승화시킨 매듭이라는 것이다. 그래서 허영구의 직업은 무엇일까라고 어느 누가 묻는다면 나는 대답하고 싶다. 그의 본질은 아무려나 노동자다. 그러나 그의 혁명적 직업은 노동자의 나아갈 바를 이론과 행동으로 제시하는 실천의 글을 쓰는 이라고 떳떳이 말하고 싶다.

(2004년 4월, 백기완 통일문제연구소 소장)

그 이후에도 몇 권의 자료집을 출판하고 거의 매일 무엇이든 끼적거리며 살고 있다. 그러나 선생님이 써 주신 추천사처럼 이론과 행동을 통일시키기에는 부족한 점이 너무 많다. 바쁘다는 이유로 학습이 미진하고 용기 부족과 굼뜸으로 행동 역시 말보다 훨씬 뒤처진다.

선생님은 생전에 항상 고난 받는 노동자들의 투쟁 현장에 함께하셨다. 거리의 투사였지만 대중을 사로잡는 강연을 할 때는 이 시대 최고의 이야기꾼이셨다. 그 가운데서도 글 쓰는 일을 게을리하지 않으셨고 여러 권의 책을 남기셨다. 추천사 첫머리에 나오는 이야기지만 선생님은 지금으로부터 53년 전(당시는 35년 전)에도 새벽 일찍 일어나 글을 쓰셨고 그 이후에도 항상 그렇게 사셨다.

선생님이야말로 우리말을 사랑하셨고 '은빛 모래 위에 굽이치는' 듯한 글과 말을 통해 노동자 민중들 가슴속에 남아 계신다. 그분의 글은 '행동과 하나가 되는 행동적 논리'였다. 그분은 '생각을 글이라는 행동으로 통일시킨 실천의 세계'를 열어 가셨고, '이상과 현실을 예술로 승화시켜 매듭'지으셨다.

선생님은 나의 책 추천사를 통해 나를 두고 '노동자'이며, '혁명적 직업은 노동자의 나아갈 바를 이론과 행동으로 제시하는 실천의 글을 쓰는 이'라고 말씀해 주셨다. 그 말씀은 나에 대한 칭찬이 아니라 나아갈 방향을 제시해 주신 것임을 잘 알고 있다. 단순한 추천사가 아니라 매우 무거운 가르침이셨다.

그러나 나의 글은 전혀 문학적이거나 예술적이지 않다. 그것은 노력만으로는 가능하지 않다. 타고난 기질이 있거나 아니면 삶의 밑바닥까지 떨어져 고통과 고난 속에서 꽃피는 그 무엇이 있어야 한 것이기에 그 한계가 분명하다. 그리고 노동 해방을 꿈꾸는 노동자들에게 혁명적 이론과 행동 방향을 제시하기는커녕 나 스스로 말과 글이 행동과 일치하는 삶을 살아가는 데 부족함이 많다.

가끔 거리 집회나 농성장에서 만나 뵐 때마다 "허 위원장, 연구소 한번 놀러 와!" 하시던 말씀이 떠오른다. 매달 모란공원 민주열사묘역 정비사업 날에는 전태일 열사와 나란히 계시는 선생님을 만난다. "앞서서 나가니 산 자여 따르라!" 선생님! 고맙습니다.

우리 아이가 큰 사명을 갖고
세상을 밝히는 빛으로 태어나도록
도와주소서

홍영미 ─ 4·16 세월호참사 단원고 고 이재욱 군의 어머니

"쳐라, 쳐라~ 쳐라, 쳐라~." 헛헛한 마음으로 엄마들이 선생님을 찾아뵈었을 때 세월호 엄마들이라 특별히 내준다며 마음 가득 막걸리를 기어이 따라 주셨지요. 선생님의 그 마음 씀씀이가 얼마나 따뜻하고 위안이 되었는지 모릅니다. 너무나 황망하고 헛헛한 마음에 광화문 네거리에서 아이들을 품에 안고 어디로 향해야 할지 모르던 그때 언제나 돌아보면 선생님이 계셨고, 누구라도 좋으니 엄마들의 손을 꼭 잡아 주시던 선생님의 따뜻함이 마음 놓고 기댈 수 있는 아버지 같았습니다. 천군만마를 얻은 듯, 소가 비빌 언덕을 만난 듯 언제나 선생님 팔짱을 꼭 끼고 저는 선생님 곁을 떠날 수가 없었습니다. 마음 기대어 울 곳 하나 없는 처절한 세상 속에서 말라비틀어진 그 마음 익히 아시고 다독거

142

리고 안아 주시고 손잡아 주신 선생님을 어찌 잊을 수가 있겠습니까?

아이 이름만 들어도 눈물지으며 쓰러지는 엄마들을 달래느라 너희 잘못이 아니라며 차마 말을 잇지 못하시던 선생님의 처연함이 아직도 생생합니다. 다른 사람은 안 되어도 세월호 엄마들은 괜찮다며 병문안까지 허락해 주시는 그 마음에 차마 병실을 못 나왔던 기억도 생생합니다.

첫 번째는 아이들을 죽이고 두 번째는 부모들을 죽이고 세 번째는 온 국민을 다 죽인다고, 나라의 막심(국가 폭력) 앞에 온 국민이 분노하고 광화문 심판대의 외침에 나라의 어른으로 언제나 일선에 함께 계셨던 선생님! 세월호 진상규명이 묘연해질 거라는 직감에 나라의 어른들이 나서 주어야 한다는 간절함이 있었을 때 선생님이 그 자리에 계셨습니다. 무심하게 시간은 흐르고 퇴색해 가는 진실 속에서 시대가 역행한다는 느낌이 드는 요즘, 선생님이 계셨으면 어땠을까 하는 생각이 듭니다.

지금 이 어지러운 형국에 과연 광화문에서 진정한 목소리를 낼 현자가 누가 있을까? 남은 자의 몫이라 이렇게 나라 걱정을 하게 될 줄은 몰랐습니다. 마음의 큰 별이 지고 준비되지 않은 이별이 싫어 애써 외면했던 어리석은 마음도 이제는 조금 평정을 되찾고 있습니다.

선생님 산소에 막걸리 한잔 올리는 게 쉽지 않은 이 엄마입니다. 어여삐 여기시고 먼 훗날 아이들과 함께 선생님 만나 뵈올 때 언제나 그랬던 것처럼 따뜻하게 품어 안아 주십시오. 세월호 진상규명은 하늘에 있는 자만이 알 수 있을 것입니다. 보이시면

2016년, 세월호참사 유족들과 함께 ⓒ채원희

철퇴를 내려 주시고 우리 생전에 그 숙제 풀고 갈 수 있도록 혜안을 내려 주시면 감사하겠습니다.

가끔씩 재욱이가 꿈에 보입니다. 너무나 평온한 일상의 모습에 체취를 느끼고 놀다가 꿈에서 깨면 여기가 거긴가 싶습니다. 선생님! 우리 아이들, 엄마들을 보거든 잘 살펴 주시고 다음 생에는 더 큰 사명을 갖고 세상을 밝히는 빛으로 태어날 수 있도록 도와주십시오. 하늘의 뜻이 땅에서도 이루어져 훗날 아이들을 만날 때 후회하지 않는 삶을 살다 간다고 말하고 싶은 어미의 간절함입니다. 그립고, 그립고, 그리운 선생님을 그리며, 재욱 엄마 올립니다.

한 발 떼기

그대가 보낸 오늘 하루가
내가 그토록 투쟁하고 싶었던 내일

모든 노동자들이
안전한 세상을 만들 때까지
계속 투쟁할 것이다

김미숙—김용균재단 대표

아들이 사고를 당하기 전까지 평소 나의 소망은 사랑하는 가족과 별 탈 없이 소소한 행복을 누리며 사는 것이었다. 하지만 이것은 단 한순간의 사고로 산산이 부서졌다. 사고가 나던 날, 생각만으로도 끔찍한 그날을 회상해 본다. 2018년 12월 11일, 나는 용균이가 나고 자란 경북 구미에 있었다. 오전 6시 겨울이라 아직도 밖은 어두컴컴했다. 그날도 다른 날처럼 별다를 것 없이 평범한 일상이 이어지고 있었다. 출근 시간에 맞춰 둔 시계 알람 소리에 눈을 떴다. 문득 어제 저녁 태안으로 일하러 간 아들과 갑작스럽게 연락이 두절된 것에 불길한 마음이 들어 잠을 설쳤던 것이 생각났다.

이상하리만치 불안한 가운데 옆방에서 아이 아빠가 다급히 전화 끊는 소리가 들렸다. 태안으로 일하러 간 아들한테 무슨 일이 생긴 걸까? 태안 경찰서에서 연락이 왔고, 태안 의료원으로 빨리 오라는 것이다. "별일 없어야 해." 절박하게 기도하는 심정으로 부랴부랴 기차와 택시를 번갈아 타고 의료원에 갔는데… 어찌 이런 일이! 상상조차 하기 싫은 사고가 발생했다. 아들은 지하 영안실에 안치되어 있었다. 믿기지 않는 현실에 마치 악몽을 꾸는 듯한 비현실감으로 그저 앞이 캄캄했다.

정신없는 와중에 사측은 아들의 잘못이라는 믿기지 않는 말을 했다. 빈소가 차려졌고, 죽음의 진상을 밝히고자 장례는 무기한 미뤘다. 그 과정에 안면도 없는 수많은 시민들이 빈소를 찾아 주어서 큰 힘이 되었다. 태어나 한 번도 경험해 보지 못한 신기한 일이었다. 그렇게 며칠이 지났을까? 사회 원로라는 분들이 대여섯 분 정도 몰려오셨는데, 그들 중 한 분이 걸음걸이조차 힘겹게 부축을 받으며 아들 영정 앞으로 나오셨다. 성치 않은 몸이라 그저 묵념만으로도 충분할 텐데 손자뻘 되는 아들한테 큰절까지 하는 것이 아닌가! 전혀 예상치 못한 행동에 놀라웠고 왜 그런지 뒤이어 찾아오는 서러움에 목이 메고 어찌할 바를 몰랐다. 아들이 살아 있다면 당연하듯 절 받는 입장이련만 이치에 맞지 않은 잘못된 세상을 일깨워 주는 듯한 행동에 갑자기 억울함과 부당함이 서러움으로 변하면서 저절로 통곡이 흘러나왔다. 나중에 알았는데 그 어른이 백기완 선생님이셨다. 두 달가량 장례는 미뤄지고 조바심으로 착잡한 가운데 수차례 추모 집회가 있던 날도 백 선생님은 늘 현장에 계셨다. 이처럼 내 곁에서 큰 의지가 되어 주심을 평생 어찌 잊을 수 있으랴! 산재 사망 사고를 당하고 어렵사리 합의를 이끌어 낸 62일 사이에 말라 가는 아들의 시신을 생각할 때마다 속이 타들어 갔는데, 이제라도 장례를 치를 수 있다는 사실에 나는 부모로서 지난한 싸움의 한고비를 넘겼다는 생각이 들었다.

그 후 어쩌다 한 번씩 백 선생님을 뵐 수 있는 기회가 있었다. 명절이 돌아올 때마다 인사하러 댁으로 찾아갔다. 그러면 평소 보았던 우렁찬 목소리와는 다르게 온화한 미소로 차근차근 옛이야기를 해 주셨고, 사람 냄새가 느껴졌다. 우리나라 고유의 날말로 이야기해 주시는 것도 새로웠고, 백 선생님만의 특색이 있어 좋았다. 특히 소득 격차가 날이 갈수록 심해지는 불평등한 사회에서 모두가 평등하게 같이 잘살자고 주장하셨던 '노나메기 벗나래'는 내가 원하는 세상과 맞닿아 있어서 그분의 존재만으로도 내게는 고마운 일이었다.

살아 계시는 동안 언제나 힘없는 약자들의 편에서 기댈 수 있도록 곁을 내어 주신 백 선생님의 모습이 어제 일처럼 너무도 선명하다. 쩌렁쩌렁했던 우렁찬 목소리가 지금도 생생한데 벌써 2주기가 다 되어 가는 것이 꿈인 듯 영 실감이 나질 않는다. 이처럼 어지러운 사회를 위해 큰 어른 역할을 해 주실 분이 많이 없기에 백 선생님이 더욱 그립고 너무도 안타깝다.

그렇지만 선생님께서 평소 행하셨던 험난하고 고단한 길에 용균이 숨결이 깃든 나 또한 함께하기 위한 투쟁은 언제나 현재 진행 중이다. 앞으로도 김용균재단은 김용균의 죽음이 헛되지 않도록 수많은 '김용균들', 곧 비정규직 문제 해결을 위해 많은 단체들과 협력하며 매진해 나갈 것이다.

그 첫 번째로, 갑작스럽게 가족을 잃은 산재 유족들의 네트워크 모임 〈다시는〉을 소통의 창구로 만들고 새로운 피해자들에게 도움이 될 수 있도록 손 내밀고 현재 진행하고 있는 중대재해 없는 세상 만들기에 동참하고 있다.

두 번째는, 윤석열 정권이 주장하는 친기업 반노동의 증거인 중대재해처벌법 완화 개악 저지를 위한 투쟁에 두려움 없이, 아낌없이 모든 것을 쏟아 넣을 것이다. 한 해에 2,000명이 넘는 노동자들이 산재로 사망한다는 사실은 나라와 기업이 안전을 방치한 탓이다. 더 이상 일하다가 죽는 사람이 생기지 않는 사회를 위해 실제 피해를 겪은 유가족들과 시민단체와 시민들이 힘을 합쳐 싸웠다. 중대재해처벌법은 국민의 72%가 찬성하며 어렵게 통과시킨 법이다. 위험한 일일수록 안전시설이나 필요 인력 투입은 모든 것에 우선하는 선결 요건이다. 민심은 천심이란 말이 무색할 만큼 윤 정부는 기업 발전만 앞세우고 있다. 시민의 아픔을 외면하면 할수록 앞으로 그 대가는 더욱 혹독히 치를 것은 자명한 현실이다.

세 번째는, 노조법 2·3조 개정운동을 올해 안에 꼭 성사시켜야 한다. 노동3권은 노동자가 인간다운 삶을 위해 헌법으로 보장된 단결권, 단체교섭권, 단체행동권 3가지 기본권이다. 노동3권은 노동자의 삶에 없어서는 안 될 산소 같은 가치이자 하청 노동자들이 받는 부당한 처우를 개선할 수 있는 토대이다. 그럼에도 기업 측은 하청 노동자들이 노동3권을 행사했다는 이유로 지금까지 상상 초월의 금전적 손실을 물리면서 노동자의 삶을 파괴시켜 왔다. 더 이상 기업들이 기상천외한 발상으로 손배 폭탄을

2019년, 태안화력발전소 비정규직 노동자 김용균의 장례식 때 단상에 오르는 백기완 선생 ©정택용

일삼으며 노동3권을 무력화하고 노동자의 삶을 망가뜨리는 피해가 없도록 이번 기회에 꼭 해결해야 할 사안이다.

네 번째로, 김용균 산재 사망으로 고소·고발한 서부발전 원하청 법인을 포함해 16명이 기소되었다. 구 산안법 적용으로 1심 판결에서 대표이사에게는 사고 현장의 위험성을 인지 못했다는 이유를 들어 무죄 판결을 하였고, 나머지 13명에 대해서는 죄를 강하게 인정하면서도 처벌은 집행유예나 벌금형으로 내려 감옥행 판결은 하지 않았다. 피해자 입장에서 절대 인정할 수 없어서 항소 의사를 밝혔는데 해괴하게도 가해자들도 모두 항소를 했다니 분노가 치민다. 형사재판은 피해자가 직접 대응할 수 없기에 가해자의 터무니없는 말장난에도 보고만 있어야 하는 답답함이 컸다. 오히려 2차 피해를 당하게 된 나는 치를 떨어야 했다.

지금 김용균 2심 항소 형사재판이 대전지법에서 진행 중이다. 그에 대응해 대전지법 앞에서 매일 1인 시위 중이다. 2022년 11월 10일과 다음 달 12월 8일이 재판 기일로 잡혔다. 아마도 내년 초에는 2심 결심 판결이 내릴 것으로 예상한다. 나라의 발전에 발맞추어 법정의 판결도 달라져야 한다. 그러나 현재의 처벌법은 강자에게 약하고 약자에게 강하게 처벌이 내려지는 판례를 뒤집는 재판이 거의 없는 실정이다. 그래서 사회적 관심을 많이 받는 김용균 재판만큼은 그 한계를 뛰어넘고자 대법원까지 갈 생각이다. 노동자들을 함부로 죽이려고 하는 기업인들의 태도를 바꾸기 위한 지난한 싸움은 앞으로도 계속될 것이다.

　　이러한 우리의 싸움은 백 선생님께서 살아생전 몸소 실천하며 보여 주신 산교육에 힘입었다. 나라의 앞날을 걱정하며 용균이에게 힘을 실어 준 백 선생님의 고귀한 뜻을 가슴 깊이 새기며 결코 실망스럽지 않도록 열심히 불의와 싸우겠노라 선생님의 무덤 앞에서 다짐하고 있다. 윤석열 정권의 '친기업 반노동'에 맞서서 우리들의 정당한 요구를 관철시키기 위해 절대 주눅 들지 않고 당당히 싸울 것이다. 앞으로 정부나 기업의 안전 방치로 노동자 시민들이 부당한 피해를 입는 일이 없도록, 모든 노동자가 안전한 세상을 만들 때까지 계속 투쟁할 것이다. 그것은 노동선진국을 만들기 위한 가장 필요한 조건이고 전진만이 살길이다.

여기 '노동 해방, 통일 세상'을 향해 한발 떼기를 하는 새뚝이들이 있습니다

김수억—비정규직 이제그만 공동투쟁 공동소집권자

선생님, 수억이에요. 하늘에선 편히 쉬고 계신가요, 아니면 썩은 세상 바라보시며 불호령을 내리고 계신가요? 저는 감옥에 들어갈 뻔했다가 동지들 덕분에 이렇게 잠시마나 자유의 몸이 되어 있습니다. 선생님을 배웅한 지도 벌써 1년, 잘 싸우고 있다고, 더디지만 세상이 바뀌고 있다고 선생님께 떵떵 큰소리를 치고 싶은데… 혁명은 늪에 빠진 지 오래고, 일하다 죽거나, 잘리거나, 곳곳에서 못 살겠다는 신음 소리가 넘쳐나고 있어서 앞이 보이지 않습니다.

선생님과 첫 인연을 맺게 된 그날도 앞이 보이지 않았습니다. 2013년 1월 28일에 3년 동안 함께 복직 투쟁을 하던 기아차 비정규직 윤주형이 목숨을 끊었습니다. 해고자로 떠나보낼 수는 없다고, 생전에 간절히 복직을 원했던 윤주형의 영혼만은 원직으로 돌아가야 한다고 투쟁하던 때, 회사는 끝까지 부당해고를 인정하지 않고, 죽은 이의 복직마저 거부했습니다. 고통과 절망은 거기서 멈추지 않았습니다. 동지의 죽음마저 정치적 도구로 삼으며 해고자 전원 복직을 요구한다는 노조의 악의적 선전 앞에, 상복을 입은 채로, 오로지 사측의 사과와 고인의 원직 복직만을 요구하는 것이라 호소했습니다. 해고자들 몰래 노조에 의해 염과 입관이 진행되고, 이대로 장례를 치를 수 없다고 밤샘하며 염습실 앞을 연좌하며 지키던 동료들이 노조 간부들에게 밟히던 날, 앞이 보이지 않았습니다.

끝내 노조마저 부조금 함까지 가지고 떠나 버린 장례식장, 윤주형의 영정 앞에서 고개를 떨구고 축 늘어진 어깨로 앉아 있던 날, 백발의 선생님이 성큼성큼 빈소로 들어오셨습니다. "수억아, 어깨를 펴, 고개 들어!" 한 치 앞도 보이지 않던 어둠 속, 선생님은 빛이 되어 주셨고, 우리는 주형이를 해고자가 아닌 노동자로 떠나보낼 수 있었습니다.

그해 10월의 마지막 날, 삼성전자서비스 엔지니어 최종범이 삼성에 맞서 싸우다 "배고파 못살겠다, 다들 너무 힘들어서 옆에서 보는 것도 힘들었다"라며 목숨을 끊었습니다. 딸 별이의 첫 생일을 한 달 앞둔 아빠였습니다. 거대한 삼성의 벽 앞에 40일이 넘도록 장례조차 치르지 못하고 어떤 언론도 관심을 보이지 않을 때, 선생님은 별이의 돌잔치를 제안하고 금별을 만들어 주셨습니다. 팔순이 넘은 백발의 선생님이 돌잔치에 오셔서 눈물을 떨구시던 장면을 잊을 수가 없습니다.

2014년, 김수억은 복직 첫 월급으로 백기완 선생을 모시고 스승의 날 행사를 열었다. ⓒ정운

선생님! 윤주형·최종범 열사를 떠나보내고 다음 해, 저는 5년 만에 현장으로 복직이 되었습니다. 복직이 되고 받은 첫 월급날이 스승의 날이었습니다. 첫 월급으로 스승의 날 선생님을 모시고 싶다고 했더니, 투쟁하는 노동자들이 함께 다 모였습니다. 기륭전자 농성장에 쌍용차, 현대기아차, 유성기업, 한진중공업, 삼성전자서비스, 코오롱, 학습지 등 외롭고 힘든 시절에 선생님께서 힘이 되어 주셨던 새뚝이들이 모였습니다.

"팔십이 넘도록 살아오면서 스승 대접은커녕 스승이란 말도 못 들어 봤는데, 다른 세상에 온 것 같다, 해 온 게 있다면 괴로움을 당한 사람을 쫓아다닌 것밖에는 없는데 고맙다"고, 선생님은 박근혜 정권과 재벌이 지배하는 체제를 깨부숴야 한다고 우렁찬 목소리로 '불림'(건배사)을 외치셨습니다. 선생님의 발자취를 더 듣는 영상을 보실 때는 선생님도, 저희도 모두 함께 눈시울을 적셨습니다. 선생님의 역사가 투쟁하는 노동자들의 역사였기 때문입니다. 떠나간 동지들 몫까지 절대 포기하지 않고 정리해고, 비정규직, 노조탄압 없는 세상, 노동 해방 세상을 향해 끝까지 투쟁하겠다고, 우리는 선생님과 함께 약속했습니다.

선생님, 백기완 선생님! 선생님은 앞이 보이지 않는 절망에 빠진 노동자들 옆에서, 고공에 오르고 곡기를 끊고 거리에서 일터에서 싸우는 노동자들 곁에서, 세월호 유가족과 손자뻘 김용균의 빈소에서, 절을 올리고 눈물을 쏟으며, "기죽지 마라", "어깨를 펴고 고개를 들어라"라며 힘이 되어 주고 함께 길을 열어 주셨습니다.

"가진 것이라고는 알통하고 양심밖에 없는 사람이 짓밟힐수록 기가 죽는 것이 아니라 불꽃이 인다"고 했습니다. "불꽃, 그것을 우리말로 서돌이라고 한다"라고 말씀하시며, 투쟁하는 노동자들이 진짜 서돌이라고, 짓밟힐수록 온몸에 불꽃이 피는 서돌이가 되라고 했습니다.

"너도 일하고 나도 일하고 너도 잘살고 나도 잘살되 올바로 잘살아야 한다"라고 하셨습니다. 그런 세상이 노나메기 벗나래(세상)라고, "가진 것이라고는 알통밖에 없는 노동자들, 농사꾼들, 가난뱅이들이 그 뜻을 이해한다고, 낫 놓고 기역 자도 모르는 사람들이 피눈물로 깨친 노나메기여야 한다, 당당하게 어깨 펴고, 새 세상의 주인이 되라"고 말씀하셨습니다.

선생님! 그런데 요새 우리는 또다시 장막 속 어둠을 걷고 있는 것만 같습니다. 박근혜 정권을 몰아낸 촛불항쟁이 채 5년도 지나지 않았는데, 오히려 세상이 거꾸로 흐르는 것만 같습니다. 적폐 청산은커녕 박근혜도, 이재용도 풀려났습니다. 노동 존중과 정규직화 약속은 휴지통에 처박혔고, 비정규직은 되레 더 늘었습니다. 불법을 저지른 재벌들은 한 명도 처벌 받지 않고, 불법에 맞선 비정규직들은 줄줄이 감옥에 들어가야 할 판입니다. 일하다 죽은 이들과 가족들의 피눈물이 강물처럼 흐르고, 사람을 죽게 한 기업들은 줄줄이 무죄를 받습니다.

오늘도 밥 벌러 나간 비정규직 노동자는 돌아오지 못하고 있습니다. 오늘도 코로나를 이유로 무급휴직을 강요 당하거나 쫓겨나고 있습니다. 700만 명이 넘는 노동자들이 근로기준법 적용을 받지 못하고 있고, 400만 명에 이르는 5인 미만 사업장의 노동자들이 일터에서 인간의 존엄성을 훼손 당하고 있습니다. 정치권의 여야 모두 비정규직의 고통에 관심조차 없습니다. 선생님은 한살매 동안 "너도 일하고 나도 일하고 모두가 올바르게 잘사는 '노나메기 벗나래'"를 외치셨는데, 오늘 이 땅은 땀 흘려 일하지 않는 놈들만이 잘살고 있습니다. 여전히 재벌, 독점자본이 지배하고 오로지 그들 편에 선 자본가 정권이 판치는 세상입니다.

"그런데 뭐 하고 있는 거야! 수억이 이놈아 뭐 하고 있는 거야! 너희 새뚝이 놈들은 뭘 하고 있는 거냐고!" 선생님의 불호령이 귓등을 때립니다. 선생님! 하지만 고개만 숙이고 있을 우리들이 아닙니다. 저 자본과 정권의 바람대로 가만히 있을 우리들이 아닙니다.

선생님! 오늘 여기 새뚝이들이 모였습니다. 과로사와 저임금으로 고통 받는 택배노동자들이 인간다운 삶을 위해 여기에 왔습니다. 비정규직으로만 일터를 채우려고 정리해고를 저지른 악질 자본 세종호텔에 맞서 싸우는 고진수와 동료들이 왔습니다. 코로나19 정리해고 1호 사업장 아시아나케이오 김계월과 동료들이 왔습니다. 비정규직 철폐와 사드 폐기를 위해 싸우는 아사히글라스 차헌호와 동료들이 여기 있습니다. 문재인 정권의 가짜 정규직화에 맞서 전국을 흔들었던 톨게이트 도명화와 동료들, 코레일 네트웍스, 건강보험 고객센터, 가스, 공공부문 비정규직 전사들이 달려왔습니다. 제조업까지 밀고 들어온 자회사에 맞서 이백억 손배 탄압에도 굴하지 않고 싸우는 현대제철 비정규직 새뚝이들, 재벌의 불법 파견을 바로잡겠다며 싸우고 있는 현대차·기아차·한국지엠의 새뚝이들, 250만 특수고용 노동자들의 노동3권 보장을 위해 원청과 맞짱 뜨며 첫 교섭을 앞두고 있는 대리운전노조 김주환과 새뚝이들, 학교 비정규직, 청소노동자 새뚝이들이 여기 있습니다.

선생님 생전에 계시던 그 투쟁의 자리에 문정현 신부님이 계십니다. 선생님이 마지막 순간에도 힘내라 했던 김진숙 지도위원은 태산같이 우리들 곁에 서서 "포기하지도 쓰러지지도 맙시다, 웃으면서 끝까지 투쟁하자!"라고 외칩니다. 장례식장에서 눈물을 멈추지 못하던 청년 김용균의 어머니 김미숙 님이 국회에서, 거리에서, 재판정에서 불호령을 내리는 새뚝이가 되어 여기 있습니다. 이한빛의 아버지 이용관 님, 동준이의 어머님, 김태규의 누나 김도현, 일하다 죽지 않게 함께 싸우는 새뚝이가 되어 여기 있습니다. 일하다 죽지 않게 차별 받지 않게 비정규직 없는 세상, 노동자 민중의 통일 세상, 해방세상을 결코 포기할 수 없는 새뚝이들이 여기 모였습니다.

선생님, 백기완 선생님! 마지막 가시기 전 일주일, 온 힘을 짜내서 쓰셨다는 네 글자! 온 힘을 다해 우리에게 전하신 마지막 네 글자, 노동 해방! 선생님, 마음 놓으세요. 우리는 그 길을 떠나지 않겠습니다. 오늘 다시 우리 새뚝이들은 어깨를 펴고 고개를 들고 '노동 해방, 통일 세상'을 향하는 한발 떼기를 선생님과 함께 약속하고 다짐합니다.

"우리는 기계가 아니다, 인간답게 살고 싶다." 50년 전 청년 전태일이 제 몸을 태워 불을 밝히고자 했던 인간의 삶, 노동 해방 세상! 전태일이 되어, 김용균이 되어 반드시 자본주의 세상을 갈아엎고 노나메기 벗나래를 만들겠습니다.

선생님, 우리 새뚝이들의 약속이 들리십니까? 저는 선생님이 지금 우리에게 외치는 소리가 들리는 듯합니다.

앞서서 나가니 산 자여 따르라!

앞서서 나가니 산 자여 따르라!

가야 할 길,
사람의 길을 가겠습니다

양성윤—전 전국공무원노동조합 위원장

늘 멀찍이 서서 백발의 청년 백기완 선생님을 뵈면서 경외심을
가졌습니다. 공무원노조 위원장과 민주노총 임원을 맡으면서 점
점 더 가깝게 뵐 수 있어서 큰 힘이 되어 주셨습니다. 그러다가
2021년 2월 15일 선생님의 서거를 맞았습니다. 비보에 슬퍼할
자격이나 있는지 모르겠습니다. 민중·민족·민주운동의 큰 어르
신! 생전에 찾아뵙지 못해 죄송스러운 마음만 가득합니다. 짧은
시간이나마 가까이 뵙게 되어 고맙습니다. 언제나 그 찌렁찌렁
한 외침으로 우리를 깨워 주실 줄 알았습니다.

　먼 길 떠나시는 날 기억을 다시 꺼내면서 가장 아쉬움으로
남아 있는 것부터 얘기해 볼까 합니다. "옛날 천년 가뭄에 사람
들은 다 죽고 마지막 남은 굴뚝새가 비를 부르다 목이 마르니까

굼벵이가 지렁이 오줌으로 '따끔한 한 모금'을 빌려 줘 가지고 비를 부르는 소리가 얼마나 슬펐던지 모든 미생물들이 다 펑펑 울어 눈물이 비가 되어 천년 가뭄을 이겨냈지."(백기완)

지난 2014년 8월호 공무원U신문에 실린 「'따끔한 한 모금'이 필요합니다」의 서두에 인용된 백기완 선생님의 말씀입니다. 일평생을 통일과 민주주의를 위해 싸우셨고 언제나 노동자들이 투쟁하는 곳에 함께 계셨던 백기완 선생님. 언제부터인가 집회 때마다 독재정권의 고문 후유증으로 거동이 자유롭지 못한 선생님을 곁에서 모시게 되었습니다. 지난 2013년 박근혜 정부가 불법적인 경찰력을 동원하여 민주노조 심장부를 침탈한 적이 있습니다. 분노한 시민들이 그 추위에도 서울시청 광장을 가득 메웠었지요. 어김없이 선생님은 맨 앞 가운데 자리를 지키고 계셨습니다. 젊은 사람들도 발끝이 얼 정도로 추운 날이었지만 끝까지 집회에 함께하셨지요.

그날 제가 모셨는데 피맛골에서 막걸리를 한잔 사 주셨습니다. 그런데 선생님은 집회가 있는 날이면 그 전날부터 일체 물을 마시지 않는다고 합니다. 그 이유는 소변이 마려워서 그러신다고(부축해야 하는 동지들에게 미안하기도 하고, 앞장선 그 자리를 끝까지 지키시기 위해서였죠). 순간 저는 집회에 나갈 때마다 어떤 각오를 가졌는지 참 부끄럽기도 했습니다.

백 선생님은 어렸을 때 며칠을 굶다가 남의 집 오이지 독에서 하얀 이끼가 낀 오이지를 하나 베어 아작아작 먹으면서 허기를 달랬다고 합니다. 그리고 진짜 며칠씩 굶어 배가 고플 때에는 기름이 찰찰 흐르는 쌀밥이나 따뜻한 미역국보다 먼저 먹고 싶은 것이 '따끔한 한 모금'이었다고 합니다.

또 "굼벵이보다 못한 세상, 굼벵이보다 못한 새끼들" 하면서 눈물을 짓기도 했지요. "혁명이 늪에 빠지면 예술이 앞장선다"며 "쌍용차 노동자들이 싸워서 이기는 그날까지 가지고 있는 것은 눈물밖에 없으니 눈물만 가지고 따라가겠다"라며 통일연구소 담벼락 벽시(壁詩)를 썼는데, 어느 날 빨간 페인트로 칠을 하더니 급기야는 아예 깨뜨려 버렸다고 많이 속상해하셨습니다.

일생을 노동자가 중심이 된 노동자 세상만이 해방이라고 하셨던 백 선생님이 바라시던 그 '따끔한 한 모금'을 공무원 노동자들이 먼저 적셔 드리고자 기고도 하고 제안도 했지만 참 많이 부족했습니다. 다행히 지난 2022년 2월 8일 '백기완노나메기재단'이 출범해 '올바로 잘사는 벗나래'로 가기 위한 첫걸음을 떼게 되었습니다. 재단 후원회원 가입과 '백기완 기념관'을 만들기 위해 특별모금 후원도 요청하고 있습니다. 민주노총을 비롯해 공무원노조에도 방문해 공동사업과 연대 사업도 제안했다고 합니다. 백기완 선생님을 기억하고 추모하는 것에 끝나지 않고 노동자 민중과 연대를 강화하여 투쟁 현장에서 살아 숨 쉬는 재단으로 나아갈 수 있도록 공무원 노동자 동지들이 많이 참여하길 기대합니다.

2003년부터 공무원노조 일선 지부장을 시작으로 공무원노조 위원장과 민주노총 수석부지부장과 비상대책위원장 등 역할을 했습니다. 이명박 정권에 의해 2009년 해직 당한 지 12년 만인 지난 2021년 8월에서야 현장에 복직했습니다. 그리고 2022년 11월, 20년 전과 같이 다시 지부장으로 역할을 하고 있습니다.

162

현장을 책임질 간부들의 세대교체를 이루지 못했지만, 다행히도 저와 함께 동반 출마한 사무국장이 30대 중반이라서 절반은 성공했다고 봅니다.

현장 상황은 오랜 기간 해직으로 사업장에서 다소 멀어져 있었기 때문에 거의 모르는 직원들이 대부분입니다. 같은 또래 동료들은 이미 관리자 위치에서 요새 젊은 직원들에 대해 '이렇고 저렇다'라고 손사래를 치는 경우도 많이 봅니다. 12년 만에 복직한 현장은 저만 멈춰 있는 듯합니다.

그렇게 2021년 2월 15일 그날로 멈춰 있었는데, 벌써 선생님의 2주기가 다가옵니다. '너도 일하고 나도 일하고 너도 잘살고 나도 잘살되, 올바로 잘사는 노나메기 벗나래'를 위해 "나는 무엇을 했고 또 무엇을 할 것인가?"를 스스로 물어봅니다. 비록 우리 모두가 선생님의 그 쩌렁쩌렁한 외침을 더 이상 들을 수는 없지만, 늘 깨어 있어야겠습니다. 그리고 두둑한 배짱을 가져야겠습니다. 그리하여 투쟁하는 현장에서 '따끔한 한 모금'에 목이 말라 있는 동지들과 함께 목을 축였으면 합니다.

글을 쓰다 보니 지난 2012년 12월 잠실운동장에서 5만여 명의 조합원이 참석한 가운데 열린 공무원노조 조합원 총회가 생각납니다. 짙은 두루마기를 입으시고 무대에 올라선 백기완 선생님의 말씀을 잊을 수 없습니다.

"단풍이 물든 가을 들판엔 불길이 난다고 했다. 공무원노조의 3대 산맥이 하나로 뭉쳐 구름처럼 모인 잠실에 와 보니 단풍의 아름다운 정도는 저리 가라인 것 같다"라고 말문을 여셨습니다. 그러고는 "어질고 씩씩하게 보이는 공무원 노동자가 가득 메운 것을 보니 거룩하고 아름답고 감동이 온다"며 "여러분에게 상패를 하나 주려고 왔다"라고 하셨습니다. 그때 주셨던 감동의 말씀을 참석한 모든 조합원 동지들은 평생의 감동으로 간직하고 있을 것입니다.

> 길이 있다고 해서
> 모든 게 길이 아니다.
> 가서는 안 될 길이 있다.
> 죽음이 기다리고 있다고 한들
> 가야 할 길은 가야 한다.
> 그래야 사람의 길을
> 내는 것이다.
> (노나메기 벽시 9호 「길」)

현장 강화를 통해 백기완 선생님의 뜻을 기리고 계승하고 실천하여 '올바로 잘사는 노나메기 벗나래'를 만드는 공무원 노동자의 길을 가도록 하겠습니다. 부디 '가야 할 길, 사람의 길'을 낼 수 있도록 굽어 살펴 주시길.

그대가 보낸 오늘 하루가
내가 그토록 투쟁하고 싶었던 내일

이근원─전 민주노총 정치위원장

　기억 하나

고등학교 때『씨올의 소리』라는 잡지를 즐겨 읽었다. 함석헌 선생님이 내시던 그 잡지는 박정희에 의해 판매 금지가 되기 일쑤여서 나오자마자 사야 했다. 그중에서 특히 백기완 선생님이 딸에게 주는 형식으로 쓴 편지글이 좋았다. "담아…"라고 시작되던 그 글을 통해 나는 세상을 알아 가기 시작했다.

　특히 박목월의 시「나그네」를 비판한 글은 오래도록 기억에 남았다. 박목월의 이 시는 워낙 유명하여 국어 교과서에도 실린 시였다. 선생님은 "강나루 건너서 밀밭 길을… 술 익는 마을마다 타는 저녁놀"을 인용하셨다. 일제하 그 엄혹한 시기에 마치 쌀이 남아돌아 술까지 빚어 먹는 것처럼 묘사하여 당시 피 흘리는 민중을 배반하고 있다고 통렬하게 비판한 것을 읽으며 섬뜩했던 기억이 난다. 그리고 보면 나는 백기완 선생님을 통해 세상을 보기 시작했던 것 같다. 교과서와는 전혀 다른 세상이 거기에 있었다. '담'이라는 이름을 가진 딸이 부러웠다. 아주 오랜 시간이 흐른 뒤에 내가 딸에게 주는 형식으로 책을 쓴 것도 아마 그때 가졌던 부러움이 잠재해 있었던 때문인지도 모른다.

기억을 되살리기 위해 다시 찾아본 그 글엔 이런 구절이 있었다. "문학이 진정 사람의 예술이요, 사람이 하는 것이기 때문에 사람의 이야기를 담으려면 거기에는 반드시 사람이 할 수 있는 일의 최고의 형태인 정치적 요구가 문학적으로 수용되고 승화되지 않으면 안 된다."(『자주고름 입에 물고 옥색치마 휘날리며』, 67쪽) 글쓰기를 전공으로 했던 내겐 지금도 쩡쩡한 울림으로 다가오고 있다.

기억 둘

1990년 소련이 붕괴했다. 당시 울산에 있던 나로선 이해가 잘 안 되었지만 많은 사람들이 운동을 접고 떠나기 시작했다. 내가 참여했던 비합법 지하운동으로 진행되던 한국 사회주의 노동당은 1991년 지상으로 나와 한국노동당을 창당했다. 그러곤 이어 1992년 2월 민중당과 합당했지만 이어진 총선에서 득표율 미달로 정당 등록이 취소되는 등 여러 우여곡절을 겪었다.

그해 1992년 12월, 대통령선거가 있었다. 백기완 선생님이 출마하셨다. 민중당이 해산된 후 진보정당추진위원회로 간신히 명맥을 유지하던 그때 몇 개 좌파 단체들이 힘을 합쳐 '민중후보 백기완 울산 선거운동본부'를 만들었다. 그리고 내가 본부장을 맡았다. 어려운 형편이지만 기개는 살아 있던 시기였다. 매번 남의 선거판만 구경하다가 드디어 우리 후보가 대통령에 출마했다는 것 하나만으로도 신이 났다. 난 1987년 대학로 유세엔 가 보지 못했다. 공장에 다니느라 이후 사진으로만 보았다. 한 번도 선생님의 우렁찬 연설을 들어 보지 못한 것이다. 매서운 추위에 현수막을 달고, 포스터를 붙이고, 거리유세를 해야 했지만 지금 돌아봐도 추웠던 기억은 거의 없다.

백기완 선생님의 울산 유세가 있던 날. 우리는 3만 명도 넘게 들어가는 울산 축구장을 빌렸다. 대체 그 인원을 어디서 채울 거냐고 걱정하는 사람들도 있었지만, 선거 기간 중이어서 거의 공짜에 가까운 비용만 지불하면 되는 기회를 놓칠 수 없었다. 그리고 백기완이라는 이름 하나만으로도 노동자들이 모여들 것이라고 믿었다. 명색이 노동운동의 중심이라는 노동자 도시 울산 아니었던가!

그런데 유세가 있던 당일 오전, 치사하게도(?) 1987년 노동자 대투쟁의 시발이 된 울산 노동운동의 대부라 불리던 권 모 씨가 김대중 후보의 지원 유세를 현대자동차 정문 앞에서, 그것도 같은 시간에 잡았다. 김대중 후보가 직접 내려온 것은 아니지만 유명한 수많은 권력가들이 온다고 했고, 우리 유세는 졸지에 규모가 축소될 수밖에 없었다. 고육지책으로 중앙선거운동본부에 급하게 연락해서 전국에서 사용하던 현수막을 보내 달라고 했다. 그리고 관중석 거의 전부를 현수막으로 메웠다. 그렇게 해서 열린 노동운동의 메카 울산에서의 백기완 대통령 후보의 유세.

그러나 모인 대오는 3천 명도 채 안 될 정도로 초라했다. 호기롭게 축구장을 빌리자고 했던 본부장으로서 쥐구멍에라도 들어가고 싶은 심정이었다. 그러나 처음으로 직접 만나 뵌 선생님은 그에 대해 아무런 질책도 없이 사자후를 토해 내셨다. 수많은 군중이 모여 있을 때와 같은 마음과 열정으로 연설을 하셨다.

기억 셋

선생님과의 인연으로 노동자 민중의 정치세력화를 위한 길이 시작된 것일까? 울산에서 올라와 노동조합운동에 결합한 이후에도 진보정당운동을 이어 왔다. 1997년 권영길 위원장의 출마로 시작하여, 2000년 민주노동당 결성에도 혼신의 힘을 다했다. 그럼에도 불구하고 진보정당은 2008년 민주노동당의 분당 이후 어려움을 겪고 있다.

2013년 민주노총 정치위원장을 맡아 뭔가를 해 보려 했으나 역부족이었다. 그리고 그해 12월 22일 경찰들이 민주노총 사무실을 폭력적으로 침탈하는 사태가 발생했다. 하루 종일 싸워야 했다. 막판에는 계단으로 진입하는 경찰을 막기 위해 던지던 모든 물건이 동이 났다. 책상을 부수지 않는 한 더 이상 사용할 물건이 없었다. 그때 마침 백기완 선생님이 쓰신 책 더미가 있었다. 현장에서 판매하기 위해 며칠 전 도착한 책이었다. 결국 그 책들을 던지라고 했다. 많은 책 더미들이 젖어 못 쓰게 되었다.

수배자가 민주노총에 없는 걸 확인한 경찰들은 웃음거리가 된 채 빈손으로 철수했다. 그 후 처음으로 발생한 경찰의 폭력적 침탈에 대해 민주노총 지도위원들이 1층 로비에서 농성을 시작했다. 그리고 백기완 선생님이 지원 방문을 오셨다. 난 선생님의 책을 던져야 했던 그 일을 고백했다. 선생님께선 "괜찮아. 책은 그러라고 쓴 거야!"라고 말씀하셨다. 마침 새해를 맞아 오랫동안 집에 못 들어간 나를 위해 작은딸이 와 있었고, 선생님께 세배를 올렸다. 선생님은 은수에게 세뱃돈을 주셨다. 고등학교 때 『씨올의 소리』를 통해 처음 접한 선생님과의 인연은 중학생 딸에게로 이어지고 있었다.

제주 올레길에서 접한 부음

2021년 2월, 거의 30년을 다닌 공공운수노조에서의 정년퇴직을 앞두고 안식휴가를 보내고 있었다. 그동안의 삶을 돌아보기 위해 벼르고 벼르던 제주도 올레길 여행을 시작했다. 저질 체력으로 고생하다가 막 탄력을 받아 본격적으로 걸을 수 있다는 자신감이 생기던 어느 날이었다. 날씨마저 음산해 바람이 너무 거세어 똑바로 걷지 못하고 간신히 뒤로 걸어야 했던 그날, 길가에 길게 쓰러져 있는 거목을 보았다. 그리고 선생님이 돌아가셨다는 문자를 받았다. 우연의 일치였을까?

장례를 치르면서 누군가 한 말이 생각난다. "이제 앞으론 이런 규모의 장례식은 없을 거야." 우리 시대의 마지막 큰 어른이 우리 곁을 떠나셨다. 그리고 그 실감은 시간이 지난 지금에야 느끼고 있다. 더 이상 운동의 방향에 대해, 세상에 대해 때론 질책하고 때론 용기를 주시던 큰 어른은 우리 곁에 없다.

세월은 흘러가도

선생님을 뵐 때면 항상 조심스러웠다. 명절 때 찾아뵙고 인사를 드릴 때도 혹시나 외국어가 튀어나오지 않을까 단어 하나도 신경 쓰곤 했다. 어느 날이던가 무심코 KTX 투쟁에 대해 말씀 드리다가 선생님께 혼난 적이 있다. '빠른 기차'라고 해야 했다. 말 하나, 삶의 방향 하나에도 간직하시던 일관성!

지난 9월 아끼던 후배가 세상을 떠났다. 주말에 방문한 그녀의 묘비엔 "한평생 나가자던 뜨거운 맹세 여기 잠들다"라고 새겨져 있었다. 한평생 나가자고 했지만 수많은 사람들이 때론 이름을 위해, 명예를 위해 길을 바꾸곤 한다. 아주 쉽게 자기가 걸어왔던, 자기 입으로 뱉었던 과거를 부정한다. 그럴수록 선생님이 등대처럼 길을 비춰 주심이 고맙다.

40년 가까이 현장에서 활동하다 정년퇴직을 했다. 내 마지막 소원은 현재 머물고 있는 경북 문경시 가은읍 모래실에 노동운동기념관을 짓는 것이다. 과거를 기억함은 앞으로 나아가기 위함이다. 〈열사가 전사에게〉라는 노래의 가사처럼 "그대가 보낸 오늘 하루가 내가 그토록 투쟁하고 싶었던 내일"이라는 것을 잊지 않는다. 이름조차도 남김없이 평등한 세상을 염원하다 돌아가신 수많은 사람들을 기억하는 것, 그게 내 마지막 작업이 될 것이다. 그리고 기념관을 짓는 날 백기완 선생님의 글씨체를 남기고 싶다.

열사들의 뜻을 불씨로 일어나자!

오른팔 같은 분

"오른팔 같은 분이었어요." 용산참사 유가족들에게 백기완 선생님은 '오른팔 같은 분'이었다. 그만큼 비통한 유가족들에게는 '없어서는 안 되는 분'이었다. 무엇보다 백 선생님은 용산참사의 본질을 분명히 일깨워 주셨다. 유가족들에게 선생님의 말씀은, '내 남편이 잘못한 게 아니다'라는 위안과도 같았다. 그게 유가족들이 버틸 힘이었고 위로였다.

오른팔 같은 분이었어요. 그 추운 길바닥에서 처음부터 매번 우리와 함께하셨어요. 정말 우리 유가족들에게는 없어서는 안 되는, 의지가 되었던 분이었는데…. 솔직히 지금 그분이

3   한발 떼기: 그대가 보낸 오늘 하루가 내가 그토록 투쟁하고 싶었던 내일   171

계시지 않으니까 제 어깨에 기운이 빠져요. 우리가 그분 때문에 버틸 수 있었다고 생각해요.

(용산참사 유가족 전재숙)

말해 뭐 해요. 진짜 백 선생님 없었으면, 우린 못 버텼을 거예요. 처음엔 경황이 없어 잘 몰랐지만, 참사 첫날부터 현장에 오셨더라고요. 당일 저녁 뉴스에서 현장에 계신 백기완 선생님 인터뷰가 나오는데 '이건 분명한 살인 행위야!'라고 말씀하시는 거예요. 세상이 우리에게 손가락질하는 것 같았는데, 선생님이 TV에서 온 국민을 향해 '우리 남편이 잘못한 게 아니다'라고 위안해 주시는 것 같아서 힘을 낼 수 있었어요.

(용산참사 유가족 김영덕)

특히, 유가족과 철거민들이 기억하는 선생님은 '괄시 받는 우리를 지지해 주신 분'이셨다. 평범한 이웃이었던 이들이 철거민이 되어 개발에 맞서 투쟁했지만, 존중 받지 못했다. 투쟁의 정당성은 '보상'의 색안경으로 왜곡되었고, 같은 처지의 철거민이 아니고서는 우리를 이해해 주는 사람이 없었다. 그런 철거민들을 존중하고 지지해 주신 분이 백기완 선생님이셨다. 이 시대의 큰 어른인 선생님께서 철거민들의 투쟁을 잘한다며 칭찬하고 지지해 주시는 것이 그들에게는 가장 큰 힘이었다.

우리 애 아빠가 전철연 투쟁하면서 백 선생님께서 철거민들 투쟁에 많은 위로를 해 주셨다고 했어요. 설날에 전철연 동

172

지들과 세배 드리러 가면 항상 선생님 응원을 받고 와서 힘
이 난다고 했어요. 그런 분이 없어요. 우리에겐….

(용산참사 유가족 유영숙)

우리 아저씨도 집 철거되면서 투쟁하기 전부터도 노점상으
로 생활하면서 투쟁했거든요. 그때부터도 선생님께서 우리
같은 사람들에게도 함께해 주시는 것에 감동 받았다고 이야
기하곤 했어요. 대통령 후보로 나왔던 우리 사회의 큰 어르
신이 세상에서 괄시 받는 우리 노점상, 철거민들에게 투쟁
잘한다고 칭찬하고 지지해 주고 계신다며 좋아했던 기억이
나요.

(용산참사 유가족 권명숙)

그래서인지 유가족들은 용산참사가 점점 잊히는 것 같은 지
금, 선생님이 더 그립고 선생님의 말씀이 더 듣고 싶다고 한다.
유가족들에게는 하루하루가 슬픈 날들이었지만, 그래도 선생님
의 이야기는 힘이 있으면서 재미있는 옛날이야기 같기도 했다.
"망나니 중의 망나니, 개망나니보다 더한 쥐 망나니를 우리가 사
는 땅별(지구)에서 몰아내야 한다"라는 선생님의 이명박 정권 심
판에 관한 이야기는 매번 들어도 통쾌하고 재미있었다. 선생님
이 떠나신 지 2년, 그래서 더 선생님의 이야기가 듣고 싶고 보고
싶다.

우리가 눈물 나고 가슴 답답하고 그러다가도 선생님 이야기

하시는 거 들으면, 속 뚫리는 것 같고, 재미있고 그랬어요. 그
래서 그 말씀이 더 듣고 싶어요. 생각할수록 뵙고 싶어서 눈
물이 나려고 하네요.

(용산참사 유가족 전재숙)

용산에서 '참사'는 없었다

2009년 1월 20일 새벽, 철거민 다섯 명과 경찰특공대 한 명을 포
함해 여섯 명의 국민이 하루아침에 죽었다. 아니, 죽임을 당했다.
그 직전 2008년에는 뉴타운 개발 공약을 남발한 제18대 총선 후
보들이 '타운돌이'라는 별명과 함께 금배지를 달았다. 건설 자본
출신으로 서울시장 시절 뉴타운 개발을 시작한 이명박이 대통
령이었다. 용산참사 한 달 전 이명박 대통령과 여당의 대표가 만
나 "건설 현장의 해머 소리가 울려 퍼질 때, 국민에게 희망의 소
리로 들릴 것"*이라며, 전국 곳곳에서 개발을 부추겼다. 경제 난
국의 돌파를 삽질 개발로 돌파하겠다고 천명한 정권의 핵심 기
조에 정면으로 도전하는 철거민들의 농성이 새해 벽두부터 도심
에서 일어나자, 이명박 정권은 용납할 수 없었다. "공사장의 해
머 소리가 희망의 소리로 들릴 것"이라고 했지만, 이명박 정권과
오세훈 서울시장이 울리는 공사장의 망치 소리는 개발지역 곳곳
에서 비극의 곡소리가 되었다. 철거민들은 서울 한복판에 망루
를 세우고, 저들이 희망의 소리로 포장한 개발의 본질을 폭로하

---

* 2008년 12월 15일, 청와대에서 이명박과 당시 여당 대표인 박희태가 정례 회동에서
나눈 이야기이다.

2009년, 용산참사 진상규명 책임자 처벌 촉구 집회 ©노순택

며 저항했다. 그리고 그 자본과 정권의 본질에 대한 폭로와 남일당 건물 옥상 망루에서 외친 "여기, 사람이 있다"라는 생존의 절규가 오히려 죽임을 당하는 이유가 되었다.

개발의 본질이 폭로되는 것이 두려운 정부와 여당, 검찰과 경찰, 보수언론들은 처음부터 철거민들에게 책임을 돌렸다. '보상을 노린 전문 시위꾼들', '세입자가 아닌 떼쟁이들'이라며 철거민 투쟁의 정당성을 왜곡하더니, 결국엔 '도심 테러리스트'로 몰았다. 당시 그들은 '참사'라는 표현조차 사용하지 않았다. '용산 사태', '용산 철거현장 화재 사건' 등으로 호명했다.

하지만 1월 20일 밤, 추모를 위해 현장에 모여든 수천의 시민들은 "이명박 정권이 죽었다"라고 외치며 청와대로 향했다. 추모객들을 막아선 폭력 경찰과의 투석전도 마다하지 않았다. 학생들이 적어 온 피켓에는 "1980년 광주학살, 2009년 용산학살"이라고 적혀 있었다. 당시 꾸려진 범국민대책위원회의 공식 명칭은 '이명박 정권 용산철거민 살인진압 범국민대책위원회'였다. 이 학살을 일으킨 주범이 이명박 정권이고 정권에 의한 살인 진압이었음을 분명히 하고자 했다. 지금은 사회적으로 합의된 표현인 '용산참사'라고 말하고 있지만, 백기완 선생님은 처음부터 "용산에서 참사는 없었다"라고 하셨다. 이것은 '학살'이라고 매번 강조하셨다. 그렇다. 2009년 1월 20일, "용산에서 참사는 없었다" 그것은 '학살'이었다. 우리는 선생님의 그 말씀을, 그 '학살'을 잊을 수 없다.

> 여기 지금 '용산참사'라고 그러는데, 7년 전 내가 여기 새벽에 나와서 했던 첫마디가 '용산참사? 아니야! 용산에서는 참사가 없었어! 이명박 정권의 학살이었지! 여기는 이명박이의 학살 현장이야!' 내가 그랬어.
>
> (백기완, 용산 7주기 추모대회 추모사 중)

학살을 잊을 수 없는 이유

그로부터 14년이 지났다. 이제 용산참사는 과거의 한 사건으로 잊히고 있는 듯하다. 하지만 우리는 그 학살을 정말 잊을 수 있을까? 부동산과 개발 욕망에 사로잡혔던 시대를 함께 성찰했던, 그 뼈아픈 참회를 잊을 수 있을 만큼 세상이 달라지기라도 했을까? 무엇보다 부동산을 향한 욕망이 여전히 이 사회를 지배하고 있고, 철거민들은 오늘도 "여기, 사람이 있다"라고 절규하며 망루에 오르고, 고립된 투쟁을 하고 있다는 현실은 한 치도 달라지지 않았다.

특히 대통령 집무실 이전이라는 권력이 만든 '용산 시대'는 윤석열 정권의 민간 재개발·재건축 활성화 정책 기조와 맞물리면서 강력한 부동산 욕망의 핵심어가 되고 있다. 권력의 용산 시대를 부동산개발의 기폭제로 삼으려는 재벌·정치권력·언론의 개발 동맹 세력들은 '부동산개발의 용산 시대'를 띄우려 발버둥이다.

아이러니하지만 '용산 시대'라는 표현은 2009년 당시 용산참사 현장에서도 있었다. 당시 유가족과 범대위는 용산 4구역 현장인 레아 건물에 "'용산'에 가면 '시대'가 보인다"라며, '용산 시대'라는 현수막을 걸었다. 이는 유가족들과 철거민들이 고립되지 않도록 남일당 현장을 방문해 시대를 목격해 달라는 호소였다. 우리는 이제 어떤 시대의 목격자가 되어야 할까?

더군다나 과거 이명박과 함께 뉴타운 토건 시대를 펼치던 인물인 오세훈까지 서울시장으로 돌아왔다. 오세훈 시장은 용산참사의 원인 제공자이자 직접적인 책임자였다. 오세훈의 대권 프로젝트이기도 했던 한강르네상스와 용산 국제업무지구 개발사업 등 당시 서울시의 대규모 투기 개발의 폭주가 용산참사의 본질이기에, 유가족들은 오세훈 시장을, 이명박, 김석기와 함께, '용산참사 5대 주범'*으로 꼽고, 책임자 처벌을 촉구했다. 그런

---

* 이명박, 김석기(당시 경찰청장 내정자이자 서울경찰청장이었던 살인 진압 책임자로, 현재 국민의힘 2선 국회의원), 오세훈과 함께, 행안부 장관이던 원세훈, 시공사인 삼성이 '용산참사 5적'이다.

그가 다시 서울시장으로 돌아와 '용산은 100평의 선물', '마지막 기회의 땅'이라며, 온갖 개발 규제 완화를 추진하고 있다. 급기야 과거 '단군 이래 최대의 개발사업'이라고 불리다가 용산참사를 촉발하고, '단군 이래 최대의 개발 사기'라는 오명과 함께 부도 사태로 막을 내린, 실패한 '용산 국제업무지구' 개발사업을 재추진하려 하고 있다.

특히 지난 2021년 서울시장 보궐선거에 나선 오세훈 당시 후보는 관훈클럽 토론회에서 용산참사에 대한 질문을 받자 "용산참사의 본질은 임차인들의 폭력 저항"이라며 희생자들을 모독했다.

부동산 욕망과 투기 개발 그리고 이에 맞선 철거민들의 투쟁이 있는 한 용산학살을 잊을 수 없다. 책임자들이 호가호위하며 득세하는 '저들의 용산 시대'에서 우리는 '우리의 용산 시대'를 결코 잊을 수 없다.

불씨로 일어나야 한다.

폭도로 몰린 평범한 시민들이 수십 년을 살고 장사하던 동네는 이제 사라졌다. 남일당 건물과 레아호프, 삼호복집과 공화춘, 무교동 낙지집이 있던 자리는 흔적조차 찾아볼 수 없다. 죽임 당한 그들이 삶을 이어 갔던 자리는 학살의 흔적을 지우듯 '센트럴파크타워'가 전면에 솟은 '용산 센트럴파크 해링턴스퀘어'라는 괴상한 이름의 고층 주상복합 단지로 변신했다. 2009년 당시 전셋값 5천만 원 내외였던 그곳을 밀어 버리고 들어선 해링턴스퀘어 주상복합 아파트의 전셋값만도 평수에 따라 15억에서 22억에 이른다. 이것이 용산참사의 본질이다. 삶을 파괴한 재개발·재건축 활성화의 본질이며, 이를 추동하는 윤석열과 오세훈의 본질이다.

여전히 개발독재가 폭주하는 시대에 백기완 선생님은 우리 곁에서 어떤 이야기를 들려주실까? 용산학살의 책임자들이 면죄부를 받은 양 더욱 활개 치며 자본과 연합한 폭력과 학살을 강화하는 '용산 시대'를 선언하는 지금, 선생님께서는 어떤 불호령을 내리실까? 고급 주상복합으로 흔적이 지워져 가는 그 땅을 보며 선생님은 무어라 한탄하실까? 화려한 도시의 이면에 지금도 또 다른 이름의 용산이 욕망과 함께 생겨나고 있는 현실에서 무슨 말씀을 들려주실까? 그 거대한 개발의 욕망에 맞서 투쟁하고 있는 철거민들에게 어떤 위로를 들려주실까?

이 물음에 대한 답을, 355일 만에 치러진 '용산철거민 민중열사 범국민장'에서 말씀하신 백기완 선생님의 추도사에서 찾을 수 있을 것 같다. "불씨로 일어나자고 다짐하라"는 선생님의 말씀을 다시 새겨 본다.

거꾸로 우리 열사들을 폭도로 몰아온 건 이명박 정권이 거짓부리는 쥐 망나니라는 갓대(증거)입니다. 예부터 거짓부리는 폭도 쥐 망나니는 사람 사는 마을에서 쫓아낸다고 했으니 이명박 정권을 이 땅별에서 몰아냈어야 하는 건데, 그리하기에 앞서 우리 열사들을 땅에 묻어야 한다니 잠이 올 턱이 있겠어요? (중략) 그렇습니다. 이명박의 저 오만, 부패 독재는 한낱 허무주의입니다. 허무주의의 맨 마루인 폭력, 오만을 땅에 묻기에 앞서 저 눈물겨운 열사들을 어찌 땅에 묻겠습니까. 그 뜻을 불씨로 일어나자고 다짐해야 합니다.

(백기완, 「용산 열사들의 뜻을 기리며」, 2010. 1. 9. 『한겨레』)

불평등한 체제를 깨지 않는 한
니나들의 세상은 오지 않는다

이종란—반올림 상임활동가

처음 이 원고 요청을 받았을 때 한사코 손사래를 칠 걸 하는 마음을 떨쳐 내기 힘들었습니다. 한살매(평생) 앞장서 투쟁해 온 혁명가 백기완 선생님을 추모하는 글을 쓰자니, 나약하기만 한 저의 모습이 부끄러워 선뜻 용기가 나지 않았기 때문입니다. 그러나 선생님이 생전에 극악한 삼성 재벌에 맞서 민주노조운동을 해 온 삼성 노동자들의 투쟁과 삼성 백혈병 등 직업병 피해자들의 투쟁에도 애정을 담아 함께하셨기에 고마운 마음을 담아 조심스레 글을 써 봅니다. 먼저, 부끄럽게도 저는 선생님이 돌아가신 뒤에서야 선생님께서 한평생 어떤 길을 걸어오셨는지를 알게 되었습니다.

맨 첫발,

딱 한발 떼기에 목숨을 걸어라.

목숨을 아니 걸면 천하없는 춤꾼이라고 해도

중심이 안 잡히니

그 한발 떼기에 온몸의 무게를 실어라

…

앞서서 나가니 산 자여 따르라.

(백기완, 「묏비나리」 중에)

백기완 선생님의 빈소에서 받아 온 추모집에서 「묏비나리」 시를 처음 봤습니다. 시의 첫 구절, "딱 한발 떼기에 목숨을 걸어라"라는 글귀를 보고는 가슴이 쿵 내려앉았던 기억이 나네요. 그 뒤 어떤 용기가 필요한 순간마다 그 첫 구절이 떠오르곤 합니다. 다만 선생님의 용기와 저의 용기는 정말 다른 차원의 것이었습니다. 선생님은 1980년 전두환 군부에 저항하다 끌려간 감옥에서 모진 고문을 받으며 진정으로 딱 한발 떼기에 목숨을 걸었습니다. 그리고 그 상황에서도 "앞서서 나가니 산 자여 따르라"라고 하셨습니다. 단지 그때만이 아니라 평생을 그렇게 사셨습니다.

『버선발 이야기』를 꼭 읽어 보라 하셨는데, 순우리말이 그토록 낯설 수 있다니! 선생님 덕분에 모르고 지낸 우리말 몇 개라도 배우면서 어렵게 『버선발 이야기』를 읽었습니다. 그리고 '민중사상'이란 것을 어렴풋이 느낄 수가 있었습니다. 선생님은 배운 것 없고 핍박 받고 '낫 놓고 기역 자도 모르는' 그 민중이 '노나메기' 세상을 만들 주체이고, 그러기 위해 싸울 수 있다는 자신감을 한없이 일깨워 주시려 했던 것 같습니다.

> 여보게, 아 여보게. 자네가 바로 참짜 노나메기일세, 노나메
> 기. 야 이놈들아, 남의 목숨인 밥땀, 안간 땀, 피땀만 뺏어 먹
> 으려 들지 말고 너도 사람이라고 하면 너도나도 다 함께 밥
> 땀, 안간 땀, 피땀을 흘리자. 그리하여 너도 잘살고 나도 잘
> 살되 올바로 잘사는 벗나래(세상)를 만들자. 너만 목숨이 있
> 다더냐. 이 땅별(지구), 이 온이(인류)가 다 제 목숨이 있고 이
> 누룸(자연)도 제 목숨이 있으니 다 같이 잘 살되 올바로 잘
> 사는 거, 그게 바로 노나메기라네.
>
> (백기완, 『버선발 이야기』 중에)

저는 선생님이 설파하신 민중사상이 좋았습니다. 낫 놓고 기
역 자도 모르는 민중(순우리말로 '니나'라고 하는)이야말로 썩은
자본주의를 무너뜨릴 수 있다고 하셨지요. 가진 것 없고 배운 것
없어도 맨몸뚱이로도 싸울 수 있다고 용기를 주셨지요. 그렇게
한살매(평생) 거리에서 투쟁에 앞장서 주셨으면서도, 더 이상 걸
을 수 없는 순간까지 하얀 도포 자락에 감추어진 마른 몸을 지팡
이에 의지한 채 고공 농성 중인 노동자, 단식 중인 사람들의 손을
잡아 주셨지요. 그러면서 위정자들을 꾸짖고 탐욕스러운 자본가
들에게 호통을 치셨지요. 정말이지 그런 백기완 선생님의 존재
만으로도 큰 힘이 되었다는 것을 늦게나마 고백해 봅니다.

삼성 백혈병 문제를 다룬 영화 〈또 하나의 약속〉 상영관에
선생님이 나타나셨습니다. 2014년 2월 어느 날 고 노회찬 의원

님과 고 황유미의 아버지 황상기 님과 백기완 선생님이 나란히 앉아 영화를 보셨고, 선생님은 영화가 끝나고 정말 큰 박수를 보내 주셨습니다. 홍보에도 앞장서 주셨습니다.

당시 영화의 상영은 순조롭지 않았습니다. 보이지 않는 검은 외압으로 인해 일정이 잡혀 있던 상영관이 줄줄이 취소되는 사태가 벌어졌는데, 기막힌 이런 외압에도 백기완 선생님을 비롯해 많은 분들이 영화를 지키고 대관 운동까지 벌이면서 50만 관객을 유치했고, 덕분에 삼성 백혈병 등 직업병 문제는 많은 민중들과 시민들이 알게 되었습니다. 그런 힘으로 다시 한 발씩 앞으로 나갈 수 있었습니다.

황유미 씨의 아버지 황상기 님이 늘 하시는 말씀이 있습니다. "나는 초등학교도 졸업을 못했고, 할 줄 아는 건 먹고살기 위해 배웠던 택시가 전부였는데, 어느 날 대기업 삼성에 들어간 딸이 백혈병에 걸려 죽었다고… 그렇게 내 딸 유미가 죽었는데, 삼성은 단돈 500만 원으로 이 문제를 덮으려 했다"고. 그 뒤 한발떼기에 온 힘을 실은 황상기 아버님은 딸의 억울한 죽음이 반도체 공장의 유해화학물질 때문임을, 정부와 삼성이 책임져야 할 산업재해임을 밝히고자 큰 용기를 냈습니다. 그리고 노동계와 시민사회는 이러한 아버님의 용기와 요구에 대책위(반올림)를 꾸리고, 삼성과 정부를 상대로 10여 년 싸워 나갔습니다. 골리앗 삼성을 상대로 너무 무모한 싸움 아니냐는 소리도 있었지만, 생명과 인권을 지키려는 근원적 싸움에 더욱이 삼성 재벌이나 국가 권력에 맞서 싸워야 하는데 그들에게 위축될 수는 없는 노릇이었습니다.

그렇게 고 황유미 씨를 비롯해 수많은 직업병 피해 노동자들의 죽음을 부여잡고 진상규명을 외친 싸움은, 11년 만인 2018년에서야 피해자들이 삼성전자 대표이사로부터 공개 사과와 최소한의 보상을 받고 재발 방지 대책을 마련하는 합의에까지 이르렀습니다. 어쩌면 백기완 선생님이 그토록 강조하셨던 민중사상, 배우지 못해도 가진 것 없어도 맨몸뚱이로 용기 내 싸워 이길 수 있다는 민중들의 정신에 대해 반올림 또한 오랜 길을 걸으면서 깨닫게 되는 것 같습니다.

선생님이 삼성 노동자들의 힘겨운 투쟁에 함께했던 기억들을 아래에 소환해 봅니다.

2012년 5월 8일, 뇌종양으로 투병하던 삼성반도체 노동자 고 이윤정 님이 어린 자녀 둘을 남기고 서른한 살로 생을 마감했습니다. 삼성은 고인의 죽음에 어떤 책임도 지지 않으려 했습니다. 삼성의 방해 속에 우리는 아무것도 밝히지 못한 채 그녀를 떠나보내야 했고, 삼성 서초사옥 앞에서 분노와 슬픔을 가누지 못하고 슬픈 영결식을 치러야 했습니다. 그러나 그 자리엔 소수의 피해자들만 있지 않았습니다. 장례위원으로 통일문제연구소 백기완 선생님을 비롯해 117개 단체, 1,257명의 시민사회 장례위원들이 나서 주셨습니다.

2012년 7월 19일, 에버랜드에서 일하던 노동자들이 만든, 삼성 계열사 최초 민주노조인 '삼성노동조합'(현 금속노조 삼성지회)의 결성 1주년 출범을 축하하는 기자회견에 제법 사람들이 모

2012년, 삼성노동조합 1주년 및 무노조 삼성규탄 기자회견장에서 발언하는 백기완 선생 ⓒ반올림

였습니다.

노조를 만들자마자 부지회장이 해고 당하고 조합원 가족들까지 사찰하고, 부당한 징계를 일삼고 노조를 파괴하기 위해 온갖 괴롭힘을 자행해 온 삼성에 대해 큰 소리를 내야 했습니다. 백발의 백기완 선생님이 맨 가운데에 섰습니다. 그리고 호통의 한 말씀….

"삼성은 노동자, 농민의 피와 눈물을 먹고 크는 데만 정신이 팔린 눈사람으로 언젠가 벼랑으로 떨어져 한순간에 떨어질 것이야."

2013년 10월 30일, 삼성전자서비스 노동자 고 최종범(33세)님이 자결한 지 33일째, 삼성이 책임을 전면 부인하는 상황에서

185개 단체로 꾸려진 열사대책위원회는 전국 삼성전자서비스센터 항의행동에 돌입한다고 선언했습니다. 이날 노동계와 시민사회계 등이 함께 모였고, 맨 앞에서 백기완 선생님은 더욱 엄하게 삼성을 꾸짖었습니다.

"정말로 삼성 재벌한테 경고한다. 돈 좀 있다고 까불지 마라. …우리 이제 결론 내리자. 언제나 이렇게 사람이 아니라 코뚜레 꿰인 망아지처럼 끌려다닐 텐가. 더 이상 안 된다. 여러분들이 죽음보다도 엄숙한 결단을 내린다고 한다면 이 늙은이도 반드시 함께하겠다."

2013년 12월 13일, 삼성전자서비스 양산센터 분회장 고 최종범 열사가 떠난 지 44일째. 그의 어린 딸, 별이가 첫돌을 맞았습니다. 어려운 가운데 고인의 동료들이 딸 별이의 돌잔치를 마련했고, 그 자리에 참석한 백기완 소장님은 별이에게 말합니다.

옛적에 꼬마가 돌쟁이가 되어 가는 날에 때때옷도 만들지 못하고 수수떡도 못해 먹이면 애비는 낫을 간다. 낫을 갈아 자기 땀의 결과가 빼앗긴 것을 찾으러 간다. 그것을 요샛말로 돌빔이라 한다. 별아! 네 애비가 니 때때옷하고 노동의 결과를 찾으러 갔다가 못 돌아왔다. 네가 커서 낫을 갈거라. 돌빔을 하라 이 말이야. 니 애비가 찾아오지 못한 노동의 결과를 지키는 데 별이가 앞장서기를 바란다. 어서 크거라.

2014년 2월 20일, 서울 정동 프란치스코 교육회관에서 '공

2013년, 고 최종범 열사의 딸 별이의 첫돌 ©정기훈

정사회파괴 노동인권유린 삼성바로잡기 운동본부' 출범식이 200여 단체의 참여로 열렸습니다. 백기완 선생님이 역시나 앞장 섰습니다. 백 선생님은 "담으면 담을수록 작아지는 그릇, 먹어도 먹어도 마음이 좁아지는 '쫄망쇠'를 대표하는 삼성 재벌"이라고 질타했습니다.

2014년 6월 30일, "지회가 승리하는 날 화장해 정동진에 뿌려 달라"고 하던 전국금속노조 삼성전자서비스지회 염호석 양산 분회장의 장례를 45일 만에 치르게 되었습니다. 염호석 노동열사 전국민주노동자장 장례위원회는 6월 30일 오전 9시 서울 서초동 삼성전자 본관 앞에서 1,500여 명이 참석한 가운데 영결식을 진행했습니다.

최소한의 안전조치, 임금도 보장되지 않았고, 극악한 노조 탄압과 표적 감사 등으로 결국 염호석 열사를 잃은 것입니다. 당시 박근혜 정부와 경찰은 염호석 열사의 시신을 탈취하는 만행을 저질렀습니다. 백기완 선생님은 그 어느 때보다 비판의 강도를 높였습니다.

"우리 인류가 30만 년 동안 피눈물로 일군 문명을 말살하고 있는 삼성 재벌과 박근혜 정권을 바다에 묻는 장례식으로 선포해야 한다. 오늘은 장례식이 아니라 작은 불씨를 몰아 태우는 싸움의 현장이 되어야 한다."

글을 마치며

열네 살이 된 반올림, 삼성에서 민주노조운동을 하고 있는 풀뿌리 조합원들 모두 백기완 선생님의 한살매에 걸친 투쟁을 잊지 않고 있습니다. 여전히 삼성을 비롯한 첨단 전자 자본들은 작업 환경에 대한 유해성 정보들을 감추고 직업병을 양산하고 있습니다. 정부와 국회도 산업기술을 보호한다는 미명하에 기업들의 편의와 이윤 추구를 위할 뿐, 노동자들의 생명 건강과 직결된 알 권리 등 노동자들의 최소한의 권리를 보장하지 않고 있습니다. 또 위험업무는 하청 노동자들, 2차·3차 협력업체 노동자들에게 넘어가 더 보이지 않게 되었습니다. 이제 삼성에는 그토록 바라던 민주노조가 뿌리를 내리고 있지만 삼성 자본은 언제든 필요에 따라 노조를 통제하고 억압할 수 있다는 것을 우리는 잊지 않고 있습니다. 그리고 생활 운동이 아니라 근본적인 변화를 위해 싸워야 한다는 말씀, 불평등한 체제와 구조를 깨뜨리지 않는 한

니나(민중)들의 세상은 오지 않는다는 말씀을 잊지 않고 투쟁하겠습니다. 2주기를 맞아 선생님을 가슴 깊이 추모하며 글을 마칩니다.

민중만을 바라보며 복무하는 것만이
우리의 차이를 극복하는 길이다

조병옥─전국농민회총연맹 부산경남연맹 의장

선생님! 운동해 오면서 요즘처럼 막막한 경우도 별로 없었던 듯합니다. 윤석열 정부가 출범하고서부터 다들 마음 정리가 안 되는 모양입니다. 뭐 그런 거 있잖습니까? 제대로 중심을 잡지 못하는 상황이라고 할까요? 윤석열 정부를 만든 가장 큰 동력은 문재인 정부인데 문재인을 욕하면 오해받을까 봐 쉬쉬하고, 그렇다고 윤석열 정부를 쫓아내자니 아직 그런 상황은 아닌 것 같고, 또 쫓아낼 수 있다고 한들 도로 민주당에게 정권 넘겨주면 역사의 재탕 반복이고, 담을 그릇도 만들지 못하고 깜냥도 안 되는 진보정당은 조족지혈이고. 뭐 이런 상황이다 보니 다들 뭔가는 해야겠는데 미적대고 힘도 실리지 않는 거죠. 참 막막한 상황입니다. 이럴 때 우리들은 '지리멸렬'이란 말로 상황을 설명하는데 딱 그 짝입니다.

그럼에도 불구하고 하나의 합법적인 정권을 무너뜨리는 문제를 너무 쉬이 생각하는 우리들의 모습을 봅니다. 자각된 민중의 힘이 얼마나 막강한지를 보게 되는 요즘입니다. 권력의 유한성을 국민들은 너무 잘 알고 있고, 조그마한 빈틈이라도 보이면 언제든 지난날의 상황을 재현하겠다는 결기가 보이는 요즘이기도 합니다. 물론 2016~2017년 박근혜 정부를 몰아내는 상황과는 차이가 있겠죠. 그때는 중심이 있고 힘이 모아지는 부분이 있었죠. 주요 동력도 있었고, 정권의 안일함과 무능력도 한몫을 했죠. 하지만 '역사'는 어느 방향으로 전진할지 자기 밑그림을 한 번도 보여 준 적이 없죠. 오로지 민중의 힘과 방향만이 그 경로를 알 수 있을 뿐인 것 같습니다.

선생님! 지난 7월 거제도에서 대우조선 비정규직 노동자들의 투쟁이 있었습니다. 사방 1미터 철장을 용접한 채 자기 몸을 가둔 노동자는 이렇게 외쳤습니다. "이렇게 살 수는 없지 않습니까!"A4용지 한 장에 꾹꾹 눌러 쓴 한 노동자의 외침은 하늘에 대고 외치는 1100만 비정규직 노동자의 아우성이었습니다. 50여 년 전 전태일 열사의 외침이 또 다른 모양새로 한여름 철판을 달구듯 끓어넘칩니다.

노동자의 현실만 그러한 것이 아닙니다. 농민들은 쌀값이 떨어져 난리입니다. 모든 물가는 다 올랐는데 주곡인 쌀값만은 45년 만의 대폭락으로 생계가 막막합니다. 농업생산비는 오죽 올랐습니까? 인건비, 자재비, 유류대 등 오르지 않은 것이 없는데 농산물 가격만은 30년 전 가격이니 어떻게 살아가라는 말입니까? 이

문제는 현 정부만의 문제가 아닙니다. 역대 어느 정부든 농업에 진심인 정부는 없었습니다. 고도로 발달한 자본주의 체제인 나라에서 농민을 유령화하여 보이지 않는 존재로 만드는 능력은 신통방통합니다.

선생님! 저는 얼마 전 국제 농민조직인 비아 캄파시나가 주최하는 국제 농민회의에 다녀왔습니다. 중미의 작은 나라 온두라스인데, 시오마라 카스트로 좌파 대통령이 올해 당선되어 국정을 운영하고 있었습니다. 온두라스는 2009년 군부 쿠데타로 독재의 잔상이 아직 많이 남아 있는 나라랍니다. 새로이 좌파 대통령이 당선되어 적폐를 청산하고 새로운 나라의 비전을 만들어 가고 있는 중이었습니다. 옆에 있는 콜롬비아도 무장투쟁을 전개했던 구스타보 페트로가 대통령에 당선되었는데 미흡하지만 개혁적인 조치들이 이루어지고 있는 모양입니다. 이런 분위기에서 국제 농민조직이 농업노동자와 이주민을 주제로 회의를 진행했습니다.

농업노동자와 이주민 문제에 대한 국제 농민운동 조직의 대응은 간간이 있어 왔지만 이번처럼 전 세계 농민 대표 조직들이 모여 대응 방안을 논의한 것은 처음입니다. 이 문제는 아주 심각한 상황이며 적절한 대응 방안을 마련하지 않으면 안 되는 상황이 되어 버렸습니다. 현재 이들의 인권 보장은 요원하고, 착취와 고통, 범죄의 노출, 심지어는 사망에 이르는 심각한 상황이 발생했거나 발생하고 있는 상황입니다.

현재 아프리카와 중남미의 농민들이 생존을 위해 국경을 넘고 있습니다. 아프리카는 모로코, 튀니지를 통해 지중해를 넘어서고 있습니다. 카리브해 아이티의 민중은 굶어 죽지 않기 위해 중남미로 원정을 떠납니다. 중남미의 민중들은 좀 더 나은 중미의 교량을 지나 카라반이 되어 북미로 향하고 있습니다. 남반구에서 북반구로의 단순한 인구 이동이 아닙니다. 이들은 조직되어 있으며, 그들의 신념은 이 신자유주의의 착취 문제, 자본주의의 탐욕에 정면으로 맞서고 있습니다. 대부분의 사람들은 그들을 가난하고 불쌍해서 시혜를 베풀어야 할 대상으로 여깁니다. 하지만 그들의 행동은 철저히 정치적이며 반자본주의적입니다. 저항으로 국경을 넘으며 자기 삶의 주인으로 당당하게 서려는 사람들입니다. 그들은 우리와 똑같은 사람이고 똑같은 권리를 가진 사람입니다. 우리가 가진 편견을 이제는 바꿔야 함을 여기에 와서 절절히 느낍니다.

저는 이 회의에 가기 전 한국에서의 외국인 노동자 문제에 대해 많은 공부와 고민을 해 왔던 경험을 가지고 있습니다. 10여 년 전 『시사인』에서 한국 농촌에서 일하는 외국인 노동자 인권 문제를 크게 다룬 적이 있습니다. 이때 저는 쥐구멍에라도 들고 싶은 심정이었습니다. 당시 농장주들이 외국인을 대하는 모습은 마치 노예를 대하듯, 머슴을 대하듯 막무가내였고, 인권은 철저히 유린 당했습니다. 10여 년이 지난 현재의 우리 모습은 어떻습니까? 얼마 전 책으로 발간된 우춘희 씨의 『깻잎 투쟁기』라는 책은 10여 년 전이나 지금이나 하나도 달라진 것 없는 한국 농촌의 모습이 그려져 있습니다. 임금 체불, 노동시간 연장, 성희롱과 성폭력, 사람이 살 수 없는 생활공간 제공, 이름을 부르는 것이 아니라 "이년아, 저년아!"로 호칭되는 그들의 모습은 참으로 우리를 부끄럽게 만듭니다.

이처럼 동남아나 '~스탄'이 붙은 중앙아시아에서 오는 그들 또한 이주민이며 농업 노동자입니다. 그들이 좀 더 나은 삶을 살고자 한국에 와서 받는 대우가 이 정도면 우리는 근원에서부터 다시 질문을 던져야 합니다. 어쩌다 이렇게 천박한 우리가 되었을까요? 그들의 임금을 떼어먹고도 부끄러운 줄 모르는 인면수심의 농민이 있는 걸까요? '그들도 인권이 있는 사람이고 우리가 하기 싫은 일, 더러운 일, 힘든 일을 해 주는 고마운 사람이다.' 왜 이런 생각을 하지 못하는 걸까요.

선생님! 우리 농촌의 모습은 정말 많이 달라졌습니다. 가족농, 소농은 점차 사라져 갑니다. 그 자리를 대농들이 대신합니다. 규모를 늘리라는 정부에 화답하듯 하우스를 늘리고 축사를 키웁니다. 자연스레 빚은 늘어 갑니다. 본인의 노동력으로 모자라 외국인 인력을 2명, 3명, 4명, 아니 그 이상을 부립니다. 그들의 인건비를 맞추기 위해 또 더 많은 농사를 짓습니다. 빚도 갚아야 하지만 시설 투자를 하지 않을 수도 없습니다. 생활을 하기 위해 농사를 짓는 것이 아니라, 일에 묻혀 외국인 노동자의 인건비를 대기 위해 일합니다. 이런 걸 악순환이라 하지요. 농촌에 사는 농민의 정경은 사라졌고 오로지 돈만 좇는 허상만 남았습니다.

선생님께서 농촌계몽대 활동을 하던 당시의 우리 농촌은 어떠한 모습이었나요? 경제적으로 궁핍했을 것입니다. 앎으로는 무지했을 거구요. 그래도 농촌다운 정경은 있지 않았습니까.

푸른 정 굽이굽이 넘쳐흐르던/농촌이 잠들다니 이게 웬 말이냐/수천 년 주림에 시달린 농촌/민족의 맥박이 끊어졌느냐/젊은이여 횃불 들어 암흑을 깨치라/영광스러운 내일을 바라보며/싸워 나가는 우리는 하제(내일)에 찬 자진농촌계몽대

(김광일 작곡, 백기완 작사, 〈자진농촌계몽대〉)

이 노랫말에서처럼 우리는 암흑 속에서는 벗어났는지 모르지만 또 다른 장막 안에 갇혀 버린 것 같습니다.

선생님! 이번 중미에서 며칠 지내는 동안 지구 반대편에서 벌어지는 계급과 자본의 대척점을 분명하게 확인했습니다. 불평등의 착취 구조가 있는 한 이 싸움은 끝나지 않겠지요. 좀 더 나은 삶을 위하여, 아이들의 미래를 위해, 굶어 죽지 않기 위해 고향을 등지고 떠나는 그들에게 우리가 할 일이 참 많습니다. 카라반이라 불리는 이주민 행보가 철조망과 경찰·군대의 폭력에 막혀 있는 암담한 상황이지만 그들의 행진은 멈추지 않을 것입니다.

우리는 이번 회의에서 이들과 연대하고 조직하기를 결의합니다. 철저하게 파괴되는 인권과 장벽과 철조망으로 그들을 막아서는 폭력의 어두움도 끝내야 합니다. 교육과 홍보는 더할 나위 없이 중요합니다. 연대의 끈은 더 강화되어야 합니다. 경찰과 군대의 폭력에 죽어 가는 이들을 위한 국제적 압박도 필요합니다. 할 일이 많습니다. 갈 길이 멉니다. 당장 한국에서 무엇을 해야 할 지, 할 수 있는 것은 무엇일지 빠르게 조직하고 준비해야겠습니다.

얼마 전 벌어진 10·29 대참사는 우리 사회가 얼마나 미개한

지를 단적으로 보여 주는 사건이었습니다. 국민의 목숨을 대하는 저들의 모습에서 야수의 모습을 봅니다. 농민들이 봄에 콩 농사를 지을 때 "한 구멍에 3알씩 넣어라"라고 호사가들은 말합니다. 하나는 들짐승이 먹고, 하나는 날짐승이 먹고, 하나는 사람이 먹는다는 참 좋은 말입니다. 그러나 현실은 전혀 그러하지 못합니다. 비둘기가 콩밭에 와서 한 알만 먹고 가는 경우는 없습니다. 들쥐도 마찬가지입니다. 그들은 있는 족족 다 먹어 버립니다. 저는 이것을 자연의 질서라고 봅니다. 스스로 그러한 이 질서를 인간의 감정을 투영해 야만이라 말하지만, 그것은 당연한 자연의 질서입니다. 이 야만이 우리의 삶에, 인간이 만든 사회 질서에 투영되어 우리를 갉아먹는 작금이 바로 자본주의의 고도화입니다. 사람이 사람을 잡아먹는 이 처참한 현실을 목도하면서 최소한의 공감과 눈물, 그리고 손을 잡아 주는 인간의 모습을 한 우리의 미래를 그려 봅니다.

다시금 조직을 일구고 투쟁을 준비해야 합니다. 당장 농민들의 생존권을 위해, 떨어진 쌀값 문제에 대해 더 큰 투쟁을 해야 합니다. 정부의 노동 개악 저지, 노동조합 및 노동관계법(노조법) 2~3조 개정, 공공기관 민영화 반대 등 다양한 투쟁이 눈앞에 있습니다. 이태원 참사와 관련된 진상을 규명하고 책임자를 처벌하는 투쟁 또한 당당하게 진행해야 합니다. 이미 그들과의 대접전이 벌어지고 있지만 제대로 된 타격이 이루어지고 있지 못합니다. 이 싸움 또한 잘 준비해야 합니다.

선생님! 우리에게 죽비처럼 내리쳤던 그 호령으로 다시금 저희들에게 큰 걸음으로 투쟁하게끔 힘을 주십시오. 치기 어리게 누군가를 원망했던 과거도, 작은 차이로 이간질했던 일도, 적보다 더한 원수처럼 갈라치기를 하고 손가락질했던 사실도, 나와 우리 쪽과의 다름을 죄악시하며 손가락질했던 구도도, 다 내려놓으면 바람에 흩어지는 수증기인 것을 압니다. 오로지 민중만을 바라보며 민중을 위해 복무하는 것만이 우리의 차이를 극복하는 길임을 알기에 당당하게 걸어가겠습니다.

한발 떼기에 목숨을 걸자

차헌호—금속노조 아사히비정규직 지회장

기억

2021년 2월, 날은 차가웠으나 하늘은 파랗고 맑았다. 백기완 선생님 마지막 가시는 길, 발인식이 열렸다. 동지들과 운구를 했다. 백기완 선생님의 삶은 매섭고 무거웠지만 떠나는 몸은 깃털처럼 가벼웠다.

2022년 6월, 유최안 부지회장은 0.3평 철창을 제 손으로 용접해 자신을 가두었다. 얼마나 억울하면 저럴까. 다리를 다 펴지도 서지도 못하는 장면은 보는 이들의 가슴을 미어지게 했다. 조선소 하청 노동자들의 처지를 알리기 위해 목숨을 걸었다. 한국 사회 하청 노동자들의 처지와 절박함은 그렇게 세상에 알려졌다.

유최안 부지회장은 시너가 든 통을 껴안고, 철창에 들어간 첫날 매직으로 '노나메기 세상'이라고 창살에 썼다. 그는 정말 죽을 각오였다고 했다. 얘기를 듣는 순간 소름이 돋았다. "한발 떼기에 목숨을 걸어라"라는 백기완 선생님의 호통이 들리는 것 같았다. 유최안은 선생님의 정신을 이어받아 정말 목숨을 걸었다.

유최안은 22년 차 용접공이다. 대우조선에서 일하다가 현장에서 죽어 나가는 동료들을 봤고, 회사가 어렵다고 하루아침에 길거리로 쫓겨나는 동료들을 떠나보냈다. 그는 임금 30%를 삭감 당하면서도 일했다. 유최안 부지회장은 '너도 일하고 나도 일하고, 너도 잘살고 나도 잘살되, 모두 올바르게 잘사는 세상'을 진심으로 바랐다.

백기완 선생님은 거제로 달려갔다. 점거 농성하는 1도크에 직접 내려가서 유최안의 손을 꽉 잡았다. 제대로 앉지도 서지도 못하는 유최안을 보며 눈물을 흘리셨다. 그리고 하청 노동자들을 사람으로 여기지 않는 대우조선해양 자본을 향해 "이 썩어 문드러진 새끼들아!"라며 분노의 사자후를 토했다.

백기완 선생님이 계셨다면… 분명 버선발로 한달음에 달려가서 투쟁하는 노동자들의 눈물을 닦아 주며 품에 보듬었을 것이다. 선생님의 빈자리가 그립고 그립다.

2017년 4월 광화문은 제19대 대통령선거 유세로 떠들썩했다. 투쟁 사업장을 대표해서 6명의 노동자들이 광화문 사거리 광고탑에 올라 고공 단식 농성에 들어갔다. 대통령선거운동은 요란했고, 노동자들의 투쟁은 주목 받지 못했다. 백기완 선생님은 한달음에 고공 농성장으로 달려왔다. 손을 꽉 잡아 주셨다. 백기완 선생님은 피눈물 나는 현장에서 투쟁하는 노동자들의 손을 끝까지 놓지 않았다.

기억은 사라지지 않는다. 백기완 선생님은 힘들고 아파하는 이들이 있는 곳이면 어디든, 언제든 달려오셨다. 간절히 살고 싶으나 절망의 벽을 마주한 이들의 심정을 누구보다 잘 이해했다. 비정규직 노동자들의 따뜻한 친구였고, 든든한 동지였다.

기죽지 말자

선생님은 떠났다. 아낌없이 남김없이 노동자 민중을 위해 싸우다가 가셨다. 사랑도 명예도 이름도 남김없이 한평생 나가자던 선생님은 홀연히 떠나셨다. 엊그제 같은데 벌써 2년이 흘렀다. 곧 2주기다. 노동자들의 현실은 여전히 비참하다. 23세 여성 노동자가 제빵공장 기계에 몸이 끼여 죽었다. 노동자들은 동료가 죽은 기계 옆에서 생산량을 맞추기 위해 계속 일했다. 동료를 죽인 기계는 흰 천으로 가릴 수 있으나, 살아서 더 참혹한 고통을 당하는 노동자는 안중에도 없다. 잔인한 사회다.

일하다 죽지 않고 차별 받지 않는 세상은 그냥 오지 않는다. 두 눈깔 부릅뜨고 우리가 싸워야 가능하다. 지금도 천막에서, 거리에서, 현장에서 많은 노동자들이 세상을 바꾸는 투쟁을 이어가고 있다. 아사히글라스 비정규직 노동자들은 민주노조의 깃발 하나를 부여잡고 8년째 싸우고 있다. 민주노조는 비정규직 노동자들에게 목숨과도 같은 것이다.

"지회장님, 투쟁 언제 끝나요?" 조합원 부인의 질문에 나도 모르게 고개를 숙였다. "올해는 끝내야지요"라고 답한다. 조합원 가정의 생계가 어떨지 뻔히 알면서도 시원하게 대답할 수 없다.

22명 조합원의 지회장이 도대체 뭐라고, 어깨가 처지도록 무거울 때가 있다. 일정을 마치고 가슴이 답답할 때는 저녁에 동네를 한 바퀴 걷는다. 힘든 마음을 터놓으며 실컷 울고 싶을 때도 있다. 그러다 휴대폰을 들고도 연락할 곳이 없을 때는 더 서글프다. 해고 투쟁 8년, 나 자신과의 싸움에서는 늘 서럽고 외로운 시간이다. 백기완 선생님은 어떻게 평생을 흔들림 없이 한길을 갈 수 있었을까.

"눈깔을 똑바로 뜨고." 지금도 선생님의 목소리가 귓가에 생생하다. 팔십을 훌쩍 넘긴 연세에도 날카롭고 매섭다. 백기완 선생님은 혁명가다. 노나메기 세상을 위해 한평생을 바쳤다. 우리에게 어깨 펴고, 기죽지 말고 싸우라며 기세를 북돋워 주셨다.

한발 떼기에 목숨을 걸라는 것은 단 하나의 투쟁이라도, 단 하루의 투쟁이라도 진심으로 사력을 다해서 싸우는 것이다. 노동자 민중의 가슴이 뛰도록 온몸으로 뜨겁게 투쟁하자. 노나메기 세상은 가능하다. 우리 손에 달렸다. 대우조선 하청 노동자들이 보여 줬다. 비정규직 노동자들의 힘은 거대하다.

한국 사회를 바꿀 수 있는 주인공은 비정규직 노동자들이다. 거침없는 비정규직 투쟁이 세상을 바꾼다. 사회구조를 뒤흔드는 투쟁이 세상을 바꿀 수 있다. 백기완 선생님을 추모하는 것은 단지 백기완 정신을 기억하는 것만이 아니다. 투쟁 앞에서 우리가 어떤 마음으로, 어떤 정신으로 싸워야 하는지 다짐하며 되새기는 것이다. 우리의 가슴속에 불쌈꾼, 백기완 선생님은 여전히 살아 있다.

다시 민중 속으로 들어가
들불을 지피겠습니다

최석환 — 전국농민회총연맹 사무국장

선생님께서 우리 곁을 떠나신 지 어느새 2년이 되었습니다. 시대를 밝히는 선생님의 혜안과 우렁찬 목소리가 그 어느 때보다 절실한 요즘입니다. 시대를 거스르는 자들이 권력을 꿰차는 일이 다시는 오지 않을 줄 알았지만 민중의 힘으로 권좌에서 끌어내린 자들이 또다시 잘못된 역사를 되풀이하고 있습니다. 뿌리 깊은 거목처럼 우리 운동의 중심이 되어 주셨던 큰 스승이 부재한 시대가 더없이 서럽습니다. 하지만 선생님께서 평생을 우리 사회가 올바로 나아가기 위해 바치셨던 것처럼, 기억과 추모에 머무는 것이 아니라 선생님의 뜻을 온전히 이어받아 다시 머리띠 신발끈 동여매야겠다고 다짐해 봅니다.

선생님과의 기억을 더듬다 보니 1993년 우루과이라운드 반대 투쟁까지 거슬러 올라갑니다. 그 투쟁의 핵심 구호가 쌀 수입 개방 반대였습니다. 김영삼이 대통령직을 걸고서라도 쌀 개방은 막겠다고 했지만 결국 신자유주의 세계화의 파고는 피해 갈 수 없었고, '전면 개방 유예'라는 꼬리표를 달고 수입개방의 문을 열어야 했습니다. 그 후로도 신자유주의 개방농정은 각종 자유무역협정(FTA), 최근의 환태평양경제동반자협정(CPTPP)으로 이어지며 정권과 자본은 더 교묘하고 악랄하게 이 나라를 제국주의의 손아귀에 집어넣으려 했습니다. 전용철, 홍덕표 두 농민이 경찰의 살인 진압으로 목숨을 잃었을 때에도, 한미FTA 반대 투쟁에서도, 박근혜의 쌀 전면 개방 선언에도, 백남기 농민을 지키는 투쟁에서도 30년간 이어진 농민들의 반신자유주의와 생존권을 건 투쟁 현장에 선생님은 우리 농민들과 늘 함께 든든히 서 계셨습니다.

그래서 많은 사람들이 선생님을 민주화 투사, 노동운동가로 기억하지만 농민들은 당당히 농민운동가 '백기완'이라 부르고 싶습니다. 언젠가 연구소로 찾아뵈었을 때, 당신의 청년 시절 이야기를 들려주셨지요. 이야기 속 20대의 백기완은 전쟁으로 황폐화된 한반도 곳곳에 나무를 심으며 농민운동을 일구던 혈기 넘치는 젊은이였습니다. 한평생 민중운동의 어른으로, 진보운동의 상징으로 계실 수 있었던 백기완의 시작이 농민운동이었다는 데 놀라움을 감출 수 없었고, 선생님께서 농민들의 투쟁을 각별하게 생각하셨던 이유를 그제야 이해할 수 있었지요.

80대에 접어들어 눈에 띄게 건강이 안 좋아지신 선생님께서 득달같이 불편한 몸을 이끌고 달려와 주셨던 '쌀 전면 개방 저지 투쟁'이 기억납니다. 우루과이라운드 협정 이후 전용철, 홍덕표 두 농민의 희생으로 한 번의 쌀 전면 개방 유예를 더 받아 냈지만 박근혜는 아무런 고민 없이 덜컥 쌀 전면 개방을 결정했습니다. 전농은 즉시 식량주권사수 범국민운동본부를 구성해 투쟁에 돌입했고, 건강이 안 좋으시다는 전언에 따로 연락도 못 드렸지만 소식을 들으신 선생님께서는 한달음에 출범식 자리에 오셔서 농민들의 든든한 지원군이 되어 주셨습니다.

서울대병원 앞 백남기 농민 농성장이 생각납니다. 연구소와 가까웠던 농성장은 선생님의 산책길이었죠. 매일 하던 촛불에 사람들의 관심이 떨어지고 투쟁이 장기화하면서 주 3회, 주 2회로 줄었다가 결국 주 1회 촛불이 되고, 그마저도 이번 주 촛불은 어떻게 해야 하나 고민해야 될 시기에도 선생님은 농성장에 찾아와 주셨습니다. 밥은 잘 챙겨 먹는가, 건강은 괜찮은가, 실무자들 걱정까지 살갑게 해 주시며 끼니 거르지 말라며 머리 희끗한 농민 후배들에게 용돈을 쥐여 주시던 모습도 기억이 생생합니다.

매일같이 경찰의 침탈을 막기 위해 처절한 싸움이 벌어지고, 주말마다 대규모 추모 대회를 열었을 때도, 선생님은 불편한 다리를 이끌고 투쟁 대열의 맨 앞에 서 계셨습니다. "힘드셔서 안 된다, 그러다 쓰러지신다"라는 만류에도 한 시간 거리의 행진을 부축 받아 가면서 끝까지 함께하시는 것을 보며 이 투쟁은 이길 수 있다는 확신이 들었습니다. 서울대병원 장례식장에 물밀 듯이 밀려왔던 연대의 발길에서 선생님과 같은 결기가 느껴졌습니다. 선생님을 비롯한 많은 민중들의 관심과 연대가 있었기에 대학로에서 1년을 버틸 수 있었고, 한 번도 투쟁으로 막아 본 적이

2015년, 백남기 농민의 쾌유와 민중 생존권 사수를 위한 행진 ©채원희

없다던 부검 영장 집행을 저지시킨 끝에 백남기 농민 투쟁은 박근혜 퇴진 촛불이 되어 결국 무도한 정권을 끌어내릴 수 있었습니다.

그렇게 우리 사회는 많은 사람들의 힘으로 또 한 걸음 앞으로 나아간 듯 보였습니다. 비정규직이 사라지고, 식량주권이 확립되고, 한반도의 평화가 올 것처럼 요란한 시간이 지났지만 정작 바뀐 것은 아무것도 없었습니다.

30년 전 선생님과 함께 외쳤던 쌀 수입 반대 구호는 2005년 여의도에서 경찰의 살인 진압에 목숨을 잃어야 했던 전용철·홍덕표 농민이 외친 구호였고, 10년이 더 흘러 경찰의 물대포에 희생된 백남기 농민이 마지막 순간 외쳤던 구호도 쌀값 보장이었습니다. 그리고 또다시 시간이 흐른 지금, 농민들은 아직도 수입 쌀 반대와 쌀값 보장하라는 구호를 외쳐야 하는 참담한 현실에 처해 있습니다.

시간은 흐르고 세상은 바뀌어 가는데 농민들의 삶과 현실은 30년간 다람쥐 쳇바퀴 돌 듯 반복되고 있습니다. 제도만 바꾼다고, 부정한 대통령 한 명 갈아치운다고 민중의 삶이 근본적으로 바뀌지 않는다는 것을, 결국 문제는 자본과 권력의 기득권 체제라는 것을 다시 한번 뼈저리게 느끼는 시절입니다.

농민들은 누구보다, 그 언제보다 어려운 한 해를 보냈습니다. 일 년 내내 속절없이 떨어지는 나락 값에 한숨을 내쉴 새도 없었는데 코로나19와 기후 위기, 전쟁 위기로 인한 세계적인 물가 폭등에 농업생산비도 천정부지로 치솟아 일 년 농사 지어 봐야 남는 건 막대한 빚밖에 없다는 절망 때문입니다. 농민들이 처한 현실에도 아랑곳 않고 윤석열은 취임 이후 무책임, 무대책을 넘어서 농업과 농민을 말살하려는 정책으로 일관해 오고 있습니다. 농민들의 바람은 그저 한 해 농사 잘 지어 다음 해 농사 걱정 없이, 땅을 일구고 결실을 맺고 먹을거리를 나누는 노나메기 세상 그 자체인데 이 나라의 권력은 그 소박한 바람을 수십 년째 짓밟고 있습니다.

하지만 그렇다고 주저앉아 있을 농민들이 아닙니다. 선생님과 함께 여의도에서, 광화문에서, 대학로에서 아스팔트 바닥을 누비며 싸워 왔던 것처럼, 역사의 전진을 가로막고 과거로 회귀하려는 수구 보수 세력에 다시 한번 맞설 것입니다. 박근혜 정권을 쓰러뜨렸던 거대한 민중의 물결을 다시 만들어 낼 것입니다. '청년 백기완'이 전국의 농촌을 돌아다니며 농민운동을 조직했던 것처럼, 다시 민중 속으로 들어가 들불을 지피려 합니다. 들불은 그 불길이 보이지 않지만 한번 불이 붙은 들판은 삽시간에 시꺼멓게 타들어 가 버립니다. 백남기 농민이 놓은 들불이 박근혜 정권을 퇴진시킨 촛불이 되었듯이 우리 농민들이 먼저 나서겠습니다.

가진 자들을 위하고 없는 자들을 탄압하는 신자유주의에 맞서, 말로만 식량 위기를 떠들어 대며 우리 농업을 말려 죽이는 개방농정에 맞서, 우리는 투쟁하고 승리할 것입니다. 지금까지의 투쟁보다 더 큰 투쟁으로, 더 넓은 투쟁으로 결국 우리가 이길 것입니다. 선생님 지켜봐 주십시오. 선생님이 꿈꾸셨던 모두가 걱정 없이 일하고 모두가 걱정 없이 먹고사는 올바른 세상, 농민들의 손으로 일궈 내겠습니다.

별을 찾아 올바르면서도
아름다운 투쟁을 하렵니다

현정희 ─ 민주노총 공공운수노조 위원장

갑자기 쌀쌀해진 날, 백기완 선생님 추모 산문집 글을 요청 받고 잠시 먹먹해졌습니다. 찬바람이 불고 날씨가 쌀쌀해지면 선생님 모시고 댁 근처에 있는 만둣국 잘하는 집에 가야 되는데, 선생님이 안 계시네요. 제가 근무하던 서울대병원 담벼락 뒤, 통일문제연구소에 계시던 선생님이 좋아하셨던 만둣국과 모듬전을 이제는 대접해 드릴 수가 없네요.

　선생님을 생각하면 부끄러웠던 일부터 떠오릅니다. 학생 때부터 크고 작은 집회에서 도포 자락 휘날리며 혁명을 하자고 포효하시던 멋진 백 선생님께서 서울대병원 뒤쪽에 살고 계시다는 얘기를 듣고, 어느 날 큰맘 먹고 만나 뵈러 갔습니다. 집 앞에서 대문 안을 빼꼼히 들여다보고 있는데 문을 열고 휙 나오시는 선생님과 마주쳤지만 얼떨결에 인사도 못 드리고 말 한마디 못한 채 돌아섰거든요. 그날 저는 남의 집 앞을 서성이는 이상한 사람이 되어 버렸고 종일 후회했습니다.

1989년에 서울대병원에 간호사로 입사한 후 노조 활동을 하다가 IMF가 터질 무렵, 서울대병원 노조위원장이 되었습니다. 김영삼 정권이 정리해고와 파견법 등을 날치기 통과시킬 때 죽기 살기로 파업을 결의했고, 그 파업은 해를 넘기는 힘든 투쟁이었습니다. 그렇지만 한편으로는 기대치 이상의 파업 대오와 영웅적인 가두 투쟁 기록을 세운 서울대병원 조합원들 덕분에 저는 지금까지 노동조합 활동을 계속할 수 있는 영광을 누리고 있습니다.

이듬해 1월까지 진행된 민주노총 총파업이 끝나고, 그때 또 백기완 선생님이 생각났습니다. 선생님께 연락을 넣고, 선생님이 자주 찾으신다는 그 만둣국집에 예약을 한 후, 설레는 마음을 안고 처음으로 선생님을 가까이서 뵈었습니다. 그날 만둣국 맛은 기억이 안 나지만, 총파업하느라 수고했다는 선생님의 말씀에 와락 눈물이 났습니다. 아마 서울대병원 노조위원장이 되고 집행부도 제대로 꾸릴 시간도 없이 곧바로 들어갔던 장기 투쟁으로 인해 힘들었던 제 마음이 선생님의 위로에 울컥해졌던 것 같습니다.

그 후 저는 날씨가 쌀쌀해지면 백기완 선생님과 그 만둣국집이 생각납니다. 간혹 서울대병원 노동조합 간부들과 함께 자리할 때면, 선생님은 식어 가는 만둣국은 모른 체하시며 흐뭇한 표정으로 우리에게 이런저런 말씀을 해 주셨고, 간부들은 눈 동그랗

게 뜨고 들었던 그때가 그립습니다. 건강하시라고 홍삼이라도 내밀면 "나는 괜찮아" 하시던 그 할아버지 얼굴이 보고 싶습니다.

건강이 좋지 않으시다는 소식을 듣고, 걱정을 하면서 갔던 〈따끔한 한 모금〉 공연장에서 뵌 백 선생님은 여전한 모습으로 호령을 하셨고, 그 사자후를 듣고 나약해진 마음을 다시 다잡았던 기억도 납니다. 그때 저는 함께 투쟁하던 동지들에게서 마음의 상처를 많이 받았던 때라 그 말씀이 더 다가왔던 것 같습니다. 정신 차리라는 투사의 호통이 어떤 위안의 말보다 더 큰 힘이 되었습니다.

공공운수노조 일 때문에 정신이 없던 어느 날 송경동 동지로부터 서울대병원에 입원하신 선생님 얘기를 들었을 때 저도 모르게 짧은 탄식이 나왔습니다. 늘 호랑이 같은 기세를 보여 주시던 백기완 선생님이 병원 침대에 누워 계신다고 생각하니 믿기지 않았고, 어쩌면 다시 볼 수 없을지도 모른다는 생각에 눈물이 났습니다. 사실 선생님에 대한 걱정도 있었지만, 노동자와 민중이 고통 받고 투쟁하는 곳이라면 어디든지 마다하지 않고 오셨던 백기완 선생님께서 이제는 더 오시지 못하게 될까 봐 겁이 났습니다. 2018년 태안화력발전소에서 비정규직으로 일하다가 처참하게 죽임을 당한 김용균 노동자의 어머니를 한겨울 광화문 촛불문화제에서 말없이 안아 주시던 선생님이 더 이상 존재하지 않을지도 모른다는 생각에 안타깝고 답답하여 한숨이 나왔습니다.

저는 지금 2021년 1월부터 공공운수노조 위원장으로 일하고 있습니다. 공공운수노조는 공공기관·운수기관·사회서비스기관에서 일하고 있는 25만 명의 산별노조입니다. 산별노조라고 하지만 연합체 형식으로 크고 작은 노조들이 구성되어 있고 아직 완전한 산별노조는 아닙니다. 그러나 민주노총에서 조합원 수가 가장 많은 노조, 노동조합의 사회적 역할을 더 잘해야 하는 노조로서, 부담이 크고 책임도 막중한 노동조합입니다. 단위 노조로 2만 5천 명의 조합원이 있는 철도노조부터 화물노동자, 건강보험과 연금공단 노동자, 학교 비정규직 노동자, 병원 노동자, 연구 노동자, 문화예술, 요양원과 사회복지기관에서 일하는 노동자 등 공공기관과 민간기관에서 일하는 공공·운수·사회서비스 노동자로 구성되어 있습니다.

그래서 요구와 투쟁도 그만큼 많습니다. 2019년부터 시작된 코로나19 감염병 속에서, 최근 고물가와 실질임금 삭감이라는 열악한 노동조건 속에서 조합원들의 투쟁이 계속되고 있습니다. 특히 윤석열 정권의 반노동·반민생 행보에 따른 민영화, 공공기관 구조조정, 노동개악 강행 저지를 위해 공공운수노조 차원에서도 공동 투쟁을 계속하고 있습니다. 상반기에 있었던 화물노동자 총파업, 공공기관 비정규직 노동자 공동 파업, 대학 청소 노동자, 지하철 노동자, 버스와 택시 노동자, 민간 위탁 노동자, 병원 및 요양시설 노동자 등 전국 곳곳에서 파업과 농성 투쟁이 벌어지고 있습니다.

전국에서 벌어지고 있는 투쟁의 양상은 조금씩 다르지만, 대부분의 현장은 임금인상과 인력 충원, 노동자 안전에 대한 요구입니다. 폭등하는 물가 속에서 실질임금이 하락하고, OECD 국가와 비교하여 절반도 되지 않는 공공부문 인력은 노동자의 과로와 부실한 공공서비스를 만드는 원인입니다. 화물노동자가 안전운임제 유지 확대를 요구하며 목숨을 건 파업을 하는 것도 과로, 과적, 과속을 방지하는 안전운임제라도 있어야 노동자의 생명과 도로안전을 지킬 수 있기 때문입니다. 공공부문 노동자가 총력 투쟁을 하는 것도 구조조정과 인력 감축 저지가 그 핵심 요구입니다. 그래서 요즘은 하루에도 수차례의 기자회견 및 파업과 집회, 천막 농성과 고공 농성을 밥 먹듯이 전개하고 있습니다.

작년부터 공공운수노조의 슬로건이 된 '동네방네 공공성 구석구석 노동권'이 가장 축약된 우리의 요구일 것입니다. 이 슬로건을 현실화하기 위해 25만 명의 노동자가 사회 공공성과 노동권을 위해 공동 투쟁, 연대 투쟁을 만들어 가고 있습니다. 올해 공공운수노조 차원에서 힘을 싣고 있는 것은 '공공서비스 민영화 금지 및 재공영화 기본법'을 만들고 알리고 쟁취하는 것입니다. 요즘 전 세계적으로 '공공이 대안이다'라는 주장을 노동자뿐만이 아니라 세계적인 석학들도 하고 있다고 합니다. 사람이 살아가기 위해 필수적으로 필요한 기본 서비스를 개인이 아닌 국가와 사회가 책임지도록 하고, 그런 필수 서비스가 자본의 이윤추구 대상이 되지 않도록 하자는 것입니다. 전염병과 물가 폭등, 경기 침체로 노동자 민중의 삶이 벼랑 끝으로 내몰리고 있고, 자본과 정권은 공공서비스마저 민영화하여 재벌의 먹잇감으로 삼겠다는 것이 민영화이기 때문에 결사 항전으로 막아 내야 될 것 같습니다. 그리고 국민이라면 같이 누려야 할 기본적인 공공서비스인 주거/환경, 에너지/수도/교통/공항/교육/보건의료/돌봄/문화/정보통신 등을 국가, 지방자치단체, 공공기관이 평등하게 제공하도록 해야 합니다. 그래서 공공운수노조가 가장 앞장서서 이 법을 만들고자 합니다. 이 법의 목적은 공공서비스 제공·운영·관리 등에 대한 국가 및 지방자치단체의 책임을 정하고, 공공서비스 관련 정책의 수립·추진에 관한 기본적인 사항을 규정함으로써 국민의 복지 증진 및 공공성 실현에 이바지하는 것을 목적으로 합니다. 힘들고 어려운 길이겠지만 포기하지 않을 것입니다.

이런 것이 백기완 선생님이 말씀하셨던 '노나메기' 아닐까요? 너와 내가 함께 땀 흘리며 일하고 올바르게 함께 잘살아야 한다는 선생님의 혁명 정신이 바로 이런 것이 아니었을까 감히 넘겨짚어 봅니다. 한술 더 떠서 만약에 지금 백기완 선생님이 계셨다면 "잘했어, 그래 공공운수노조가 그 정도는 해야지"라고 저에게 말씀하시지 않았을까요? 그리고 껄껄껄 웃으시면서 "야, 말로만 하지 말고 진정성을 가지고 '한발 떼기'에 목숨을 걸어라, 그 '한발 떼기'에 온몸의 무게를 실어라"라고 하셨을 것 같습니다.

지금 제가 있는 노조 사무실 위원장실에는 문을 열면 액자에 담긴 백기완 선생님의 글이 걸려 있습니다. 작년 7월 대림동에서 이곳 등촌동 사무실로 이사 올 때 이 액자를 꼭 위원장실에 걸어달라고 총무실에 부탁을 했습니다. 그래서 출근 때마다 볼 수 있습니다. 글의 내용은 아래와 같습니다. 글씨도 멋지고, 내용도 참 제 마음에 듭니다.

메마른 땅을 온몸으로
적셔만 줄 뿐 그것을
내거라 하지 않는 건

사람이 아니다
찬 샘이다.

저는 이 액자를 볼 때마다 '찬 샘물' 같은 노동운동을 하고. '찬 샘'처럼 겸손해지겠다고 결심하려고 이 액자를 위원장실에 걸어 놓았습니다. 그런데 늘 정신없이 돌아다니느라 사실은 날마다 마음에 새기지도 못하고, 행동에 옮기지 못할 때도 많습니다. 그래도 백기완 선생님의 친필 액자를 볼 때마다 그냥 기분이 좋습니다. 요즘은 공공운수 노조위원장으로 일하면서 제가 부족한 것이 많다는 것을 날마다 깨닫는 글이기도 하고요.

위원장실 칠판에 쓰여 있는 빽빽한 일정에 숨이 막히기도 하지만, 위원장이 꼭 왔으면 좋겠다는 투쟁하는 동지들의 요구에 가끔은 기분이 좋습니다. 어떤 때는 임기가 3년인 공공운수 노조 위원장을 하면서 저도 모르게 임기가 빨리 끝났으면 하는 부끄러운 생각이 들 때도 있습니다. 그럴 때마다 위원장 선거운동할 때 스스로에게 했던 약속과 저에게 용기를 주신 동지들을 떠올립니다. 그리고 사랑도 명예도 이름도 남김없이 생을 바쳐 투쟁하셨던 열사들의 이름을 불러 보기도 합니다. 나의 오늘 하루가 먼저 간 동지가 그토록 살고 싶었던 내일이라고 생각하면서, 하루도 허투루 살아서는 안 된다고 자신을 다그치며 하루하루 최선을 다하려고 노력합니다. 물론 그냥 정신없이 멍때리는 날도 있음을 고백합니다.

어제는 덕성여대 청소 노동자들의 파업 집회에 다녀왔습니다. 2021년 11월부터 교섭과 투쟁을 하고 있는데, 핵심 요구는 시급 400원 인상과 휴게실, 샤워장 설치입니다. 깊어 가는 가을에 북한산 자락에 위치한 덕성여대 캠퍼스에서 13개 대학 청소노동자들과 함께 모여 구호도 외치고 북도 치면서 투쟁했습니다. 덕성여대 학생들이 연대 발언을 하고, 민중가수가 너의 빈 잔에 술을 따르라는 노래도 하고, 멀리서 오신 동지들이 맛난 비빔밥도 만들어 주었습니다. 참 눈물겹도록 아름다운 풍경에 저도 가을볕 핑계 대고 눈물을 훔쳤습니다. 세상에는 분노할 일들도 많지만, 투쟁하는 동지들이 있는 곳은 힘들어도 눈물 나는 아름다움이 있다는 것을 또 느끼고 왔습니다.

아직 진정한 노동운동이 무엇인지 솔직히 잘 모르겠습니다. 다만 평생을 투사로 혁명가로 사시면서 많은 활동가들의 가슴에 투쟁의 불씨를 남기고 하늘의 별이 되신 백기완 선생님, 저도 공공운수 노조위원장 역할을 잘하도록 노력하겠습니다. 그리고 선생님처럼 멋진 투사가 되기는 어렵겠지만 노동자의 투쟁이 아름다운 미학이 될 수 있도록 고민하겠습니다. 얼마 전에 제가 존경하는 선생님이 루카치의 말을 알려 주면서 노동자의 투쟁과 미학을 얘기해 주셨거든요. '하늘의 별들이 우리가 갈 방향을 가리키던 그 행복한 시대'처럼 노동자가, 노동자의 투쟁이 별을 찾아 올바른 지향을 하고, 거기에 진정성과 아름다움이 깃든 그런 노동자 투쟁을 저도 감히 꿈꾸어 봅니다. 역사의 주체인 노동자가 비루한 지상의 소비자로 전락하지 않도록, 변혁과 거리가 먼 노동운동으로 머물지 않도록 급진적이고 담대한 투쟁을 또 결심합니다.

216

노 나 메 기

너와 나의 노동 생산물이
모두 사회의 것이 되는 벗나래를 향하여

노동자들이 서로에게 온전한
내 편이 되어 줄 그날을 함께 만들어 가자

고동민―금속노조 쌍용자동차지부 정책선전실장

피해의 증명이 필요한 세상

세상은 원래 그랬다. 억울한 일을 당해도, 가난을 벗어나고 싶어도, 일자리를 지키고 싶어도, 가해자들은 뒤로 물러나 있고 피해자들만이 온전히 자신의 피해를 증명해야 했다. 그 피해의 증명을 늘어놓는다 해도 모든 일이 바로잡히지 않았다. 억울하면 성공하라고, 가난은 결국 네가 게을러서라고, 회사는 망하는데 제 밥그릇만 챙기려는 이기적인 인간들이라는 악다구니가 자연스러운 세상이었다. 모든 피해의 원인이 피해자 자신이라는 논리를 들이대며 가해자들은 피해자들 스스로 물러나고 포기하기를 기다렸다. 물러나지 않고 포기하지 않는다면 불법과 폭력의 온상, 빨갱이 낙인을 찍으면 되었다. 그래도 물러나지 않고 포기하지 않으면 법치를 운운하며 공권력을 동원하는 것이 국가의 본질, 세상의 이치가 되었다. 세상 어느 곳도 피해자의 편은 없었다. 피해자들은 언제나 고립된 섬이었다.

쌍용차를 인수하고 5년 동안 단 1원도 투자하지 않고 기술 먹튀만 자행한 상하이자동차는 기술 유출에 대한 검찰 조사가 시작되자 갑작스레 부채 비율이 폭등하고 경영 위기가 발생했다며 2009년 초에 법정관리를 신청했다. 그리고 경영 위기 발생에 어떤 책임도 없는 쌍용차 정규직 노동자의 절반인 2,600여 명, 비정규직 노동자 700여 명을 길거리로 내몰았다. 상하이자동차의 기술 먹튀와 조작된 회계로 거짓 위기를 만들어 낸 쌍용자동차 회사에 대한 노동자들의 문제 제기는 받아들여지지 않았다.

정부도, 언론도, 사법부도 오히려 회사가 어려우니 양보하라고, 해고를 받아들이라며 노동자들에게 침묵만을 강요했다. 침묵하지 않으면 고립된 섬으로 만들겠다는 협박은 말로만 그치지 않았다. 정부는 물도 끊고, 전기도 끊고, 식료품도 끊고, 이내 경찰 특공대까지 동원했고, 해고를 자행한 회사도 문제지만 노동자들도 양보를 해야 회사를 살릴 수 있다는 신문 칼럼이 넘쳐났다. 경찰은 파업 지도부에게 불법파업에 대한 출석요구서를 발송하고 불출석을 근거로 구속영장을 청구했고, 검찰과 법원은 개개인의 범죄 증거는 없지만 조직폭력배들에게나 적용하는 공동정범의 법리를 들어 노동자들에게 모조리 범죄자의 낙인을 찍었다.

2009년 쌍용차 평택공장은 고립된 섬이었다.

눈빛 형형한 첫 만남

그때 백기완 선생님을 만났다. 사자 갈기 같은 머릿결, 흰색 한복을 입은 그의 모습은 신문 사회면에서 보던 그대로였다. 온전한 내 편이 없던 쌍용차 평택공장에서 회사와 정부와 언론과 사법부가 내뱉는 자본주의 맹신을 경계하라는 그의 말은, 새벽 졸음을 쫓아내는 죽비 같은 전언이었다. 쌍용차 노동자들이 정리해고 싸움에서 이기려면 양치기 소년이 되지 말아야 한다며, '늑대가 나타났다'고만 외쳐서는 결국 늑대에게 잡혀 먹힌다고, 스스로 몽둥이를 들고 늑대를 때려잡을 기개가 필요하다는 그의 사자후 같은 이야기는 구전으로 내려오던 옛이야기 같기도 하고, 한 세기 가까이 살아오며 겪었을 그의 인생 속 격언 같기도 했다. 제 몸을 스스로 쳐 길을 내야 한다는 그의 말은 이후 쌍용차 노동자들이 겪었던 수없이 많은 어려움과 슬픔 속에서도 결국 희망은 스스로 만들어 내야 한다는 몸부림의 지침서였다.

백기완의 눈물

쌍용차 노동자들은 스스로 길을 내기 위해 노력했지만, 비 한 방울 내리지 않았던 그해 여름처럼 퍼석한 얼굴로 공장에서 쫓겨났다. 그렇게 정부와 언론과 사법부가 만들어 낸 세상의 이치는 성공한 듯 보였다. 두려웠다. 되지도 않을 오기와 객기였던 건 아니었는지 자괴감에 사로잡혔다. 무서웠다. 노동자에서 해고자로 뒤바뀐 이름 뒤에 죽음이 뒤따랐기 때문이었다. 더 이상 죽음의 무게를 견딜 수 없었던 해고자들은 무작정 서울 대한문에 올라와서 죽음을 함께 막아 달라며 분향소를 설치했다. 천막 하나 없이 길바닥 위에 이름 없는 영정 사진을 두고 절을 할 때면 스스로의 초라함에 몸을 떨었다. 아무 걱정 없는 듯 지나가는 무심한 얼굴들을 바라만 봐도 서러움에 눈물이 났고, 대한문 담벼락 옆에 간신히 세워져 있는 이름 없는 영정 사진 위로 낙엽이 떨어져도 죽은 이들에 대한 죄스러움에 숨죽여 울음을 삼켰다.

그런 서러움과 울음으로 만들어진 쌍용차 범국민대책위에 백기완 선생님도 함께하셨다. 수없이 이어진 죽음 때문에 건조하고 적막했던 그날의 기자회견에서 당시 지부장이었던 김정우 동지가 "너무 많이 죽어 가고 있습니다, 제발 살려 주십시오"라고 울먹이자, 백 선생님은 "야! 김정우, 울지 말라우! 싸우는 노동자는 우는 거 아니야!"라며 호통을 치셨다. 하지만 이내 스스로도 슬픔을 이기지 못하고 눈물을 흘리셨고, 대책위에 참석한 각 단체 대표자들뿐만 아니라 취재하던 언론 기자들도 눈물을 쏟았다. 돌이켜보면 그날의 그 눈물은 쌍용차 투쟁이 노동 의제가 아닌 사회적 의제가 되는 출발점이었다. 노동자들의 굳은 단결과 망설임 없는 투쟁을 이야기했던 선생님의 눈물은 그 자체로 수많은 이들의 마음을 붙들어 맨 결과로 나타났다.

그 이후 대한문 집회에 백기완 선생님은 특별한 일이 없어도 참석하셨고, 몸이 좋지 않으셨을 때에도 연락을 통해 안부를 전하셨다. 기륭전자 해고자들의 오체투지 투쟁에도 앞장을 서셨고, 이어진 쌍용차 해고자들의 오체투지 투쟁에도 몸을 아끼지 않으셨다. 기륭전자나 쌍용차뿐만 아니라 거리에서 투쟁하는 노동자들에게 늘 든든한 내 편이 되어 주셨다. 때로는 선문답 같은 말씀으로 더 고민하라는 숙제도 내주셨고, 지칠 때면 밥과 술을 내어

2015년, 평택 쌍용차 공장 앞에서 열린 쌍용차 문제해결 촉구 범국민대회 ©노순택

주셨지만 아쉬움이 남는 결정에는 혼을 내셨고, 혼을 내시는 만큼 더 애통해하셨다. 거리에서 수없이 외쳤던 진실 규명을 포기하고 복직 합의로 쌍용차 투쟁을 마무리 지을 때 선생님은 쌍용차 해고자들에게는 말을 아끼셨다. 다만 오래 애통해하셨다.

국화꽃 한 송이 영전에 바치다
공장 복직 이후 한 해가 다르게 선생님은 기운을 잃으셨고, 입원과 퇴원을 반복하셨다. 선생님이 잘못되실까 걱정했고, 가슴을 쓸어내리는 일이 반복되었지만 그렇게 금방 우리 곁을 떠나시지 않을 것 같았다. 마지막 뵈었던 선생님은 어느 때보다 힘겨워하셨지만 쌍용차 노동자들에 대한 애정만큼은 감추지 않으셨다. 오래오래 곁에 남아 주시라는 간곡한 바람에도 선생님은 결국 우리의 곁을 떠나셨다. 믿기지 않았다. 수없이 늘어선 조문객들 사이에서 국화를 들고 마지막 인사를 드리고 나서도 선생님이 없는 세상을 상상하기 어려웠다. 슬픔을 넘어 역사의 한 뭉텅이가 사라진 허전함이었다.

"이것 봐, 고동민이!"로 시작하는 선생님의 나지막한 음성이 나는 아직 잊히지 않는다.

여전히 노나메기 정신이 필요하다

쌍용차 해고자에서 쌍용차 노동자가 된 복직 이후 공장 안에 다시 민주노조를 세우는 것이 시급했다. 민주노총에서 탈퇴하고 기업 노조로 조직 변경을 한 뒤 조합원들의 권리는 사라졌고, 시키는 대로 일만 해야 하는 현장을 바꿔 내려면 기업 노조로는 불가능했기 때문이었다. 하지만 복직한 노동자들의 마음을 모두 모아 내기가 어려웠다. 길었던 복직 투쟁 과정에서 서로의 마음에 난 상처가 아물지 않았고, 기나긴 해고 경험으로 인해 민주노총 조합원으로 남게 되면 또다시 손해 볼지 모른다는 두려움이 민주노조로의 집결을 망설이게 했다. 아프지만 곱씹어 내야 할 현실이었다.

너도 일하고 나도 일하고 그리하여 모두가 올바로 잘사는 세상, '노나메기' 정신이 그래서 필요하다. 현재 금속노조 쌍용차지부의 조합원은 18명, 그중 50세가 넘는 조합원이 대다수다. 앞으로 10년이 지나면 정년퇴직으로 조합원 수는 줄어들고 이내 민주노총이라는 이름이 쌍용자동차에서 사라질지 모른다. 3,500여명의 조합원이 있는 기업 노조를 민주노총으로 조직 변경하겠다는 목표도 중요하지만, 그것만으로 거리에서 수없는 투쟁을 이어 왔던 쌍용차 투쟁의 사명이 완성되는 것은 아니다. 현재 쌍용차에서 일하고 있는 비정규직 노동자 600여 명을 조직하고 정규직 전환을 이뤄 내는 것, 개인의 이익으로 국한되는 노동조합 운동에서 모두의 노동운동으로 도약하는 것이 앞으로의 사명이 되어야 한다. 그것이 정리해고와 비정규직이 다른 이름이 아니고 노조 파괴와 손배 가압류가 비극의 닮은꼴임을 외쳤던 지난 투쟁과의 연속성이고, 수많은 쌍용차 투쟁에 함께했던 모든 이들에 대한 예의다.

비정규직 노동자들을 묶어 내고 교육해서 스스로 투쟁할 수 있는 비정규직 노조를 만들겠다는 것이 아니다. 지난 쌍용차지부의 역사를 통째로 내어 주겠다는 것이다. 노동조합을 대표하는 이도 정규직이 아니라 비정규직 노동자로 세우고, 십 수 년간 거리에서 투쟁했던 쌍용차지부 조합원들이 비정규직 노동자들의 울타리가 되고, 밥줄이 되고, 선전부장이 되고, 조직부장이 되어 함께 투쟁하겠다는 것이다. 물론 쉽지 않은 일이다.

쌍용차 노동자들이 2009년 자본과 정권에 맞서 싸우겠다는 결기를 보였을 때 많은 이들이 의심했다. 하지만 적당히 투쟁하는 척 합의로 끝낼 것이라는 세간의 평가가 무색하게 투쟁했고, 그 이후의 투쟁 또한 망설이고 두려웠지만 제 갈 길을 찾아갔다. 두려움 속에서도 낙관을 놓지 않았고 망설임 속에서도 희망을 찾았다.

망설이기엔 이 땅의 고립된 섬이 너무나도 많다. 비정규직 없는 공장이 모든 변화의 끝은 아닐 것이다. 수많은 이들의 노력으로 비정규직이 정규직이 된 이후의 비정규직 운동은 또 다른 운동으로 나아가지 못하고 있다. 하지만 지난 비정규직 투쟁에서 벌어진 과오와 성찰 때문에 주저할 수는 없는 일이다.

노동자들의 내 편, 백기완

늘 두려웠다. 십 수 년이 지난 지금도 2009년 정리해고 반대 투쟁을 복기해 본다. 그때 침묵했으면 그 시간들 이후 끊임없이 벌어졌던 죽음의 행렬을 막을 수 있었을지 생각해 본다. 가해자들은 여전히 반성도 없고 처벌도 없이 잘 살아가는데 피해자들만 감옥에 가고 수백억 원의 손배 가압류에 시달리며 죽음을 숫자로만 기억해야 했고 돌이켜보며 괴로워하는 형벌에 빠졌다. 쌍용차 노동자들은 아직 2009년 고립된 섬에서 나오지 못하고 있다. 결국 섬을 탈출하는 방법은 투쟁을 위한 고립을 두려워하지 않고 스스로 쳐 길을 내는 것뿐이다.

망설이고 두려워하는 쌍용차 노동자들을 향해 기꺼이 손을 내밀어 준 많은 이들에게, 평생을 기꺼이 노동자들의 내 편이 되어 준 백기완 선생님께 보답하는 길은 쌍용차 노동자들도 기꺼이 누군가의 내 편이 되기를 주저하지 않는 것이다.

쌍용차 투쟁을 이야기하며 크게 기뻐하고 웃으시던 선생님의 모습이 눈에 선하다. 난관을 두려워하지 않고 오늘을 힘 있게 살아가는 것, 모두가 현실의 무게로 변화를 고민할 때 옳은 길이 무엇인지 생각하고 또 생각하며 살아가는 것이 백기완 선생님이 우리에게 내주신 숙제라고 생각한다.

억울한 일을 당하면 참지 말고 함께 소리치자고, 가난은 스스로의 탓이 아닌 자본주의가 가속화한 병폐라고, 일자리를 지키는 일이 우리 모두를 지키는 일이라고, 그것이 진짜 세상의 이치라고 말하는 것이, 피해자가 아닌 가해자들의 불법과 범죄를 온전히 증명하는 것이 우리가 백기완 선생님의 정신을 계승하는 길이다. 쌍용차 노동자들은 서로에게 온전한 내 편이 되어 줄 그 날을 함께 만들어 나갈 것이다.

너와 우리의 노동 생산물이
모두 사회의 것이 되는 세상을 꿈꾼다

김승호—전태일을 따르는 사이버 노동대학 대표

1970년 11월 초순 어느 날, 서울 명동 흥사단 건물 강당에서 '학생의 날' 기념행사가 있었다. 그곳에 1969년 박정희 정권의 삼선 개헌에 반대하여 투쟁했던 서울지역 여러 대학의 투사들이 집결했다. 사복형사들이 건물 주위를 배회하며 감시하는 가운데 열린 행사였다. 이 행사에 백기완 선생이 강연자로 초대를 받아 연설했다. 30대 후반의 청년이었다. 강연 내용은 기억나지 않으나 대단히 열정적으로 박정희 정권을 규탄하는 선동 연설을 한 기억은 뚜렷하다.

이 행사가 있고 며칠 지나지 않은 11월 13일에 평화시장 앞 길가에서 전태일 열사가 자신의 몸을 불살랐다. "노동자는 기계가 아니다!", "근로기준법을 준수하라!", "노동자를 혹사하지 말라!"라는 구호를 외치며! 전태일 열사는 평소 대학생 친구가 있었으면 좋겠다고 했고 데모를 하고자 했다. 그런데 대학생 데모꾼들은 열사가 산화하기 바로 며칠 전 평화시장에서 멀지 않은 명동의 한 건물에서 학생의 날 기념행사를 했다. 그리고 그곳에 백기완 선생이 함께했다. 우연치고는 참으로 운명적인 우연이 아닌가?

그곳에 모였던 대학생들과 백기완 선생은 전태일의 분신 항거에 충격과 영향을 받지 않을 수 없었다. 대학생들은 전태일의 죽음을 접하고 각 대학에서 "전태일을 살려 내라"라며 박정희 정권을 규탄하는 데모를 했다. 그리고 그날 그곳에 있었던 학생운동가들과 백기완 선생은 전태일 동지의 죽음을 계기로 종전과는 다른 형태의 민주화운동을 지향하지 않을 수 없었다. 단지 군부독재 정권을 물러나게 하는 데 그치는 부르주아 민주화운동이 아니라 노동자를 비롯한 피지배 대중이 인간답게 사는 세상을 여는 민중의 민주화운동 말이다. 옷깃만 스쳤지만 이것이 백기완 선생과 나의 첫 인연이다.

두 번째 인연은 1974~1975년이다. 나는 학교 공부보다 학생운동에 더 열심이었고 대학을 졸업하면 노동운동을 할 작정이었다. 그러나 1971년 10월 15일에 대만의 장개석과 같은 총통제를 기도하고 있던 박정희 정권은 교련 반대를 내세운 학생들의 반정부 투쟁에 대해 위수령을 발동해 강경 탄압했다. 그날 고려대학교에 군이 투입되었고(나는 그 광경을 가까운 서울상대 교정에서 지켜보았다.) 200여 명의 대학생이 학교에서 영구 제명되었다. 그리고 그중 100여 명이 강제징집되었다. 나도 그때 징집되어 최전방에 배치되었다. 그해 12월에는 국가비상사태가 선포되었고, 1972년 10월에는 유신이 선포되었다. 대학생들은 유신체제에 저항했다. 1974년 4월에 박정희 정권은 민청학련(전국민주청년학생총연맹) 시위를 빌미로 학생운동가들에게 사형을 선고하는 등 무법적이고 야만적으로 탄압했다.

그해 여름 나는 군에서 제대했다. 위수령 때 강제징집되지 않은 동지들은 죄다 민청학련 사건으로 감옥에 가고 만날 만한 친구가 거의 없었다. 그때 서울법대 이신범 군이 마침 구속되지 않고 감옥 밖에 있었다. 이신범 군은 명동 인근 충무로 허름한 건물의 옥상에 위치한, 백기완 선생이 소장으로 있는 통일문제연구소에 나가고 있었다. 백 선생은 1973년 연말 장준하 선생과 함께 '유신헌법 개헌 백만인 서명운동'에 앞장섰다가 1974년 1월 긴급조치 1·2호 위반으로 구속돼 있었다. 당시 백범사상연구소에서는《앎과 함》문고 출판을 기획하고 있었다. 그중 하나가 산별노조인 '미국 전기·라디오·기계노동자 연합회'가 발간한 『Labor's Untold Story』라는 책의 번역과 출판이었다. 나는 이신범 군의 권유로 복학하기 전 한 달 동안 그 책의 일부인 제3장 「짓밟힌 노동운동―독점자본의 쇠 발굽」을 번역했다. 그 책은 1977년이 되어서야《앎과 함》문고 『알려지지 않은 이야기―미국 노동운동비사』라는 제목으로 다섯 권의 소책자로 출판되었다. 이 책을 번역하면서 미국에 치열한 노동운동이 있었다는 것을 처음 알았다. 특히 1886년 5월에 시작된 8시간 노동제 운동이 시카고를 비롯한 미국 전역에서 분출하였고, 이 8시간 노동제 쟁취를 위한 총파업이 있었던 날을 기념하여 1889년 제2인터내셔

널 창립일에 5월 1일을 국제 노동절로 제정하였다는 것을 알았다. 백기완 선생이 만든 백범사상연구소 덕분이었다.

백기완 선생은 1975년 2월 형집행정지로 석방됐다. 소식을 듣고 백범사상연구소를 찾아갔더니 백기완 선생은 나를 명동의 어느 식당에 데려가 고깃국밥을 사 주며 문익환 목사님과 계훈제 선생님에게 소개시켜 주었다. 재야 어른들을 모시고 민주화운동 열심히 하라는 뜻이었을 게다. 이렇게 해서 나는 백기완 선생의 문하생이 되었다.

세 번째 인연. 나는 대학을 밀어내기로 졸업하고 노동운동에 투신했다. 그 당시 유신 파쇼 통치 시기였기 때문에 공개적이고 합법적인 노동운동은 여지가 좁았다. 그래서 현장에 위장 취업하여 노동자로 생활하면서 노동운동을 하는 방향을 잡았다. 이런 방향하에서 용접학원에서 전기용접 기술을 배웠다. 그리고 이때 용접학원에서 만났던 친구들 20여 명을 묶어서 친목·교양단체를 만들었다. 아크 웰딩(ark welding)의 머리글자를 따서 AW회라고 했다. 이 모임에서 재야 어른들의 강연을 듣자고 제안했다. 이 제안이 받아들여져 백기완 선생을 뵙고 강연을 부탁했다. 선생님은 흔쾌히 수락해 주었다. 강연 주제는 통일 문제였다. 노동자들 앞에서 열정적으로 왜 남북이 하나로 통일해야 하는지를 가르쳐 주고, 노동자들이 통일을 위해 나서야 한다고 역설해 주었다. 그때 보니 선생님은 긴급조치 1·2호 위반으로 구속되었을 당시 중앙정보부에서 당한 고문 후유증으로 체력이 많이 약해진 탓에 강연을 하면서 땀을 흘리셨다. 이때가 1977년경이었다. 그러나 선생은 젊은 노동자들 앞에서 몸이 안 좋은 내색을 일

절 하지 않았다. 어쨌든 이것이 내가 민족통일 문제에 더 관심을 갖게 된 계기이다.

네 번째 인연. 5·18광주항쟁 이후 섬유노조에서 쫓겨난 나는 1981년 초 다시 위장 취업자로 노동 현장으로 들어갔다. 1986년 말에는 공안기구가 많은 노동운동 조직사건을 조작하였고, 내가 몸담고 있던 조직도 이적단체로 탄압 받아 많은 후배 동지들이 남영동 대공분실에 끌려가 고문을 당했다. 그러던 중 1987년 초 그 남영동 대공분실에서 박종철 군 고문치사 사건이 일어났고, 그것을 계기로 하여 1987년 6월민주항쟁이 폭발했다. 전두환 정권은 꼼수를 펴서 6·29선언을 하고는 군부독재 정권을 내놓지 않은 가운데 대통령을 직선으로 선출하겠다고 발표했다. 이런 정권의 후퇴를 계기로 7월 초부터 노동자들의 생존권 투쟁 및 민주노조 건설 투쟁이 폭발적으로 터져 나왔다. 역사적인 87년 7.8.9 노동자 대투쟁이었다.

그해 12월, 대통령선거가 치러졌다. 이 선거는 1노 3김이 겨루는 양상이 되었다. 어릴 때부터 대통령이 되는 것이 꿈이었다는 김영삼은 미 국무부가 관리하는 NED(전국민주기금)를 지원받고 있었다. 김대중은 에드워드 케네디 등 미 민주당 좌파의 지원을 받고 있었다. 내 기억에 따르면, 미 CIA 한국 지부장은 대선이 본궤도에 오르기 전 김대중을 방문했고 그 후 김대중은 출마를 서둘렀다. 둘 다 미 제국주의의 영향권 아래에 있었던 것이다.

반면 당시 청년·학생 운동권에서는 10월 25일 양 김 후보단일화를 압박하기 위해 고려대에서 양 김을 연사로 초청하는 군중집회를 열었다. 이 집회를 추진한 것은 민청련 부의장 김병곤이었다. 그러나 이 집회는 결과적으로 김대중의 대선 출마에 길을 닦아 주는 꼴이 되고 말았다. 청년 학생들 안에서 자신의 지지가 우세하다고 판단한 김대중은 다음 날 분당을 발표하고 평민당을 만들었다. 이렇게 분열이 굳어져 가는 속에 노동운동권에서는 조영래 변호사의 주선 아래 외교구락부에서 양 김과 노동운동의 추대를 받은 백기완 3자의 후보단일화를 추진했다. 12월 10일 김영삼과 백기완은 그 자리에 나왔으나 김대중은 나오지 않았다. 후보단일화는 또 무산되었다. 백기완 선생은 그다음 날인 12월 11일 김대중을 찾아가 민주 세력 후보단일화를 설득했다. 그러나 그는 이 제안을 거부했다.

이렇게 민주화운동 세력이 분열된 가운데 대선 날짜가 다가오고 있었다. 노태우는 양 김이 분열한 틈을 타 지지세를 결집하고 있었고, KAL 858기 사건 조작을 비롯해 수단과 방법을 가리지 않는 부정선거를 획책할 것이 예상되었다. 대선의 패배가 예상되었다. 군부독재 정권은 그렇게 부정한 방법으로 당선되더라도 양 김으로 야권이 분열했기 때문에 자신들이 이겼다고 국민을 속일 것이었다. 이런 상황에서 백 선생이 후보로 완주한다면 양 김 세력, 특히 김대중을 지지한 세력은 야권 분열로 인한 패배를 노동운동 세력의 독자 후보로 인해 표가 분산되어 그렇게 되었다고 책임을 떠넘길 것이었다. 훗날 노회찬의 출마로 한명숙이 서울시장에서 떨어졌다고 책임을 전가한 그들이다. 이즈음 선거 혁명론의 한계를 주목하며 지속적으로 민주 변혁을 추진할 정치투쟁 전선체를 세우고자 경기남부 민통련에 참여하고 있었던 나는 민통련 중앙에서 간부로 일하던 김병곤과 상의하여 백기완 선생을 찾아뵈었다. 양 김이 분열한 상태에서 노동자들이 추대한 후보가 완주했을 때 책임을 뒤집어쓸 위험성을 얘기하며 후보를 사퇴하는 문제를 검토해 달라고 건의했다. 백기완 선생은 같이하는 동지들과 논의한 후 12월 14일에 "민주 세력의 대연대를 이룩하지 못한 데 책임을 지고" 후보를 사퇴한다고 발표했다. 투표 이틀 전이었다. 연배가 저 아래인 젊은 동지들이 집으로 찾아와 후보 사퇴 검토를 건의하는데도 추호도 불쾌한 표정이 없었다. 10여 년 만에 찾아온 나를 아침 겸상으로 맞아 주셨다. 참으로 큰 그릇의 어른이었다. 자기가 대통령이 돼야만 나라가 잘된다는 독선과 권력욕에 빠진 보수 정객들과는 차원이 달랐다. 그러나 마음 한구석으로는 노동자들의 추대로 큰 뜻을 품고 대통령 선거에 출마했는데 사퇴를 건의한 데 대해 죄송하기도 했다.

여기서 잠시 고 김병곤 동지에 대해 언급하지 않을 수 없다. 그는 1974년 민청학련 시위 주동자로 군사 법정에서 재판을 받으면서 검사가 사형을 구형하자 "영광입니다"라는 최후진술을 하여 널리 알려진 동지다. 그는 1973년 10월에 유신 반대 시위로 구속되었다가 석방된 전력도 있어서 이런 사형 구형과 사형선고를 받았다. 석방된 이후 직장을 다니던 그는 1978년 초 직장을 그만두고 향린교회 대학생부 모임에 나가고 있었다. 그 모임의 수련회에서 박정희가 일본 육사 출신에 관동군에 근무하며 독립군을 토벌했다는 내용을 이야기한 것을 빌미로 1978년 4월 국가원수모독죄로 세 번째 구속되었다. 진짜 이유는 동일방직 노동자들의 투쟁을 지원했기 때문이었다. 1980년 5월 정국에서는 서울

대학교 학생 시위에 관여했고, 그 죄목으로 5·18 이후 네 번째 감옥살이를 했다. 그러다가 1984년경 김근태 의장이 주도하는 민청련 상임위원장으로 활동하면서 민청련 탄압으로 1985년 7월 다섯 번째 구속되었고, 1987년 당시에는 민청련 부의장과 민통련 간부를 겸하고 있었다. 김 동지는 내가 대학 4학년 때 1학년인 그를 학생운동으로 안내한 각별한 인연을 가지고 있었다. 그리고 우리 둘 다 백 선생을 존경했다. 이런 인간관계를 바탕으로 백기완 선생을 찾아갔다. 거기에는 군사독재를 끝장내야 한다는 것 이외에 단 한 조각의 사심도 개입되어 있지 않았다.

그해 12월 대선에서 민통련 선거대책 상황실장이었던 김병곤 동지는 부정투표로 추정되는 현장이 발각되었다는 소식을 접하자 즉각 구로구청으로 달려갔다. 동일방직 사건 지원활동으로 가깝게 지내던 유동우 동지도 함께 갔다. 그 이틀 후 새벽 경찰의 폭력 진압으로 농성은 해산되고, 이 과정에서 유동우 동지는 허리를 크게 다치고, 서울대학생 양원태 군은 하반신이 마비되는 큰 부상을 입었다. 상황을 지휘하던 김병곤은 최루탄을 듬뿍 마신 가운데 구속되었다. 이 과정에서 위암이 발병했다. 그러나 위암 발병의 가장 큰 원인은 대선 과정에서의 분열과 갈등, 그것이 가져다준 정신적 고통이었다. 김병곤 동지 스스로의 진단이 그러했다. 1988년 6월 구속집행정지로 석방돼 서울대병원에 입원하여 투병했으나 1990년 12월 병마를 이기지 못하고 세상을 떴다. 조영래 동지가 간암으로 세상을 떠나기 며칠 전이었다. 그의 암도 김병곤과 비슷하게 민주 세력의 분열로 인해 군사독재 타도에 실패한 데 따른 극심한 스트레스 때문이었다.

1987년 대선 투쟁의 패배는 이후 한국 사회에 친미 파쇼 체제와 세력의 온존이라는 부정적 유산을 남겼다. 그 유산은 지금도 계속되고 있다. 김영삼을 지지했던 세력은 수구세력 편에 넘어가고, 김대중을 지지했던 자유주의 세력은 그 반대 측에 서서 진보를 사칭하며 식민지 파쇼 체제를 지탱하는 한 축이 되어 있다. 군사독재는 물러갔지만 식민지 파쇼 체제는 청산되지 않았다.

그 후에도 나는 혜화동 통일문제연구소에 여러 차례 방문했다. 2000년에는 전태일을 따르는 사이버 노동대학 설립을 추진하면서 백기완 선생님을 고문으로 모시는 부탁을 하러 찾아갔다. 내가 선생님을 찾아간 것은 가끔 문안드리러 간 것 말고는 주로 무엇을 부탁하러 가는 경우였다. 선생님은 나를 불러서 무엇을 하라거나 하자거나 하는 경우는 거의 없었다. 회의장에서 또는 투쟁의 현장에서 뵌 것은 수백 번도 넘을 것이다. 언제나 열정과 의지는 충만했고 늘 따뜻하게 맞아 주셨던 기억만 있다.

백기완 선생님이 살아 있던 시절 선생님의 존재 의의는 무엇이었을까? 백기완 선생 하면 떠오르는 단어는 '민중'이다. 1987년 대선 당시 백기완 후보의 선거운동 슬로건이 "가자 백기완과 함께 민중의 시대로"였다.

민중이라는 말은 1970년대 이전에는 특별한 정치적 의미 없이 사용하는 단어였다. 그러나 1970년대 유신체제를 거치면서 '민중'이라는 말에는 새로운 정치적 의미가 부여되었다. 1974년 봄 민청학련의 선언문 제목이 '민중 민주 민족 선언'이었다. 1985년에 만들어진 민통련도 정식 명칭은 민주통일민중운동연합이다. 여기서 민중은 내외 지배체제에 저항하는 피지배 대중, 각성된

대자적인 피지배 대중을 지칭하는 말이었다. 백기완 선생은 이런 각성된 피지배 대중을 대표하는 인물이었다.

당시 민주화운동에는 두 흐름이 있었다. 하나는 자유주의적 세계관과 가치관을 가진 부르주아 민주화운동이었고, 다른 하나는 노동자·농민을 주체로 하는 민중 민주화운동이었다. 백기완 선생은 후자를 대표했다. 내가 아는 어느 한의사는 자기 가족들은 죄다 수구 편이고 자신만 그들에 반대해 민주당을 지지하는데, 그것이 현실인데, 백기완 선생은 현실보다 한참 더 나간 선각자라고 평했다. 사태를 표면적으로 보는 사람들은 식민지 파쇼 체제하에서 민중운동이 집중적으로 탄압 받고 배제되다 보니까 민중을 대표하는 것이 현실보다 한참 앞서가는 선각자적인 존재로 보이는 것이다. 그러나 백기완 선생은 현실보다 한참 앞서간 사람이 아니라 선생이 살던 현실 속에서 내외 지배체제의 착취와 억압에 저항하는 민중을 대표한 지도자였다.

백기완 선생은 세상을 떠났다. 백기완 이후의 시대는 무엇이라고 정의되어야 할까? 백기완 선생이 머리카락을 휘날리던 시대는 '민중'의 시대였다. 그 시대의 피지배 대중은 노동자와 농민으로 구성되었다. 1970년대에는 노동자보다 농민이 더 많았으나 1990년대 이후에는 노동자가 농민보다 더 많았다. 하지만 그 노동자에는 노동자의 자식보다 농민의 자식이 여전히 더 많았다. 그리하여 소자산계급인 농민의 정서와 세계관이 무산계급인 임금노동자의 정서와 세계관보다 우세했다. 이런 시대의 피지배 대중을 표현하는 단어가 민중이었다. 그러나 이런 시대는 지나가고 있다. 21세기에 들어선 지 20년이 지난 지금 한국 피지배 대중의 대다수는 노동자이며 또 그 노동자의 대다수는 노동자의 자식으로 구성되고 있다. 두 세대 만에 한국 민중의 정체성이 농민에서 노동자로 대체된 것이다. 이런 변화에 조응하여 피지배 대중에 대한 호명도 민중에서 노동자 또는 노동계급으로 대체되어야 할 참이다. 그렇게 대체되는 과도기에 나온 호명이 노동자·민중이었다 하겠다.

이렇게 피지배 대중이 곧 노동계급이라면 우리 운동의 이념도 그에 맞게 변화되어야 할 것이다. "나도 일하고 너도 일하고, 너도 잘살고 나도 잘살고, 모두 잘사는 세상"은 소농민적 세계관의 표현이라고 본다. 그것을 넘어서 "나의 노동력도 사회의 것이고 너의 노동력도 사회의 것"이며, 따라서 "우리의 노동 생산물도 사회의 것이고 너희의 노동 생산물도 사회의 것"이 되는 세상을 꿈꾸어야 할 것이다. 큰 어른인 백기완 선생도 이런 발전을 환영할 것이라 믿는다.

사회주의 가치와 방식의
대중적 동의 확대가 노동자계급
바로 세우기다

김태연 — 전 사회변혁노동자당 대표

내가 백기완 선생님을 처음 뵌 게 언제였을까? 그전에도 이런저런 자리에서 뵌 적이 없지 않겠지만, 구체적인 일로 처음 찾아뵌 것은 2007년 4월로 기억된다. 전국활동가조직 창립대회 격려사를 요청드리기 위해 통일문제연구소에서 선생님을 뵈었다. 만들려고 하는 전국활동가조직이 뭐 하는 것이냐고 물으셨다. 변혁적이고 계급적인 노동운동을 확대·강화하기 위한 노동현장 활동가들의 전국적 실천조직이라고 말씀드렸더니 기꺼이 격려사를 수락해 주셨다. 그리고 노동자계급의 알기를 세우는 일이 그무엇보다도 중요하다는 말씀을 해 주셨다.

그 당시 내 개인적으로는 전노협에서부터 민주노총까지 약 10년간의 노동조합운동을 자의 반 타의 반으로 마감하고 새롭게 활동가조직운동으로 뛰어들고 있던 때였다. 당시 한국 노동운동은 민주노총을 건설하고 노개투(노동법 개정 총파업 투쟁) 총파업을 전개하는 등 괄목할 만한 성장에도 불구하고 노동 해방과 평등 세상을 향한 꿈이 퇴색하고, 자본과 정권의 신자유주의 공세에 밀리고, 조직 내부에서는 부정부패의 독버섯까지 자라고 있었다. 이런 상황에서 한국 노동운동의 변혁적·계급적 확대 강화라는 원대한 꿈을 안고 활동가조직운동을 시작하고 있던 나에게 노동자계급의 알기를 세우는 것이 그 무엇보다도 중요하다는 백 선생님의 말씀은 귀에 쏙쏙 들어올 수밖에 없었다. 그날 이후 나는 백 선생님으로부터 때로는 면전에서 때로는 집회에서 여러 주제와 여러 내용으로 이런저런 말씀을 들었지만, 언제나 핵심은 노동자계급의 알기 세우기로 이해되었다. 그것은 아마 민주노조운동, 전국활동가조직운동, 사회주의 정당운동으로 이어 온 내 활동의 근저와 핵심을 내 딴에는 노동자계급의 알기 세우기라 여겼기 때문이 아닐까 싶다. 그래서인지 백 선생님 살아생전을 돌아보는 마음과 내 활동을 돌아보는 마음을 따로 뗄 수가 없다.

　나는 어찌하다 보니 용산범대위, 쌍차범대위, 세월호참사시민대책위, 박근혜정권퇴진행동, 유성범대위 등에서 이런저런 직책을 맡아 활동했다. 이 투쟁들은 최근 10여 년간 한국에서 전개된 주요한 노동자 민중 투쟁들이었다. 이 과정에서 각계각층의 수많은 단체와 사람들이 모인 대규모 연대체를 구성하고, 다양한 방식의 투쟁을 구사하지만 투쟁의 꽃은 뭐니 뭐니 해도 거리에서의 대중 집회일 수밖에 없다. 수천, 수만 명이 모인 대중 집회 투쟁을 위해서 많은 것을 준비해야 하지만, 그중에서도 어떤 연사가 등단하느냐는 그날의 투쟁 승패를 위해 매우 중요한 사안이다. 연사를 통해 온 천하에 그날의 투쟁 목표를 명확하게 알려 내야 한다. 그뿐만 아니라 그 연사를 통해 어디선가 예의주시하고 있는 적의 간담을 서늘케 하고, 긴가민가하며 집회를 구경하고 있는 중간 대중의 마음을 돌려세우고, 집회에 참여하고 있는 대중을 집중시키고 투쟁 의지를 고양시켜 내야 한다. 어디 그뿐인가? 다양한 정치적 입장을 갖는 단체와 사람들로 구성된 복잡한 연대체 내부 사정상 모두가 동의하는 연사여야 한다.

그전에도 그랬지만 2009년부터 전개된 한국의 주요한 대중 집회 투쟁에서 백 선생님은 매우 자주 연사로 등단하셨다. 적들의 간담을 서늘케 하는 우렁찬 포효가 있었고, 잔잔한 어조이지만 대중의 마음을 집중시키는 힘이 있었다. 용산투쟁 때였다. 당시 용산범대위 상황실장으로서 집회 사회를 보던 중 '용산참사' 운운했다. 나뿐만 아니라 모두들 용산참사라 했다. 그날 연사로 등단한 백 선생님이 "조금 전 사회를 맡은 젊은 동지가 용산참사라고 했는데…" 이렇게 운을 떼시고 '용산참사'가 아니고 '용산학살'이며, 이명박 정권은 살인 정권이라고 포효하셨다. 그날 대통령 이명박의 간담이 서늘해졌는지 나로서는 알 수 없다. 그렇지만 나를 비롯하여 집회 참석자들의 가슴에 '용산학살'이 아프게 꽂혀 왔다는 것은 분명히 알 수 있었다.

나는 어른을 공경하는 예의 바른 '젊은이'가 아니어서 백 선생님을 자주 뵙지는 못했다. 그래서인지 내가 아는 범위에서는 백 선생님께서 대체로 노동자 민중의 알기와 큰 그림은 얘기하시지만, 구체적인 '전술'에 대해 언급하시지는 않은 것 같다. 그런데 딱 한 번 '전술 지도'를 하신 적이 있다. 2013년 말에 쌍차지부는 대한문 분향소를 평택공장 앞으로 옮기는 결정을 했다. 쌍차범대위 논의에서 찬반의 분위기가 있었지만, 지부가 결정한 마당에 강력한 반대를 하기도 어려운 상황이었다. 쌍차범대위 상황실장인 나도 대한문 분향소 폐쇄에 동의할 수 없었지만 다시 연대 투쟁을 활성화하기 위한 구체적 방안을 마련하지 못한 입장에서 지부를 강력하게 설득하지 못하고 있는 상황이었다. 그 무렵 어떤 자리에서 백 선생님이 "김태연 동지, 쌍용차 대한문 분향소를 지켜야 해!"라고 강력하게 말씀하셨다. 농성장을 유지할지 말지에 대한 구체적인 전술 지도를 하신 셈이다. 이에 대한 긴 얘기는 없었지만, 대한문 투쟁은 이미 해고자 복직 투쟁을 넘어선 대정부 투쟁이기 때문이라는 말씀은 분명히 하셨다. 그때로부터 또다시 10년 가까이 지난 지금, 정리해고는 여전히 노동자들의 목줄을 누르고 있다. 복직된 쌍용자동차 해고자들도 이 위협에서 자유롭지 않다. 각계각층이 결집한 대한문 투쟁은 "해고는 살인!"이라는 노동자의 구호를 전 사회적 공감 구호로 만들었다. 대한문 투쟁은 해고자 복직을 넘어 정리해고제 철폐를 전 사회적 요구로 만들 수 있는 기회를 만든 것이다. 백 선생님이 대한문 분향소를 지키라 하신 것은 그런 투쟁 방향을 지키라 하신 게 아닌가 싶다. 그때 그 투쟁 방향을 못 지켜서 선생님께 죄송하다.

지난 10여 년간 수많은 투쟁을 함께하시면서 백 선생님은 나를 포함한 '젊은 동지'들을 당황스럽게 하신 게 딱 하나 있다. 순우리말을 찾아 운동권에 널리 보급해 오신 백 선생님 앞에서 한자어도 아닌 영어는 '사용금지어'다. 사회 보다가 영어 썼다고 선생님께 혼난 사람이 어디 한둘일까? 나도 한번 혼난 기억이 있다. 백 선생님의 영어 사용 금지에 걸린 용어의 압권은 'SKY'이다. 쌍용자동차정리해고분쇄투쟁, 강정해군기지저지투쟁, 용산학살진상규명투쟁이 국가 폭력에 맞선 저항을 공통분모로 연대했다. 세 투쟁의 영문자 이니셜을 따서 'SKY'연대체를 구성했다. SKY연대출범 집회에서 사회를 보던 김덕진 동지가 맨 앞에 앉아 계신 백 선생님의 눈치를 보느라 "이 용어를 사용하면 안 되지만 그러나 SKY…" 이런 식의 사회자 발언이 몇 번 반복되자 백 선생님은 살그머니 웃고 계셨고, 이런 광경을 지켜보시던 문정현 신부님은 왜 영어를 못 쓰게 하냐고 혼자 말씀으로 약간 역정을 내시던 장면이 생각난다. 우리말 사용에 대한 특별한 애착이 있는 건 아니지만, 백 선생님이 생전에 소환한 '알기, 아리아리, 하제, 속살대기, 노나메기…' 이런 말들이 다시 사라질까 안타까운 생각이 들기도 한다.

유성기업 노조파괴 분쇄 투쟁 때일 것이다. 양재동 현대자동차 앞 집회 투쟁 연설을 해 주십사고 했더니, "이 늙은이 말고 연설할 사람이 없어? 젊은 사람들을 세워야지"라고 하셨다. 노동자 투쟁이면 어디나 달려가시는 분이니 거절의 뜻일 리는 없었다. 아마도 운동의 역량 축적에 걸린 적신호를 걱정하신 듯했다. 연설할 사람이 없냐는 질문을 받고 생각해 보니, 아닌 게 아니라 연설할 사람이 별로 없다. 1987년 노동자 대투쟁을 거치면서 대중투쟁에서 단련된 걸출한 연사들이 많았다. 당면 투쟁 목표와 노동 해방/평등 세상이라는 노동계급의 비전을 함께 말하는 정치 연설을 많이 접할 수 있었다. 그런데 그런 역량이 점점 줄어들었다. 정말 추웠던 어느 해 겨울밤 집회, 우리의 척박한 운동이 세월의 무게를 무시하고 백 선생님을 너무 혹사하고 있다는 생각이 들었다. 이제 저세상으로 가신 백기완 선생님이 다시 돌아올 수는 없을 것이다. 지금도 비정규 투쟁 현장에 가면 대중투쟁에서 단련되고 있는 걸출한 투사들이 눈에 띈다. 그 동지들이 노동자의 사상과 노동자의 비전으로 무장한다면 바로 그들이 백기완들이 될 것이다.

"뭣이 중헌디? 그건 노동자계급의 알기를 바로 세우는 것이여." 그렇다. 내가 백기완 선생님을 가장 존경하는 이유는 이것이다. 그래서인지 저승에 계신 백 선생님께서 노동자계급 알기 바로 세우기를 위한 나의 운동을 되돌아보라고 하시는 것만 같다.

2007년 4월, 노동자계급의 알기를 바로 세우기 위해 변혁적 계급적 노동운동을 위한 현장 활동가 조직을 결성한 바 있다. 민주노조운동의 우경화를 막고 다시 노동 해방 평등 세상의 기치를 세우기 위해 적지 않은 활동가들이 모여 현장과 전국에서 실천에 앞장선 바 있다. 민주노조운동에는 통일 선봉대도 필요하겠지만, 계급적 노동운동의 발전을 위해 노동해방 선봉대가 절실하다는 인식에서 2007년부터 매년 11월에 노동해방 선봉대 활동을 했다. 그리고 그 무렵부터 본격적으로 시작된 학습지, 뉴코아-이랜드, 현대자동차 사내하청 등 비정규 투쟁에 현장 활동가들이 적극적으로 연대 투쟁하는 기풍을 만들고자 했다. 쌍용자동차 정리해고 분쇄 파업, 유성기업 노조파괴 분쇄 투쟁 등을 통해 활동가들이 자신의 기업 울타리를 넘어선 전국적 연대 투쟁에 나서고자 했다. FTA 저지 투쟁을 중심으로 초국적 자본의 신자유주의 공세에 맞선 투쟁을 전개했다. 많은 활동과 성과에도 불구하고 더 많은 한계를 넘어서지 못했다. 금속과 공공부문의 대사업장 활동가들이 비정규 투쟁과 연대했으나, 민주노조운동 전체에서 발생하고 있는 정규직-비정규직 운동 간의 간극을 메우지 못했다. 변혁적 계급적 노동운동의 확대·발전을 위한 활동가조직운동이 비정규직으로 확대되지 못하고 정규직 운동에 갇히게 되었다. 그 결과 활동가조직운동은 정규직 대사업장노조의 우경화 흐름에 휩쓸리게 되었다. 새롭게 대중투쟁의 중심으로 부상한 비정규 투쟁에서 활동가조직운동이 발전하지도 못했다. 신자유주의의 가혹한 착취로 인해 비정규 투쟁이 대중적으로 확대되었고 이런 경향은 앞으로도 계속될 것이다. 지금부터라도 "진짜 사장 나와라" 투쟁에 갇히지 말고 비정규 차별 철폐와 정규직화 투쟁을 넘어서서 노동 해방과 평등 세상을 향한 비전을 세워야 한다. 이런 비전을 활동가들로부터 세워야 할 것이다.

생전에 백기완 선생님이 강조하신 노동자계급 알기 세우기는 결국 노동자들이 자본가들의 계급 착취 구조와 원리를 간파하고, 이에 순응하거나 떡고물을 챙기는 것이 아니라 정면으로 맞서 자본주의를 분쇄하고 평등 세상을 건설하기 위해 일어서는 것이다. 자본주의 체제에 안주하는 운동은 다람쥐 쳇바퀴 돌기이다. 자본주의는 노동조합의 투쟁으로 쟁취한 노동조건 개선을 구조조정, 비정규직화, 플랫폼 노동 등의 방식으로 일거에 무로 돌려 버린다. 1987년 노동자 대투쟁으로 노동조건 개선을 쟁취했으나, IMF 외환위기 후 구조조정과 비정규직을 확대하여 원점으로 돌려 버렸다. 이제는 비정규직 차별 철폐 투쟁으로 쟁취한 약간의 승리 성과조차 플랫폼 노동으로 원점으로 돌리고 있다. 사회변혁노동자당 대표 임기를 마치고 오래간만에 특별한 조직 직책을 맡지 않고 자유스러운 상태이다. 놀면 뭐 하니, 잡생각만 들지. 명색이 노동운동가인데 노동한 지도 오래되었고 해서 20여 년 전 직업의 하나였던 오토바이 배달 노동을 좀 해 보고 있다. 직접 몸으로 겪어 보니 자본가 입장에서는 꿈의 노동 통제 방식임을 절실히 느끼지 않을 수 없다. 기존의 작업장 비정규 노동자에 대한 노동 착취와 노동 통제 방식과는 완전히 다른 방식이다. 이런 노동자가 벌써 45만 명 이상으로 늘어났다. 이른바 4차 산업의 확대와 함께 이런 방식의 노동은 더욱 확대될 것이다. 자본주의 체제하에서 노동 착취 방식은 끊임없이 진화하고 있다.

노동자계급 알기 바로 세우기를 여러 가지로 표현할 수 있겠지만, 나는 자본주의 철폐 사회주의 건설 운동으로 받아들인 바 있다. 한국 노동운동은 민주노조운동의 확대·강화와 함께 정당 운동의 확대·강화를 당면 과제로 한 지 꽤 오래되었다. 이런 흐름에서 사회주의 노동자계급 정당을 건설했고, 최근 3년간 사회주의 대중화 사업을 진행한 바 있다. 지난 대선에서 사회주의 후보 운동을 전개하고 사회주의 정치 세력의 부분적 통합으로 일단락되었다. 애초에 기대했던 목표에 비해 많은 아쉬움을 남겼다. 그렇다고 사회주의 대중화를 중단할 일은 아니다. 새로운 방법과 주체를 세워서 계속해야 할 사업이다.

전쟁을 거치고 분단이 지속되고 있는 한국에서 사회주의 운동은 매우 어렵다. 그렇지만 노동자계급에게 자본주의를 철폐하고 새로운 사회 건설을 위한 비전이 없다면 노동자계급은 자본주의의 착취와 수탈을 운명으로 받아들일 수밖에 없다. 계급 전체가 아닌 오직 자신만의 탈출을 위해 혹사, 굴종, 도박 같은 것에 매달릴 수밖에 없다. 운동적으로 사회적 합의주의 같은 투항적 노선이 득세할 수밖에 없다. 한국 노동운동에서 사회주의 가치와 방식에 대한 대중적 동의를 확대하는 것이 앞으로 상당 기간 노동자계급 알기 바로 세우기가 될 것이다.

비정규직 운동은 모든 이들과 함께
이윤 중심의 세상을 바꾸는 것으로

김혜진 — 전국불안정노동철폐연대 상임활동가

지금도 그렇지만 나는 사람에 기대는 운동을 좋아하지는 않는다. 상징적인 인물이 중요한 것이 아니라, 곁에서 함께 운동하는 동료들이 더 중요하다고 생각해 왔다. 그래서 가끔은 '어르신'들을 대접하는 운동권의 문화에 거부감을 갖기도 했다. 백기완 선생님을 좋아하고 이것저것 요청도 많이 드렸지만, 찾아뵙고 인사하는 일도 잘하지 못했다. 돌아가셨다는 이야기를 듣고 마음이 잠시 철렁했으나 백기완 선생님 장례식에서도 실감은 잘 나지 않았다. 그런데 떠나시고 난 후 비정규직 투쟁 사업장이 어려움을 겪을 때 "와 주십사" 요청드릴 백기완 선생님이 이제는 계시지 않는구나 생각하니 마음이 허전하고 또 허전하다.

'먼 어른'에서 가까이 '기댈 언덕'으로

백기완 선생님을 생각하면 여러 장면이 떠오른다. 처음에는 그저 '어려운 어른'이었다. 1987년 대통령선거 때 먼발치에서 뵈었던 이후 여러 집회에서 쩌렁쩌렁한 목소리로 연설하시는 모습을 지켜보는 것 외에 가까이서 이야기를 나눌 기회는 별로 없었기 때문이다. 1987년 당시 나는 매우 어렸던 때라 희끗희끗한 머리의 할아버지가 목청도 참 크고 연설에 힘이 있구나 생각할 뿐이었다. 그런데 곰곰이 생각해 보니 지금의 내 나이가 1987년 대통령선거 때 백기완 선생님의 나이 즈음이다. 나는 아직도 세상을 모르고 두려움이 많은데, 앞에 나설 때마다 주저하고 흔들리는데, 백기완 선생님은 내 나이 때 세상을 향해 거침없이 일갈을 하셨구나 생각하니 새삼 놀랍고 존경스럽다.

2011년 희망버스 때 백기완 선생님을 가까이에서 만나게 되었다. 김진숙 지도위원이 한진중공업 85크레인 위에서 정리해고에 반대하며 고공 농성을 하고 있을 때였다. 그 농성을 응원하기 위해서 많은 이들이 버스를 타고 영도 한진중공업으로 향했다. 희망버스가 영도 한진중공업에 도착하고, 김진숙 지도위원을 응원하러 간 사람들은 담벼락 앞으로 이동했다. 곧이어 사다리가 내려오고 머리가 허연 백기완 선생님과 문정현 신부님이 거침없이 사다리에 올라 담벼락을 넘었다. 사다리가 내려올 때까지도 우왕좌왕하던 많은 이들이 그 두 분이 담벼락 위에 올라서는 모습을 보면서 홀린 듯이 사다리에 올랐다. 그 담벼락을 넘어서는 순간 두려움이 깨지고 용기가 샘솟는 경험을 했다. 그리고 우리는 한진중공업 안에서 정리해고를 당한 노동자들과 밤새 울고

2011년 7월, 한진중공업 85호 크레인에 올라 고공농성을 벌이던 김진숙 부산민주노총 지도위원을
응원하는 2차 희망버스 ©노순택

웃을 수 있었다. 백기완 선생님이 이렇게 길을 열었다.

희망버스 기획단에서 역할을 맡고 있었던지라 부산을 수도
없이 왔다 갔다 했다. 몇 차 희망버스였는지는 잘 모르겠다. 백기
완 선생님과 식사를 함께하게 되었다. 밥을 먹던 도중 막걸리 한
잔 하자 하셨다. 그 자리에 있던 희망버스 기획단 사람들은 나와
문화연대의 신유아, 인권운동공간 활의 기선이었는데 하필 술
을 한 잔도 못하는 사람들뿐이었다. 술을 거절하는 우리에게 "막
걸리 한 잔 못 마시는 건 문제!"라고 호통을 치셨다. '체질적으
로 못 마시는 걸 뭘 어쩌라고?'라고 생각하며 이분도 고리타분한
어른인가 생각할 때, 갑자기 씩 웃으시더니 "그러니 다들 안주를
많이 먹어야지" 하면서 이것저것 새로 시키자고 하셨다. 그때였
다. 전에는 늘 어려운 '어른'이었던 백기완 선생님이 편한 활동

의 선배로 느껴지며 마음이 풀렸던 것이.

2013년 1월에 기아자동차 사내하청 해고 노동자였던 윤주형 노동자가 세상을 등졌다. 그 동지의 유서에는 "조직도 노조도 동지도 차갑더라"라고 쓰여 있었다. 윤주형에게 '동지'라고 불렸던 나는 어쩔 줄 몰랐다. 죄책감이 들었다. 회사의 태도도 문제였지만 일방적으로 장례식장을 떠난 기아자동차 정규직 노조, 그리고 장례식장에서의 무수히 많은 갈등으로 힘겨웠다. 그때 백기완 선생님이 오셨다. 그 어려운 갈등의 자리에서 묵묵히 자리를 지켜 주셨다. 그 힘으로 비록 세상을 떠난 이후지만 윤주형 동지의 복직에 합의하고 장례를 치를 수 있었다. 분노하고 아팠던 윤주형 동지의 장례 기간이었지만, 우리의 목소리를 들어주고 우리가 요청을 드리는 대로 그 자리를 지켜 주시는 누군가 있다는 것이 너무나 고맙고 따뜻했다. 우리에게도 기댈 수 있는 분이 있었던 것이다.

그 투쟁이 끝나고 백기완 선생님을 만날 자리가 있었다. 선생님께서 "너희가 원하는 것 뭐든지 다 해 주마. 집회 오라면 가고, 발언 짧게 하라면 그렇게 하고, 앞서서 벽을 넘으라면 넘으마. 그러니 걱정 말고 뭐든지 부탁해라"라고 하셨다. 이 말이 뭐라고 그렇게 눈물이 났을까. 그동안 어디에서도 이렇게 든든한 말을 들어 본 적이 없었다. 오랫동안 노동운동을 해 왔지만 의지하는 선배도 별로 없었고, 비정규직 투쟁을 하면서 기댈 데 없이 그저 달려오기만 했다. 그런데 생각지도 않았던 순간 이런 응원의 이야기를 들으니 눈물이 쏟아졌다. 우리에게도 이렇게 든든한 어른이 있구나 생각하며 울었다. 백기완 선생님의 그 이야기를 믿고 그 뒤로 수시로 백기완 선생님께 요청을 드렸다. 선생님이 몸이 안 좋으실 때도, 때로는 무례한 상황에서도 그 이야기를 믿고 부탁드렸다. 한 번도 거절하지 않고 말한 바를 지켜 주셨다.

백기완 선생님을 추모한다는 것은 주눅 들지 않는 것

이제 선생님은 계시지 않는다. 어려움이 생겼을 때 급하게 전화로 부탁을 드릴 분이 없다. 그러나 그 든든함은 우리 마음에 남아 있다. 백기완 선생님을 추모한다는 것은 그 든든함을 다른 이들과 나누는 것이라고 생각한다. 나는 아직 세상에 대한 두려움이 많다. 그래서 함께하는 활동가들에게 "당신이 하는 모든 활동을 지지하니 걱정 말고 부탁해"라고 말할 자신은 없다. 내 할 일을 다 못해서 버둥거리고, 내 어려움을 다 해소하지 못해서 스트레스가 쌓이는 범인의 입장에서, "조건 없이 부탁을 들어주마"라는 말이 얼마나 하기 힘든 말인지 안다. 그러나 때로는 허언이 되더라도 "걱정 말고 언제라도 부탁해"라고 큰소리쳐 보는 건 어떨까 싶다. 그것이 현실을 바꾸려고 힘들게 노력하는 이들에게 작은 위안이 되지 않을까.

백기완 선생님을 추모한다는 것은 '주눅 들지 않는 것'이라고 생각한다. 백기완 선생님은 집회 때나 비정규직 투쟁 사업장에 오실 때 늘 "당당하라"고 이야기하셨다. 백기완 선생님은 우리가 거침없이 앞으로 나아가기를 원하셨겠지만, 소심한 내 입장에서 선생님의 마음을 따라가는 것은 '주눅 들지 않는' 것뿐이다. '주눅 들지 않는 것'도 힘든 일이다. 기업들은 비정규직 노동자를 너무 쉽게 해고한다. 노동조건을 개선하라는 소박한 요구를 하기 위해서도 노동자들은 해고의 위험을 감수해야 한다. 천막은 계고장과 구청의 폭력 침탈의 위협에 놓이고, 경찰은 늘 노동자들을 감시하다가 용역이나 경찰과 다툼이 있으면 바로 노동자들을 연행해 간다. 벌금이 쌓이고 구속의 위험도 있다. 생전 듣도 보도 못한 금액의 손해배상이 청구되기도 한다. 이런 상황에서 주눅이 들지 않는 것이 쉬운 일일까.

그런데 백기완 선생님이 '당당하라'고 이야기하실 때 거짓말처럼 모두들 웃으며 어깨를 폈다. 생각해 보면 비정규직 노동자들은 회사에서 눈치 보며 일하고, 차별 때문에 상처 받는 경우가 많았다. 그런데 투쟁을 하면서 스스로 삶의 주인이 되었고, 회사에 당당하게 요구도 하고 대거리도 하고, 같이 투쟁하는 다른 사업장 동지들을 만나서 연대하고, 또 세상을 보는 눈을 갖게 되었다. 투쟁이 힘들다 하더라도 인생의 긴 시간에서 보면 이토록 치열하고 이토록 거침없을 때가 또 있을까. 그러니 정말로 당당해도 되는 것 같다. 그래서 나도 이야기하고 싶다. "나도 주눅 들지 않을 테니, 투쟁하는 비정규직 노동자 모두 당당해지자고."

"주눅 들지 않는다"라는 것은 "우리가 옳다"라는 자신감만이 아니라 우리가 힘이 있다는 자각이 있을 때 가능한 것 같다. 개별 사업장에서 힘들게 싸울 때에는 우리에게 힘이 있는지 알기 어렵다. 그렇지만 개별 사업장의 문제를 넘어서 '모든 노동자의 권리가 보장되는 세상'을 위해 함께 싸우면 그만큼 함께하는 사람도 많아질 테니 힘이 강해질 것이다. 비정규직 없는 세상은 기업의 이윤 중심의 세상을 바꾸자는 것이므로, 기업의 이윤 논리 앞에 파괴되는 환경, 공동체, 삶의 안전 등 모두의 문제를 함께 해결해 나가는 것이다. 이렇게 사회적 연대의 힘을 만들 수 있으니 우리의 힘이 강해질 것이다. 아직 목소리를 내지 못하고 있지만, 비정규직들이 스스로 권리의 주체가 될 날을 믿으며 앞선 이들이 열심히 투쟁하는 것이기도 하다. 백기완 선생님에 대한 우리의 추모는 우리에게 힘이 없는 것처럼 보여도 우리의 잠재력을 믿고 나아가는 것이 아닐까.

비정규직 운동은 어떤 꿈을 꾸고 있을까

비정규직 운동이 날이 갈수록 어려워진다. 내가 일하는 불안정노동철폐연대에서 다른 단체들과 함께 '아프면 쉴 권리 포럼'을 준비하면서 프로그램 중 하나로 비정규직 노동자들의 현실 이야기를 듣는 자리를 마련했다. 오랫동안 투쟁해 왔던 비정규직 투쟁 당사자들이 모였으니 서로 잘 알고 있으리라 생각했다. 그런데 자리에 모인 분들끼리 만나서 인사를 한 것은 처음이라면서 명함을 나누고 상황 이야기를 하는 것을 보고 다시 생각했다. '투쟁하는 우리'는 사실 잘 만나지 못하고 있었다. 비정규직 노동자들은 대부분 동일한 문제를 갖고 있다. 노동자로서 인정받지 못하거나, 원청이 사용자로서 책임을 지지 않거나 이 때문에 권리의 주체로서 나서기 어려운 조건이 있다. 그렇기 때문에 당장의 현안을 넘어 같은 목소리를 낼 수 있는 조건을 갖추고 있다. 그렇지만 아직은 잘 만나지 못하고 있다.

백기완 선생님도 비정규직 노동자들이 함께 모여서 함께 싸우기를 기대하셨다. 백기완 선생님이 마지막까지 애정을 갖고 함께해 주신 곳이 '비정규직 이제 그만 공동 투쟁'이었다. '비정규직 이제 그만 공동 투쟁'은 비정규직이 시혜의 대상이 아니라 권리의 주체라는 점을 분명히 했고, 비정규직 노동자들이 고립되지 않고 함께 싸우겠다고 선언하며 비정규직 당사자들과 이에 연대하는 활동가들이 함께 만들었다. '비정규직 이제 그만 공동 투쟁'은 백기완 선생님과 함께 김용균 노동자 죽음의 진상규명과 책임자 처벌을 위해 싸웠고, 문중원 기수의 죽음에 책임이 있는 자들에게 책임을 묻기 위해서 함께 싸웠다. 코로나19로 비정규직 노동자들이 고통을 당할 때 광장을 열기 위해 싸웠다. 비정규직 노동자 스스로가 주체가 되어 공동의 투쟁을 만들어 나가는 길, 이런 공동 투쟁의 공간을 확대해 나가는 것이 중요한 과제라고 생각한다.

그런데 공동 투쟁의 공간을 확대하면서도 우리는 늘 한계에 부닥친다. 공공부문 정규직 전환을 제대로 하라고 투쟁했던 노동자들은 '공정성'이라는 능력주의 이데올로기에 부딪쳐 비난을 받았다. 노조 할 권리를 제대로 보장 받기 위해 '진짜 사장이 책임지고, 손해배상폭탄을 금지하라'는 노조법 2·3조 개정 요구는 여론이 파업을 지지하지 않는다는 논리에 떠밀렸다. 최저임금을 인상해야 한다는 요구는 자영업자들의 어려움이라는 논리 때문에 후퇴했다. 투쟁의 정당성을 말하기 위해 때로는 비정규직 노동자들이 얼마나 힘들고 어려운지를 호소함으로써 여론의 시혜에 의존하고자 하는 욕구에 부딪치기도 한다. 그런 흔들림을 넘어 모든 노동자들에게 권리가 있다는 점, 어떤 노동자의 권리 훼손도 정당하지 않다는 점을 사회에 드러내고 투쟁하는 것, 모두의 권리를 위한 투쟁으로 나아가는 것이 비정규직 운동에는 매우 중요하다.

　우리의 투쟁이 어떤 사회를 꿈꾸는지를 잊지 않아야 할 것 같다. 백기완 선생님이 당장의 투쟁에 대한 응원만이 아니라 이 투쟁이 세상을 바꾸는 투쟁으로 나아가야 한다고 이야기하셨던 것처럼, 비정규직 운동도 개별의 이익을 넘어 사회적인 운동으로 나아가야 할 것이다. 지금까지는 여러 사회운동이 비정규직 운동을 지원해 왔다면, 이제는 비정규직 운동이 사회운동으로 지평을 넓혀야 하지 않을까. 자본이 이윤 논리를 앞세워 노동자들의 고용을 불안정하게 만들고 권리를 침해해 왔다면, 바로 그 자본이 이윤을 위해 기후 위기를 만들고 가난한 이들의 땅을 빼앗으며 소수자의 인권을 침해하고 공동체를 파괴하고 있다. 비정규직 운동도 이윤 앞에 권리를 침해 당한 모든 이들과 함께 이윤 중심의 세상을 바꾸는 꿈을 꾸어야 하지 않을까. 백기완 선생님이라면 그렇게 하자고 웃으며 이야기하실 것 같다.

민주노조가 중심에 서고
노나메기를 지향하는 것이
백기완 정신의 계승이다

박성호 – 금속노조 한진중공업 8기 지회장

　　백기완 선생님과 첫 만남은 이렇게 시작되었다

한진중공업 조선소 노동자들이 백기완 선생님과 인연을 맺게 된 시기는 1991년 5월 박창수 위원장이 서울구치소 수감 중 의문의 죽음을 당하면서였다. 1991년 1월경 대우조선 노동조합(백순환 집행부)은 회사와 단체교섭이 결렬되자 골리앗 크레인을 점검하고 파업 농성에 돌입했다. 대우조선 노동조합이 파업에 들어가자 노태우 정권과 김우중 대우 자본은 곧바로 "공권력을 투입해 노동자들을 진압하겠다"라는 발표를 한다. 이러한 상황을 접한 대기업 연대회의 소속 노동조합 위원장들은 1991년 2월 10일 간부들을 모아 경기도 의정부 다락원에서 수련회를 가졌다. 수련회를 통해 대우조선 파업 지지 선전물과 투쟁 기금을 모금하기로 결정했다. 이 시각 경찰은 수련회에 참석했던 간부들을 연행하기 위해 나오는 길목에 병력을 배치해 놓고 있다가 귀가하는 간부 69명을 전원 연행했다. 연행된 간부들 중 위원장급 8명은 대공분실로 끌려가서 심문 조사를 받았고, 나머지 간부들은 여러 경찰서로 분산되어 조사를 받았다. 조사를 마친 경찰들은 위원장급 8명을 '제3자 개입 금지' 혐의로 구속하고 나머지 간부들을 훈방 조치했다. 당시 경찰은 간부들을 연행할 때 필수적으로 해야 하는 '미란다 원칙' 고지를 하지 않았다. 또한 법정 구금 시간 48시간을 넘기면서까지 조사를 진행했다. 이러한 사실들은 훈방된 간부가 경찰을 상대로 '불법 연행 감금' 소송을 제기하여 법원이 '불법 연행'이라고 판결하면서 확인되었다.

서울구치소에 수감된 박창수 위원장이 1991년 5월 4일 구치소 운동장에서 의문의 부상을 입고 안양병원으로 긴급히 후송되어 34바늘의 이마 봉합수술을 한 후 중환자실에 입원을 하게 되었다. 박창수 위원장은 재소자 신분이라 병원이라고 해도 교도관의 계호를 받고 있는 상태로 면회도 가족 1인만 허용되었고 다른 면회자들은 구치소 면회 규정에 따라야 했다. 이처럼 철저한 감시 속에 있었던 박창수 위원장이 1991년 5월 6일 새벽 4시 30분 경에 안양병원 1층 어린이 놀이터 시멘트 바닥 공터에서 싸늘한 시신으로 발견된 것이다.

박창수 위원장의 사망 소식을 접한 백기완 선생님은 곧
바로 안양병원으로 달려왔다
안양병원은 경찰과 유가족, 한진중공업 노조 간부 몇몇이 박창수 위원장의 시신을 놓고 대치하는 상태였다. 소식을 접한 안양 지역 노동자, 학생들은 출근과 등굣길을 마다하고 안양병원으로 달려왔다. 시간이 가면서 노동자, 학생들의 숫자가 많아지자 경찰도 쉽게 시신을 빼앗아 갈 수가 없었다. 전노협은 긴급하게 '박창수 위원장 죽음에 대한 진상규명대책위'를 구성했다. 백기완 선생님도 재야 원로 대표로 대책위에 결합했다. 검찰은 부검을 빨리해야 했기에 대책위와의 협상 자리를 마련했다. 검찰 측은 협상 자리에서 "대책위에서 추천하는 의사와 변호사를 입회한 상태에서 부검을 하겠다"는 약속을 했다. 그리고 박창수 위원장 시신은 영안실로 옮겨 조문을 받도록 허용했다. 하지만 얼마 시간이 지나지 않아 '관계기관대책회의'를 마치고 나서 곧바로 검찰은 입장을 바꾸고 박창수 위원장을 강제 부검하겠다며 경찰 병력을 투입했다. 영안실 주변에는 부산에서 올라온 한진중공업 조합원들과 수도권 노동자, 학생들이 시신을 사수하고 있었다. 경찰은 최루가스를 뿌리면서 영안실 진입을 시도했다. 이러한 과정에서 한 젊은 대학생이 동맥을 끊었고, 지붕에서 떨어져 다리가 부서지는 동지도 있었다(현재까지 반신불구의 삶을 살고 있다). 온몸으로 영안실 출입문을 사수하는 동지들을 뚫을 수가 없자 이번에는 영안실 벽을 부수기 시작했다. 새벽 3시경부터 벽을 부수는 해머 소리가 들렸고, 새벽 5시경 영안실 벽에 구멍이 났다. 그곳으로 최루가스를 뿌리며 경찰 병력이 들어와 박창수 영정을 짓밟고 출입문을 사수하고 있던 사수대들을 모두 연행해 갔다. 유가족들은 안양병원 병실에 감금했다. 이러한 상태에서 검찰은 박창수 위원장의 시신을 강제 부검한 후 사인을 언론에 발표했다. "박창수는 노동운동에 회의를 느끼고 투신자살했다"
는 내용이었다.

백기완 선생님은 박창수 위원장 죽음 진상규명 투쟁의 한복판에 항상 서 있었다

이날부터 안양병원 대로에서는 회사 일을 마치고 퇴근한 안양
지역 노동자들과 부산에서 올라온 한진중공업 조합원들, 안양
지역 학생 동지들, 시민단체 동지들이 밤늦게까지 시위를 계속
했다. 노동자, 학생들의 손에는 짱돌이, 경찰들의 손에는 방패와
곤봉, 최루탄이 들려 있었다. 전쟁터를 방불케 하는 투석전이 연
일 벌어졌다. 그 투쟁 현장에 백기완 선생님은 끝까지 함께하고
있었다. 백기완 선생님은 집회 연단에 올라 "안양시민 여러분!
박창수는 노태우 정권과 한진 자본에 의해 죽임을 당했습니다.
박창수 죽음에는 안기부가 깊숙이 개입되어 있습니다. 그 진상
을 밝히기 위해 우리는 길거리로 나왔습니다"라고 외치셨다. 백
기완 선생님의 쩌렁쩌렁한 목소리는 안양대로를 휘감았다.

1991년 당시 노태우 정권은 마지막 발악이라도 하듯 노동
자, 농민, 학생, 도시 빈민들을 폭압적으로 탄압하고 사회를 공
안 정국으로 몰고 갔다. 이러한 사회는 필연적으로 죽음을 몰고
올 수밖에 없었다. 강경대 학생이, 박창수 노동자가, 김귀정 학생
이 그리고 수십 명의 열사가 생기기 시작했다. 우리는 이 시기를
'열사정국'이라고 불렀다.

진상규명 투쟁이 장기화되면서 한진중공업 조합원들은 차
츰 지쳐 갔다. 하지만 그때마다 백기완 선생님의 선동은 우리들

에게 큰 힘이 되어 주었다. 나는 당시 노동조합 교선부장을 맡고 있어 안양병원에서 부산으로 내려와 한진중공업 현장을 챙겨야 했다. 그리고 경찰에게 쫓기는 몸이라 생산 현장이 제일 안전한 곳이기도 했다. 진상규명 투쟁은 한 달을 넘어 두 달째로 치닫고 있었다. 한진 자본은 한 치의 변화도 없이 강경 대응으로 일관했다. 대책위는 장례를 치르고 투쟁을 계속 이어 가자는 입장과 우리의 요구가 최소한이라도 관철되어야 장례를 치를 수 있다는 입장으로 나뉘었다. 이러한 논쟁 속에서 결국 장례를 치르는 것으로 결정이 났다. 박창수 위원장이 의문의 죽음을 당한 지 54일이 되는 날이었다.

1991년 5월 29일 오후 5시경에 '노동해방 열사 박창수 전국노동자 장'으로 안양병원에서 발인을 한 장례 행렬은 안양대로를 행진하고 서울구치소를 경유해 부산으로 향했다. 새벽부터 한진중공업 조합원들과 부산지역 노동자, 학생, 시민들은 경부고속도로 통도사 나들목에 나와 박창수 위원장 장례 행렬을 기다리고 있었다. 혹시 경찰이 또다시 시신을 탈취해 갈까 하는 우려가 있었기 때문이다. 아침 7시경에 통도사 나들목에 장례 버스 행렬이 도착했다. 그곳에서 잠시 쉬었다가 부산 영도에 위치한 한진중공업으로 향했다. 백기완 선생님은 박창수 열사 아들 용찬(당시 여섯 살)이의 손을 잡고 조선소 정문을 들어섰다. 박창수 위원장 주검이 조선소 정문을 들어설 때 조선소의 그라인더 소리, 해머 소리, 용접 불꽃들도 숨죽여 박창수 위원장을 맞이하고 있었다. 부산시민, 영도 주민 모두가 슬픔을 감추지 못했다. 통곡의 울음소리는 조선소 앞바다를 타고 흘러갔고, 장례위원장으로 영결식 단상에 오른 백기완 선생님의 추도사는 조선소 현장 구석구석에 메아리쳤다. "창수야! 모든 풀나무들이 다 꽃을 피우는 게 아니구나. 그러나 너는 떡잎도 제대로 못 냈으되 벌써 꽃이 되고 노동 해방의 열매를 맺었구나. 창수야! 이참은 찬바람에 묻히지만 언젠가는 날래(해방)의 씨앗으로 다시 살아나거라, 창수야!" 노태우 정권과 한진 자본에게 죽임을 당한 박창수를 이대로 땅에 묻을 순 없다며 밤늦도록 하염없이 눈물 흘리시던 그 당시의 백기완 선생님의 추도의 말씀은 오늘의 노동현장에서도 살아 있어야 한다.

박창수 위원장의 주검을 단결의 광장 영결식 재단에 안치하고 노동조합은 회사와 교섭을 가졌다. 회사의 태도는 달라지지 않았다. 노동조합 간부들에게 "민·형사상의 책임을 분명히 묻겠다"라는 말만 되풀이할 뿐이었다. 노동조합 교섭단들은 더 이상 교섭에 진전이 없음을 확인하고 "장례를 치르지 않겠다"라는 말을 남기고 교섭 자리를 박차고 나왔다. 시간은 오후로 접어들고 있었다. 회사 측의 태도 변화가 생기기 시작했다. "간부들에게 민·형사상의 책임을 묻지 않겠다", "임·단협 교섭은 장례를 치르고 난 후 계속 진행하자", "보상 문제는 유족과 합의를 하겠다"라는 제안을 해 왔다. 회사 측 제안을 접한 조합원들의 분노는 더 높아졌다. 장례를 중단하고 계속 투쟁하자는 의견들이 많았다. 노동조합은 임시 대의원 대회를 소집했다. 대의원들 또한 장례를 치를 수 없다는 의견이 많았다. 장시간의 논쟁 끝에 대책위와 노동조합이 최종 입장을 밝혔다. 유족 보상 문제가 마무리되면 장례를 치르는 것으로 결정했다. 조합원은 허탈감에 빠졌다. 이를 지켜보고 있던 백기완 선생님은 차마 조합원들을 볼 수가 없었는지 단결의 광장에 얼굴을 내밀지 않았다.

장례 행렬은 조선소에 어둠이 내릴 쯤 영결식을 마치고 한진중공업을 출발했다. 그리고 영도경찰서를 타격하고 부산시청을 지나 부산역에서 버스로 '양산 솥발산 공원묘역'으로 이동해 갔다. 밤이 늦은 시간 장례 버스들이 솥발산에 도착했다. 솥발산 공원묘역 중턱에는 울음소리와 아롱거리는 불빛이 밤하늘을 가르고 노동자의 애한(哀恨)을 담은 비가 촉촉이 내리고 있었다.

위원장을 잃은 한진중공업 노동자들의 일상을 되찾기는 쉽지가 않았다. 회사가 민·형사 소송을 취하했음에도 검찰은 핵심 노조 간부들을 구속했다. 노동조합은 핵심 간부들이 구속되면서 활동이 마비되고 전투적 노동조합의 기풍들이 사라지게 되었다. 나는 장례 후 한 달 만에 구속영장이 발부되어 부산대학교로 피신해 수배 생활에 들어갔다. 수배 생활을 하면서 '박창수 열사 추모사업회' 발족 준비를 시작했다. 전국을 돌면서 전노협 사업장을 하나하나 방문해서 '박창수 열사 추모사업회' 발기인이 되어 줄 것을 요청했다. 이러한 요청에 대부분의 노동조합이 적극적으로 결합해 1,000명이 넘는 발기인을 조직해 낼 수 있었다. 1992년 2월 14일 부산일보 대강당에서 '박창수 열사 추모사업회' 창립총회가 개최되었다. 단병호 전노협 위원장이 '박창수 열사 추모사업회' 초대 의장을 맡았다. 나는 추모사업회 창립대회를 끝내고 한진중공업 현장에서 개최되는 집회에 참석했다가 경찰들에게 연행되어 구속이 되었다. 그길로 해고 노동자가 되어 15년을 길거리에서, 투쟁 현장에서 팔뚝질을 하며 새로운 세상

을 만날 수 있었다. 그 시절 백기완 선생님을 보다 가까운 곳에서
만날 수 있었다. 백기완 선생님의 말씀 하나하나는 나의 가슴을
울렸다. 나는 선생님의 목소리를 잊을 수가 없다.

의문사 진상규명 조사관이 되어 백기완 선생을 만나다

나는 박창수 위원장 죽음에 대한 진상규명을 위해 혼신의 힘을
다하고 있었다. 그리고 열사 정신 계승 활동을 통해 수많은 동지
들이 국가 폭력에 의해 희생되고 의문의 죽음을 당했던 사실들
을 접하게 되었다. 1989년, 유가협 어르신들과 추모연대 동지들
은 의문사로 돌아간 동료, 아들, 아버지의 죽음에 대한 진상을 밝
히고자 서울 기독교회관에서 농성을 시작했다. 울산 현대자동차
정문, 현대중공업 정문, 거제 대우조선소 정문, 부산 한진중공업
정문 대공장 노동자들의 출근길 앞에서 내 아들의 억울한 죽음
과 내 아버지의 억울한 죽음들을 호소하며 법 제정 서명을 받았
다. 집회가 있다면 어디든지 달려가 서명지를 돌렸다. 그렇게 받
은 서명지를 모아 국회에 제출하고, 이제 마지막 투쟁이라는 각
오로 1998년 국회 앞 노상에 천막을 쳤다. 비가 오나 눈이 오나
하루도 빠지지 않고 의문사 유가족 어르신들과 추모연대 동지들
은 목청 높여 외쳤다. 난지도 쓰레기장에도 수차례 버려져 보았
고, 유치장은 아예 내 집이 되어 버렸다. 침낭 속에서 잠이 더 잘
오는 체질이 되어 버렸다. 이렇게 지나온 투쟁 422일이 되는 날
'의문사진상규명특별법'이 국회를 통과했다. 통과된 법은 우리
가 요구했던 법 내용과는 차이가 있었지만 의문사 유가족은 그
법을 받아야만 했다. 살아생전에 죽음의 진상을 밝혀 보겠다는

애절함이 있었기 때문이다. "한술에 배부를 수 없다. 시작이 반이다. 지금부터 노력해서 더 나은 법을 만들 수 있다"라며 추모연대 동지들을 설득했다. 추모연대 또한 법의 한계가 뚜렷했음에도 이를 받을 수밖에 없었다. 이제 남은 것은 제대로 된 조사관을 확보하는 일이었다. 운동 진영 단체를 찾아가 조사관 확보에 도움을 요청했으나 관심을 가져 주지 않았다. 그래서 이 일을 해오던 추모사업회 동지들을 중심으로 조사관 진입 준비를 하였다. 그때 나 또한 조사관이 되었다.

나는 국정원 사건 조사를 맡았다. 국정원 사건에는 박창수 위원장 사건 외에도 많은 사건들이 배정되어 있었다. 그중에 장준하 선생님 사건이 가장 큰 사건이었다. 장준하 선생님은 박정희 유신독재 정권에 항거하기 위해 '민주수호국민협의회'를 결성해 '개헌청원 100만인 서명운동'을 주도하였다. 1974년 1월 13일에 대통령 긴급조치 1·2호 위반으로 구속 수감되었다가 형집행정지로 석방되어 계속 개헌운동을 하던 중 1975년 8월 17일에 등산을 갔다가 경기도 포천군 이동면 도평 3리 소재 약사봉에서 의문의 죽음을 맞았다. 당시 장준하 선생님은 재야의 대통령으로 불렸다. 그러다 보니 박정희에게는 눈엣가시였고, 그는 장준하 선생님에 대한 열등감을 가지고 있었다. 백기완 선생님은 장준하 선생님을 너무도 잘 알고 있었다. 그래서 주요한 참고인이 되었고, 나는 참고인 조사를 하기 위해 백기완 선생님을 직접 찾아갔다. 선생님은 적극적으로 조사에 도움을 주셨다. 건강이 좋지 않음에도 장준하 선생님이 사망했던 포천 약사봉 등산로 현장 답사에도 함께 가 주셨다. 백기완 선생님은 중앙정보부

(현 국정원)가 장준하 선생님을 살해했음을 확신하고 있었다. 이러한 조사에도 불구하고 1기 의문사진상규명 조사에서는 가해기관인 중앙정보부의 비협조와 위원회의 조사 권한의 한계로 인해 '조사 불능' 결정이 내려졌다. 현재 2기 위원회(진실·화해를 위한 과거사정리위원회)에 재신청을 하여 조사가 진행 중이다.

백발의 백기완 선생님은 김진숙을 살리기 위해 희망버스에 몸을 실었다

부산 영도구 봉래동 산자락 아래 한 조선소가 있다. 그 조선소 안에는 선체 모형을 한 비석 푯말에 "대한민국 조선 1번"이라는 글이 새겨져 있다. 이곳이 바로 HJ중공업(구 대한조선공사, 한진중공업)이다. 6월 11일 밤 11시 30분, 광주에서 출발한 버스, 순천에서 출발한 버스, 전주에서 출발한 버스, 대전에서 출발한 버스, 서울에서 출발한 버스가 부산 한진중공업으로 모였다. 생전에 처음 와 본 사람들도 있었고, 어떤 인연으로 자신들이 여기에 왔는지 그냥 발걸음의 요구에 따라 이곳에 왔는지 그것은 중요하지 않았다. '희망버스'에 몸을 싣는 순간 그들은 양심을 가진 사람들이었고, 사람 냄새 나는 세상을 꿈꾸는 사람들이었고, 일할 맛 나는 공장을 만들고자 하는 사람들이었고, 내 자신보다 어렵게 살아가는 사람들에게 작은 정을 줄 수 있는 사람들이었다. 이들의 손에는 촛불이 들려 있었다. 백발의 백기완 할아버지 손에도, 문정현 신부님 손에도, 수녀님들 손에도, 목사님들 손에도, 스님들의 손에도, 국회의원들의 손에도, 전교조 선생님들의 손에도, 학생들의 손에도, 엄마 가슴에 안긴 아이의 손에도 촛불이 들려 있었다. 그들에게는 뜻을 같이하는 마음이 있었다. 대한민국 산업의 중심이었던 조선소 노동자들의 정리해고를 막고자 하는 마음, 35미터 크레인 위에서 동료의 생존권을 지키겠다며 157일째 고공 농성을 하고 있는 '소금꽃 나무' 김진숙 여성 용접공을 살려야 한다는 마음, 그녀를 우리들의 품으로 돌아오게 하기 위해 인터넷 기사를 보고, 트위터를 보고, 신문 귀퉁이 광고를 보고 자발적으로 희망버스를 탄 소중한 사람들이었다.

희망버스 승객들은 공장 노동자들을 짓밟고 노동 현장을 장악한 용역 깡패들 앞에 좌절해 있던 한진중공업 노동자들과 가족들에게 희망을 갖게 했다. 용역 깡패와 경찰 병력 25개 중대가 합세하여 정문을 가로막고 있어 희망버스 승객들이 현장으로 들어오는 것은 꿈에도 생각을 못 했다. 그러나 조합원들은 포기하지 않았다. 지도부의 지침에 따라 일사불란하게 움직이고 있었다. 쇠사다리 200여 개를 공장 담벼락 밑에 대기시키고 지도부의 지침에 따라 희망버스 승객들이 공장 담벼락 근처에 도착하자 곧바로 사다리를 담벼락에 붙였다. 백기완 선생님도, 문정현 신부님도 공장 담을 넘었다. 용역과 경찰 병력 수천 명이 배치되어 있었으나 노동자들의 일사불란한 행동에 손을 쓸 수가 없었다. 공장 안으로 넘어온 동지들은 정문으로 이동해 용역 깡패를 다 몰아내었다. 함께했던 동지들은 희망을 보았고, 85크레인 위에 있는 김진숙 동지에게 희망을 전달했다. '희망버스'는 한진중공업을 떠나가면서 2차, 3차 희망버스를 결의했다. 배우 김여진과 날라리 동지들이 경찰에 임의동행 되었다는 소식이 언론 매체에 알려지자 국민들의 시선은 한진중공업 정리해고 투쟁으로 집중되기 시작했다. 그리고 공권력 투입 반대 여론들이 형성되어 나갔다. 알자지라 통신을 통해 외국까지 이 소식이 알려지면서 유엔인권위에서도 공권력 투입 반대 목소리가 나왔다. 당시 한진중공업 정리해고 투쟁은 좁게는 한진중공업 자본과 싸우는 것이었고, 넓게는 이 땅 자본가들이 남발하고 있는 정리해고에 맞선 투쟁이었다. 희망버스는 노동부 장관을 한진중공업으로 불러 내렸고, 한진 조남호 회장을 국회청문회 증인석에 앉게 했다. 그리고 무엇보다 중요했던 것은 309일간 85크레인 고공 투쟁을 하고 있던 김진숙 동지를 우리의 품으로 돌아오게 했다. 또한 희망버스는 운동 진영의 새로운 집회 문화의 패러다임이 되었다.

나는 정리해고 투쟁 후 현장으로 복귀했다. 긴 기간 해고 생활을 했기 때문에 현장 일에 적응하기 위해서라도 현장 업무에 집중해야만 했다. 하지만 여전히 한진중공업 자본은 노동자에 대한 탄압을 멈추지 않았다. 정리해고자들이 현장에 복귀하자마자 4시간 만에 다시 무기한 휴업 명령을 내렸다. 2005년 이명박에 이어 박근혜가 들어서자 노동조합 조직 차장 최강서가 '손해배상 철회', '민주노조 사수'라는 유서를 남기고 스스로 목숨을 끊었다. 그리고 김금식 조합원이 정리해고 트라우마를 극복하지 못하고 자결했다. 민주노조 활동은 하루도 긴장감을 놓을 수 없는 나날이었다. 이런 속에서 2014년 나는 금속노조 한진중공업 지회 8기 지회장으로 당선되었다. 당시 전 세계적으로 조선 산업은 구조적 위기에 직면하면서 조선소 노동자들이 하루에 수천 명씩 길거리로 내몰리고, 그나마 남아 있는 노동자들은 장기간 휴업에 들어가야만 하는 상태로 노동자들의 삶은 날이 갈수록 힘들어지고 있었다.

백기완 선생님의 비보를 듣고 슬픔과 부끄러운 마음을 안고 빈소로 달려갔다

2021년 2월 14일, 백기완 선생님이 돌아가셨다는 소식을 접하고 나는 곧바로 선생님이 안치되어 있는 서울대병원 영안실로 올라갔다. 한평생을 소외 당하는 민중들과 함께 살아온 선생님의 죽음을 받아들이기는 쉽지 않았다. 다 함께 일하고 다 함께 잘살고 올바르게 잘사는 노나메기 세상을 실현하기 위해 건강이 허락하지 않음에도 투쟁 현장, 집회 현장을 지켜 왔던 선생님이셨다. 선생님이 편안한 마음으로 가실 수 있도록 하는 마음이 간절했다. 그래서 나는 장례위원회에 자발적으로 결합했다. '노나메기 세상 백기완' 대형 명정 글씨를 쓰면서 글자 하나하나에 정성을 담았다. 꽃상여도 만들자고 제안했다. 장례 행렬에 선생님이 살아 생전 하고자 했던 뜻을 담아내고 싶었다. 우리는 너무 혹독하게 선생님을 부려 먹었다는 생각도 들었다. 나이가 들면서 집회 단상에 오르기조차 힘든 몸 상태에서도 선생님은 투쟁 현장 동지들의 요구를 거절하지 않았다. 쌍용자동차 투쟁, 비정규직 투쟁, 장기 투쟁 사업장, 희망버스까지 절대 빠지지 않았다. 선생님의 실천 활동은 투쟁하는 노동자들에게는 너무나 큰 힘이었다. 마석 모란공원 열사들 묘역에 선생님을 안장하고 내려오던 날엔 "내가 이후에 백기완 선생님 같은 혁명가를 다시 만날 수 있을까?"라는 질문과 "선생님 정말 고생 많이 하셨습니다"라는 말을 되새기며 부산으로 출발했다.

2011년 6월, 한진중공업 1차 희망버스 때 공장을 점거한 직후 발언하는 백기완 선생 ©노순택

백기완 선생님의 정신을 제대로 계승하는 것은 '노나메기 세상'을 만들고자 하는 실천 활동이다

HJ중공업 노동조합의 역사는 남한 노동운동 역사를 관통하고 있다. 1953년 한국전쟁 직후 휴전과 동시에 노동조합이 설립되었다. 명칭은 '전국해상노동조합연맹 사단법인 대한조선공사 노동조합'이었다. 1960년에는 2도크를 점거하고 민영화 반대 투쟁을 전개했다. 그 투쟁을 지도했던 간부들은 모두 경찰에 연행되어 해고가 되었다. 그길로 대한조선공사 노동조합은 어용 노조의 길을 걷게 된다. 무려 25년 동안 어용 노조의 길을 걸었다. 1987년 7월 25일(7·25투쟁) 한진중공업 노동자들은 어용 노조를 타도하기 위해 노조민주화 투쟁에 돌입했다. 그 투쟁으로 어용노조를 몰아내고 민주노조 깃발을 올렸다. 하지만 민주노조 사수의 길

은 너무도 험난했다. 박창수, 김주익, 곽재규, 최강서 네 분의 열사가 있었고, 김금식 등 여러 조합원들의 희생이 있었다. 그리고 수십 명의 선배 노동자들이 해고되어 길거리 생활을 해야 했다. 자본 또한 대한조선공사 자본에서 한진중공업 자본들이 다 몰락하고 산업은행의 관리하에 들어가게 되었다. 현재는 동부건설 자본이 조선소를 매각해 경영하고 있다. 동부건설은 조선소를 장기간 유지할 생각은 없어 보인다. 사회적 여론 때문에 당분간은 조선업을 하다가 어느 시점에는 투기 자본의 본색을 드러낼 것이 분명하다. 노동조합도 2개의 노조가 생겼다. 교섭권은 회사가 만들어 놓은 기업 노조가 가지고 있다. 해마다 교섭을 통해 열사 투쟁으로 쟁취했던 단체협약 내용들을 하나둘씩 자본에게 빼앗기고 있는 것이 현재의 상태이다.

백기완 선생님의 뜻을 제대로 계승하는 일은 다시 민주노조가 HJ중공업의 중심에 서게 하는 일이다. 그리고 '너도 일하고 나도 일하고 너도 잘살고 나도 잘살되, 올바로 잘사는 노나메기 세상'을 만들기 위해 열심히 활동을 하는 것이라고 생각한다. 41년을 조선소 노동자로 살아오면서 15년을 해고자로 길거리에서, 투쟁 현장에서 삶을 보냈다. 이제 두 달만 조선소 공장을 더 다니면 정년이다. 그동안 살아왔던 나의 삶을 반추해 보면서 그리고 백기완 선생님의 감동의 말씀들을 되새기며 이 글을 맺고자 할 때 서울 용산 이태원에서 대규모의 젊은 청년들이 압사했다는 보도가 나오고 있다. 이게 과연 나라란 말인가. 이제 우리는 무엇을 할 것인가.

잔업과 특근을 거부하는 연대의 정신으로
노나메기 벗나래를 향한 한발 떼기를

유최안─거제통영고성 조선하청지회 부지회장

조선하청지회의 파업이 끝난 지 4개월입니다. 선생님께서는 우리의 파업을 새뚝이들의 서돌로 봐주실지 궁금합니다. 파업 이후의 현실에 막혀 끙끙 앓고 있는 사람들에게 정신 차리라며 등짝을 탁 치며 괜찮다 기죽지 말라고 말씀해 줄 선생님의 빈자리가 더욱 크게 느껴집니다.

　선생님! 우리는 벼랑 끝에 선 노동자들의 기대와 희망을, 그 마음을 노동조합으로 모아 내고 51일간의 파업으로 우리의 힘을 확인했습니다. 하지만 법과 제도는 우리 노동자들에게 양보와 타협만을 강요하고, 국가는 자본을 옹호하고 비정규직 착취 구조를 수호하는 데 앞장섰습니다. 자본의 손발이 된 권력과 언론 앞에 순진한 이들의 기대와 희망은 좌절과 공포로 바뀌고, 눈앞

272

의 암울한 현실에 우리는 단결의 힘을 쉽게 잃어버립니다. 언제나 그러했듯이 공포에 잠식 당한 이가 저 혼자 살고자 뛰쳐나가 자본의 개가 되거나 권력의 하수인이 되기도 합니다.

선생님! 가축과 같이 밥 먹고 똥 싸는 것 이상의 몫을 요구하는 것이 불법이 되는 현실을 어찌 받아들여야 할까요? 우리는 늘 이렇게 살아야만 하는 걸까요?

선생님! 우리는 그렇게 살지 않기로 했습니다. 투쟁이 막막할 때면 항상 떠오르는 말이 있습니다. "사랑도 명예도 이름도 남김없이!" 계산으로 가득 찬 삶을 사는 이들은 도무지 이해할 수 없었던 선생님의 말씀이 양심을 저버릴 수 없어 저항하는 삶 속에서는 딱 한발 떼기에 모든 것을 걸 수 있는 신념이 되었습니다. 선생님! 만나 뵐 순 없었지만 "기죽지 마라!" 그 한마디 감사했습니다.

파업 이후 일하지 않는 자들은 아직도 뒷짐을 지고서는 자신의 몫을 주장하고 있습니다. 그래서 너도 일하고 나도 일하고 너도 잘살고 나도 잘살고 올바르게 잘살자는 노나메기의 정신은 아직 저에게는 괴로움입니다. 노동으로는 벗어날 수 없는 빈곤과 빈곤 때문에 더 일할 수밖에 없는 현실 앞에서 일하지 않는 자들에게 뺏기는 저의 정당한 몫을 되찾고 싶은 이 울분은 어찌 풀어야 할까요?

파업 이후에 대우조선의 구사대들은 자신의 기득권을 지켰고, 회사는 470억 원의 손배를 물어내라 하고 있습니다. 차별 없이 살고 싶다는 소박한 요구로 모인 비정규직 노동자가 노동조합을 가진다는 것이 우리 사회의 기득권에게는 그렇게 큰 도전이었을까요?

저는 고등학교를 졸업하고 먹고살기 위해 조선소에 취업했고 용접을 평생의 업으로 여기며 살아왔습니다. 처음엔 조선소는 원래 그렇다고, 여기는 안 바뀐다고 생각했습니다. 그러다가 주말 특근과 평일 잔업을 하지 않는 형에게 특근과 잔업을 거부하면 생활이 안 되는데 왜 이를 거부하느냐고 물었습니다. 그때 형이 대답했습니다.

"우리 하청 노동자 10명만 특근과 잔업을 안 하면, 두 명이 안 잘리고 같이 먹고산다 아이가? 사람이 안 잘리면 일도 편해지고, 사람이 귀하면 임금도 올라가지 않겠나? 내가 특근과 잔업을 하면 한 명이 잘리는 걸 아는데 특근과 잔업을 어찌 하겠노?"

형의 말을 듣고 일하기 싫어서 사고만 치던 한량 같던 형이 너무도 멋지게 보였습니다. 그 말을 곰곰 생각하며 노나메기 벗나래(세상)를 보았습니다. 그 후 노동을, 세상을 보는 눈이 바뀌었습니다. 그런 하청 노동자 만 명이 모이면 세상이 바뀌는데 어찌 꿈꾸지 않을 수 있을까요? 먹고사는 문제로 특근과 잔업을 하기 위해 회사의 노예로 살아가던 사람에게 특근과 잔업이 누군가를 자르는 죄가 되었습니다. 그래서 하루를 일하면 딱 하루를 살 수가 있었던 세상은 바뀌어야 할 투쟁의 대상이 되었습니다. 우리의 51일 파업은 그런 뜻과 소망을 담은 운동이었습니다. 조선소 하청 노동자들이 모두 인간답게 살아갈 권리가 그냥 오지는 않겠지요.

조선하청지회의 파업을 끝내고 상실감에 젖어 살고 있습니다. 하지만 가진 것이라고는 알통과 양심밖에 없는 사람들은 아무리 어렵고 힘들어도 물러설 수 없는 싸움을 할 수밖에 없습니다. 실패를 발판 삼아 일어선 사람들이 다시 살아가기 위해 조선소로 모여듭니다. 조선소는 그런 곳입니다. 세상은 실패를 벌로서 달게 받으라 말하지만 그런 세상에서 저항할 수밖에 없는 비정규직의 삶은 아무리 일해도 호박씨 하나 심을 땅 한 줌을 갖지 못하는 버선발들과 닮아 있습니다. 우리 버선발들의 발구르기 투쟁은 노나메기 벗나래의 최전선이겠죠. 선생님! 그래서 흔들리지 않겠습니다. 우리는 노나메기 벗나래에 눈을 뜬 새뚝이들과 함께 현장에서 다시 걸어가고 있습니다

"산 자여 따르라!" 선생님이 걸어가셨던 길 앞에서 짊어지셨던 무게를 아는 저는 두려움을 알고 있어 부끄럽습니다. 오늘을 살아가는 이들에게 역사를 거울삼아 살아가라던 말씀대로 그리 살아 버리신 선생님의 삶, 그 삶이 옳았음을 역사 앞에서 증명하는 것이 산 자의 몫이라고 봅니다. 선생님! 우리는 지치지 않고 주눅 들지 않고 용기를 내겠습니다.

투쟁으로 얻은 것은 마지막까지 변치 않았던 나의 동지들입니다. 이 소중한 동지들과 연대와 연대로 잇고 천박한 자본의 논리보다 노동자의 철학으로 세상을 바꿔 가겠습니다. 세상이 무너져도 동지를 믿고 함께 걸어가겠습니다. 인간으로 태어나 인간으로 살아갈 권리를 지켜 가겠습니다. 선생님! 감사합니다. 그립습니다.

변혁의 새로운 '판'을 짜도록
노력하겠습니다

이사라—비정규직없는세상만들기네트워크 문화기획자

1990년 3월이다. 선생님을 처음 만난 날. 대학교 2학년이 되어서 신입생 후배들을 데리고 민주광장으로 갔다. 총학생회에서 신입생들을 위해 공개 연설회를 잡았는데 연사가 백기완 선생님이셨다. 사실 1학년 때도 웬만한 집회는 선배들 따라다녀서 많은 연사들의 연설을 들었다고 생각했는데 그날 선생님의 목소리는 잊히질 않는다. 그건 연설이 아니라 하나의 거대한 무대극이었다. 1인극이었지만 어떤 뮤지컬을 보는 듯 다채롭고 웅장했다. 희비극을 오가며 어린 청중들을 울렸다가 웃겼다 하는 천의무봉의 마당극이었다. 예인이면서 사상가였고, 이야기꾼이면서 전사였다. 너무 오래되어서 내용은 가물가물하지만 노동 현장과 삶의 자세와 관점에 대한 이야기였던 걸로 기억한다. 그날 이후 노동

현장의 연대 활동을 하러 다녔던 걸로 기억되니 작은 인연은 아닐 것이다. 난 자연스레 백기완의 계보 어느 끝자락쯤에 이미 그때 편입되어 있었을 것이다. 1991년 강경대 열사 장례 투쟁에 노동문화 단체들과 공동사업을 진행하면서 졸업 후 곧바로 연행자가 아닌 기획자로 노동문화 단체에 들어가게 된 희귀한 문화 활동가가 된 것도 생각하면 그날의 영향이 컸다.

1992년 대선 때는 백기완 선거대책운동본부 서부지역 음향 담당이라 앰프 설치하러 다닌 기억밖에 없다. 중국 혁명 당시 '뗏목지기는 조직원'이었다는 시가 있다. 허드렛일 같지만 나름 소중한 역사의 한 페이지에 작은 소리를 보태고 있다는 자부심이 컸던 시절이다. 요즘 사용하는 스피커의 두 배 정도 되는 무게의 DART 앰프를 번쩍번쩍 들고 이리저리 설치하러 다녔다. 아마 지금은 들 수도 없을 텐데 그때는 이 정도쯤이야 했다. 때론 그런 역사의 시기가 있는 듯하다. 우린 가끔 어떤 선한 의지에 휩싸일 때면 놀라운 사람들로 다시 태어나곤 한다. 지금도 이해할 수 없는 어떤 힘들이 솟구쳐 오를 때가 있어 무리를 하곤 한다. 감당할 수 없는 변혁에 대한 의지, 그 과정에서 마주치는 수많은 정치적·사회적 압력들에 너무 많이 노출된 결과 나는 가끔 고혈압으로 병원 신세를 져야 하는 처지가 되고 말았지만 지나온 세월에 후회는 없다.

내가 백기완 선생님을 따르는 건 지근거리에서 뵙고 모시기 위해서가 아니었다. 백기완이 사랑한 '버선발' 노동자들과 민중들이 싸우는 거리와 광장, 공장으로 달려가는 일이 진정으로 백기완 선생님과 함께하는 일이라 생각했다. 백기완이 지향했던 사랑과 변혁의 길 어디쯤에서 내가 다시 안간힘을 쓰며 싸우는 일이라고 생각했다.

그런 까닭에 큰 집회에서 먼발치로만 뵈었던 선생님을 가깝게 본 것은 노동문화 활동가로 길을 나서서 20여 년이 흐른 뒤였지만 안타깝지 않았다. 본격적으로 선생님의 어린 동지가 되어 지근거리에서 함께하게 된 것은 비정규직 없는 세상만들기 네트워크 집행위원으로 함께하면서였다. 선생님 말년의 10여 년을 함께할 수 있었던 것은 정말 큰 힘이었고 기쁨이었다. 선생님은 낮은 자리에서 늘 우리와 함께해 주셨다. 김진숙 희망버스, 쌍용자동차 해고 투쟁, 삼성전자서비스 비정규직 투쟁, 현대기아 비정규직들의 투쟁, 박근혜 퇴진 투쟁, 김용균 투쟁 등 셀 수 없는 투쟁들에 선생님은 항상 맨 앞줄에서 그들의 이야기를 들어 주셨고 그들의 이야기로 목소리를 내 주셨다. 기운 내라고, 기죽지 말라고, 이길 수 있다고, 역사의 주체는 당신들이라고, 싸우는 노동자 민중들이 있는 곳이면 어디에서든 말씀하셨고, 비정규직의 아픔에 앞장서서 목소리를 내 주셨다. 여전히 선생님은 새뚝이였고, 말뚝이였고, 장산곶매셨다. 지리멸렬한 현상을 찢고 본질로 육박하는 드높은 기상이 어떤 것인지를 선생님은 여전히 말씀해 주셨다.

내가, 우리가 숱하게 부탁드리는 일들을 선생님과 선생님을 26년여 동안 지켜 온 채원희 동지는 한 번도 마다하지 않으셨다. 어른이라는 체면과 권위를 한 번도 요구하지 않으시고 우리의 서투른 일들을 전폭적으로 조용히, 몸으로, 지지하고 응원해 주셨다. 그 따뜻한 시선과 함께함이 얼마나 고마웠는지 모른다. 나중엔 너무도 편해져서 까불기도 했던 것 같은데 그런 나를 대견하게 생각해 주시는 듯해서 선생님과 함께하는 일들이 정말 자유로웠다.

선생님 장례를 준비하면서 300여 명이 넘는 문화 활동가들과 수백 명의 투쟁하는 노동자들이 길을 열고 판을 만들었던 것은 바로 선생님이 가장 사랑하셨던 이들이 문화예술인과 투쟁하는 노동자이기 때문일 것이다.

또 다른 계엄령이라고도 했던 코로나19로 인해 모든 저항하는 이들의 목소리를 가두고 거리를 닫았던 시기에 선생님의 장례식은 투쟁하는 이들의 목소리와 선생님의 뜻을 잇기 위한 사람들의 외침이 모일 수 있는 한판의 씻김굿이었다. 닫히고 가두어진 판을 깨부수라는 선생님의 생전 외침이 귀에 쟁쟁했기에 두려움 없이 '방역이 아닌 거역'의 노제와 행진을 결행할 수 있었다. 선생님 가시는 길은 무릇 그래야지. 대통령의 화환을 비롯해 모든 화환을 돌려보내고, '버선발' 노동자 민중들, 시민들의 작은 벽보 쓰기로 영안실이 가득 차도록 했다. 선생님을 어떻게 하면 거룩하게 하고 높게 할 것인가가 목적이 아니라 선생님이 사랑하신 이름 없는 노동자 민중들이 어떻게 하면 마음을 모아 선생님 가시는 길에 함께 주체로 서도록 할 것인가가 모두의 마음이었던 듯싶다.

선생님 1주기를 준비하면서 가장 어려웠던 것이 남아 있는 이들의 이야기를 어떻게 담을 것인가 하는 것이었다. 선생님이 지금 우리에게 남기고 싶은 말씀은 무엇이었을까? 생각나는 두 말씀이 떠올랐다.

"한발 떼기에 목숨을 걸어라!"

"기죽지 마라!"

목숨을 거는 한발 떼기의 마음으로 투쟁을 결의하고 기죽지 말고 당당하게 싸우라는 선생님의 목소리를 우리는 지금 잘 지켜 내고 있는 것일까. 1주기를 맞아 눈보라가 매섭게 몰아치는 날, "기죽지 말자" 비정규직 이제 그만 1,100만 공동 투쟁으로 모인 비정규직 노동자들이 선생님과의 약속을 지키고자 행진에 나섰던 이유이기도 했다.

2022년 7월 23일에는 '이대로 살 수는 없지 않습니까'를 외쳤던 대우조선 하청 노동자들의 투쟁에 연대하는 희망버스가 출발했다. 전국 23개 지역에서 출발한 희망버스를 기획하면서 가장 먼저 생각난 어른도 백기완 선생님이었다. 우리 곁에 계셨다면 그 희망버스 1호차의 차장은 여전히 백기완 선생님이셨을 것이다.

여전히 1,100만 비정규직들은 차별과 저임금, 해고 위협에 시달리면서도 참담한 현실을 바꿔 보고자 절박한 투쟁을 벌이고 있다. '일하다 죽지 않게, 차별 받지 않게, 비정규직 없는 세상'을 만들어 보고자 쉼 없이 달려가는 이들에게 선생님의 빈자리는 크다. 하지만 이제는 선생님께 기대지 않고 선생님의 정신을 이어 우리가 나아가야 하지 않을까.

10년 전쯤 새로 임명된 민주노총 문화국장과 금속노조 문화국장을 데리고 선생님께 인사를 드리러 간 적이 있다. 민주노총에서 문화를 담당하는 사람이 15년 만에 인사 왔다고 엄청 좋아하셨던 기억이 있다. 맛있는 점심도 사 주시고 한바탕 신나는 이야기를 들려주셨다. "혁명이 늪에 빠지면 예술이 앞장서야 한다"는 말씀. 어느 틈에 형식화된 집회 시위 문화를 바꾸고 새 판을 짜는 것은 문화가 앞장서야 한다는 말씀이셨다. 투쟁사, 격려사부터 판에 박힌 틀을 넘어서서 살아 있는 목소리들을 세우기 위해 그 이후 모든 투쟁 현장의 집회 시위 기획안 작성을 달리 해보고 있다. 전체 흐름에서 그 발언의 의미가 무엇인지, 그 공연의 의미가 무엇인지, 살아 생동하는 방식의 집회 시위를 기획하려고 노력한다. 선생님께서 원하신 새 판을 만들기에는 아직 많이 부족하지만 조금씩 바뀌 나가는 노력들이 필요할 것이다.

아무리 그래도 우린 무결점의 영웅 만들기를 좋아하지 않는다. 선생님도 어느 땐 옛 어른의 면모를 가지시기도 해서 선생님께 작은 불만이 있기도 했다. 선생님께서는 항상 워낙 앳된 외모인 나를 '애기야'라고 다정스럽게 부르셨는데 사실 조금은 불편하기도 했다는 '애기다'.

그래서 한번은 작심하고, "선생님 저 고등학교 다니는 아들이 있어요"라고 했더니 돌아오는 답이 역시 걸작이셨다. "그럼 내가 여사님이라고 부를까?" 하며 즐겁게 웃으셨다. 내가 좋아하는 백기완 선생님의 면모는 이럴 경우 말씀은 안 하시지만 급히 숙고하신 후 정정을 하신다는 거였다.

그 즐거운 대화를 나누고 난 얼마 후 백기완 선생님의 『버선발 이야기』 출판기념회 기획을 위해 찾아뵈었더니 하시는 말씀이 "판을 만드는 사람은 선생이야. 사라 선생!"이라고 하시는 것이었다. 그 이후 나는 천하의 백기완 선생님께 '선생' 호칭을 듣는 몇 안 되는 사람이었다. '애기' 땐 몰랐던 엄청난 부담감이 밀려들어 그냥 다정스럽게 지낼걸이라고 후회했다.

'판을 만드는 것.' 기획자라면 누구나 판을 만든다. 하지만 제대로 된 판을 만드는 것은 쉽지 않다. 단순히 집회 시위 프로그램을 짜는 것이 아니라 투쟁의 시작과 흐름을 엮어서 제대로 된 전복과 파괴를 통한 신명의 새 판을 만드는 것은 쉽지 않은 일이다. 시대의 새 판을 읽고 왜곡된 판을 뒤집고 변혁의 새 판을 짜는 것에 누구보다 앞장서신 선생님께 누가 되지 않도록, 그 정신이 담긴 새로운 판을 짤 수 있도록 오늘도 고민한다.

전국노동자대회와 비정규직 이제 그만 1박 2일 투쟁, 이어서 정우형 열사 오체투지 행진과 세종호텔 해고자 투쟁 연대의 날의 기획 진행을 마치고 이젠 김용균 4주기를 준비하고 있다. 금세 백기완 선생님 2주기도 다가올 것이다. 올해는 어떤 약속과 투쟁을 선생님 영전에 드려야 할까. '애기 선생'은 벌써부터 고민 중이다. 선생님께 당당하게 기죽지 않고 잘 싸워 왔노라고, 제대로 된 변혁의 판을 만들기 위해서 열심히 노력하고 있다고 말씀드리고 싶다. 그립다. 모든 판을 뒤집어엎던 선생님의 기상과 포효가. 그립다. 선생님을 처음 만났던 그 시절이.

얄곳은 갈아엎고 살곳을 일구어라

전희영 — 전국교직원노동조합 위원장

선생님 덕에 답답했던 가슴속이 시원하게 뚫렸습니다. 박근혜 정부에 의해 법 밖으로 밀려나 법외노조 신세가 된 전교조. 촛불 정부인 문재인 정부가 들어선 지 3년이 지나도록 법외노조 문제가 해소되지 않자 2019년 5월 창립 30주년을 앞둔 어느 날, 백기완 선생님은 청와대 앞 분수광장에서 문재인 대통령에게 호통을 치셨습니다.

촛불시민으로 당선된 대통령이 아니어도 당장 취임하는 그날부터 '법외노조는 무효다'라고 선언했어야 되는데 아직도 안 하고 있어.

여러분, 그래서 우리가 오늘 이 자리에 모인 것은 얼토당토 않은 법외노조라는 이름으로 탄압하는 박근혜의 만행을 똑같은 권좌에 앉아 있는 문재인이가 나서서 당장 취소할 것을 요구하는 겁니다. 그렇지 않으면 문재인이는 촛불 대통령이 아니야. 박근혜와 한통속이야.

암만 5·18 팔아먹고 댕겨 봐. 전교조 탄압하는 박근혜 전철을 그대로 밟고 있는 문재인 정권은 박근혜와 똑같은 한통속이야. 전교조 창립 결성 30주년 그때까지 문재인 정부가 앞장서서 법외노조라고 하는 해괴망측한 탄압을 뒤집어엎길 바랍니다. 만약 안 하믄 그때부터 나는 여러분들의 뒤를 따라서 문재인 타도에 앞장설 거요. 왜 내 말이 틀렸어? 왜들 가만 있어?

청와대 앞 광장을 쩌렁쩌렁 울리는 그 목소리는 풀리지 않는 법외노조로 고통 받고 있는 우리 전교조 조합원들과 법외노조 문제로 해직된 교사들의 마음을 시원하게 뚫어 주셨습니다. 그리고 이 글을 전교조에 선물로 주셨습니다.

"얄곳은 갈아엎고 살곳을 일구어라."

얄곳은 사람이 살 수 없는 곳이고, 살곳은 사람이 살 수 있는 곳이라 하셨습니다. 자본주의를 갈아엎고 사람이 살 수 있는 세상을 일구라 하셨습니다. 선생님이 타계하신 그날, 우리는 이 문구를 떠올렸습니다.

백기완 선생님은 교사들을 참 아끼셨습니다. 일흔넷 고령의 선생님은 어느 해, 〈백기완의 노래에 얽힌 이야기〉라는 이름으로 전국을 돌며 100회 정도 인생관 강연을 추진하셨습니다.

"70이 넘도록 살다 보니 주변 사람들이 다들 변해. 생각도, 사람도, 인생관도, 역사관도 바뀌어. 그렇게 바뀌어서는 살 수 없다고 생각을 해. 그것은 개인이 살 수 있는 거지. 우리 벗나래(세상)가 살 수 있는 것이 아니거든. 그것이 안타까워서 이야기를 하게 된 거야."

"이 이야기를 가장 들려주고 싶은 사람은 첫 번째는 이 땅의 노동자이고, 두 번째는 선생님들이야. 역사가 요구하는 긴장을 먹을거리로 삼았을 때 사람은 역사와 함께 한없이 성장할 수 있어. 올바른 인생관이 뭔지를 얘기 나누고 교육에도 활용했으면 좋겠어."

"너도 일하고 나도 일하고 그리하여 모두 잘살되 올바로 잘 사는 벗나래를 만드는 것이 우리 겨레가 5천 년 동안 바라 온 것이야. 누구누구가 몇 년 동안 애썼다고 해서 일궈지는 것은 아니야. 앞으로도 더 해야지. 그러니까 이제부터 다시 차름(시작)한다고 생각해야 돼."

수많은 세월 동안 우리가 아무리 외쳐도 세상이 변하지 않는다고 절망을 느낄 때, 선생님의 이 말씀은 교사들에게 힘을 북돋아 주는 말이었습니다.

선생님은 교사들과의 만남을 간절히 기다리셨습니다. 시골이든 그 어디 깊숙한 산골짜기든 이야기를 나누고자 하는 사람이 하나라도 있다면 어디든 달려갈 작정이라 하셨습니다.

"늙어서 기운이 모자라면 어디서 특강을 해 달래도 못할 수도 있잖아. 더 늙기 전에 할아버지를 만나는 것이 좋을 거야. 여름에 짙푸르게 잎새를 휘날리던 나무는 서리를 맞으면 잎사귀를 떨구어도 뿌리는 단단해지는 법이야."

교사들과의 만남을 간절히 기다리는 선생님은 종종거리며 연인을 기다리는 사람처럼 설레어 보였습니다. 교사들과 학생들과 함께 모인 그 자리에서 선생님의 그 설렘이 가슴 깊숙이 느껴졌습니다.

전교조의 역사는 눈물로 시작된 투쟁의 역사입니다. "교사는 노동자다. 참교육 실현하자!" 너무나 당연한 이것을 지키고자 전국의 1,527명의 선생님들이 목숨 같은 교단을 떠나야 했습니다. 수없이 많은 고초를 겪고서도 "전교조를 만난 것은 운명이었다", "참교육은 나의 전부였다"라며 여전히 조직을 자랑스러워하시는 선생님들 덕분에 전교조의 참교육 정신은 이어지고 있습니다.

창립부터 10년간의 비합법 시절을 이겨 내었던 힘도, 박근혜 정부에서 시작된 7년간의 법외노조의 어두운 터널을 지날 수 있었던 그 힘도, 33년째 이어지는 고난과 시련을 이겨 낼 수 있었던 힘도 참교육 정신을 지켜 내겠다는 조합원의 의지였고 참교육 전교조를 아끼는 수많은 국민들의 지지였습니다. 그와 더불어 목숨과 같은 교단에서 쫓겨나 피눈물로 투쟁했던 전교조 역사에 대한 자랑스러움이 조직을 지켜 나가게 했던 힘이었습니다. '참된 삶이란 무엇인가'를 온몸으로 보여 주었던 시대의 참스승, 선배들에 대한 자랑스러움이 전교조 운동을 이어지게 하는 근원입니다.

또다시 찾아온 반동의 시대, 대한민국 교육 앞에 또다시 고난이 예고되어 있습니다. 촛불의 시대를 지나 또다시 찾아온 반동의 시대, 역사는 거꾸로 가고 있습니다. 친일 독재 미화 역사 교과서 국정화의 필요성을 강변하였던 세력이 또다시 대한민국 교육의 전면에 등장하였습니다. 영어 몰입 교육, 0교시, 강제 보충수업, 우열반 편성, 자사고를 귀족학교로 만들고, 일제고사로 전국의 학생들을 한 줄로 세우고, 고교평준화를 반대하며 서열화를 조장했던, 지금도 대한민국 교육을 고통 속에 몰아넣고 있는 특권 교육, 경쟁 교육의 장본인이 또다시 교육의 수장으로 되돌아오기도 했습니다. 수많은 이들이 교육과정에 담고자 했던 노동의 가치와 생태전환 교육이 사라지고, 민주시민 교육이 축소되고, 성평등은 양성평등으로 퇴행하고, 국정 역사 교과서와 함께 사라졌던 '자유민주주의'가 다시 교과서 속에 되살아나고 있습니다. 미래 교육이라는 이야기에는 사람을 위한 교육이 아닌, 기업의 이익 창출을 위해 교육을 활용하겠다는 자본의 논리만 득실거립니다. 협력과 평등, 공존의 가치가 아닌 경쟁과 차별, 불평등을 기득권은 강요하고 있습니다. 대한민국 교육은 어떻게 이다지도 사람이 아닌 자본과 기득권의 입맛에 따라 좌지우지될까요.

그래도 우리는 희망을 가지고 나아갑니다. 1989년 5월 28일 참교육 한길을 떠나는 그날, 눈부시게 푸른 하늘이었습니다. 정권의 탄압을 뚫고 모인 광장에서, 경찰서 유치장에서, 전국 방방곡곡 삼삼오오 모인 찻집에서 전교조는 '전국교직원노동조합 결성'을 목 놓아 선언하였습니다. 민족·민주·인간화 교육, 참교육 깃발은 그렇게 힘차게 올랐습니다. 그렇게 시작한 우리는 대한민국 교육의 희망을 만들어 왔습니다. 전교조 33년의 역사를 되돌아보면, 잠시 뒤돌아가는 때도 있었지만 결국 우리의 역사는 앞으로 전진하는 역사였습니다. 전교조의 이러한 발걸음이 대한민국 교육에 희망의 역사를 만들어 왔음을 확신합니다. 그 희망의 역사를 우리는 변함없이 이어 갈 것입니다.

노나메기 벗나래! 전교조가 꿈꾸는 세상입니다. 선생님이 이야기하셨던 노나메기 벗나래는 전교조가 꿈꾸는 참교육, 참세상입니다. 백기완 선생님과 함께한 시대를 기억합니다. 광장 곳곳에서 쩌렁쩌렁 울렸던 선생님의 목소리가 지금도 귓가에 맴돕니다. 선생님께서는 한국 진보의 큰 어른이셨으며, 전교조에도 큰사랑을 베풀어 주셨습니다. 그 사랑 덕에 오늘의 전교조가 있으며, 우리는 지난 33년의 세월 동안 참교육 정신을 올곧게 지켜낼 수 있었습니다. 노나메기 벗나래를 향한 한길에서 전교조가해야 할 일, 전교조 교사로서 살아야 할 삶을 가르쳐 주셨던 선생님. 평생을 투쟁의 최전선에서 사신 선생님이 보여 주신 헌신과 실천적 삶을 따라 전국교직원노동조합은 노나메기 벗나래를 향해 흔들림 없이 걸어가겠습니다. 선생님, 고맙습니다.

야만적인 자본과 오만한 정치권력을
노동자 민중의 연대와 계급투쟁으로
응징하자

한상균 ─ 전 민주노총 위원장

"한상균이, 나 좀 보자!"

2009년 6월 말, 사측의 고성능 스피커를 이용한 선동 방송이 내 심장을 도려내고 있던 중이라 처음에는 듣지 못했다. 몇 번의 부름에도 반응이 없자 '쩌렁쩌렁한 목소리'로 다시 부르셨다. 달려갔더니 숨 돌릴 틈도 주지 않고 물으셨다.

"깊은 산속 오솔길에서 살기등등한 승냥이를 만나면 어찌할 텐가? 한상균이 말해 보라우."

갑작스러운 질문에 나는 당황해서 답하지 못했다.

"이봐, 뭘 그리 뜸 들이는 거야."

나는 머릿속으로 그 장면을 상상하며 한참을 생각하다 되물었다.

"한 마리입니까? 두 마리입니까?"

선생님께서는 내 손을 꼭 잡으시며 말씀하셨다.

"지금 이명박 정권과 총자본이 한편이 되어 쌍용차 노동자들에게 본보기를 보이려 하니 두 마리의 공격이야."

그러고는 답할 시간도 주지 않으시고 말씀을 이어 가셨다.

"승냥이는 말이야, 반 발짝 물러서면 한 발짝 덤벼들고, 한 발짝 위협하면 두 발짝 물러서는 법이야. 두 마리가 덤비면 누구라도 무서울 거야. 속으로는 무서워 오줌을 지리는 한이 있더라도 기 싸움에서 지면 승냥이 밥이 되고 말아!"

그러고는 다시 몇 번이나 당부하셨다.

"물러설 수 없는 노동자와 자본 사이의 계급 전쟁인 쌍용차 투쟁은 승냥이들보다 더 잔혹한 놈들과 싸우는 것이야. 단단히 맘먹고 싸워 내라."

2009년 쌍용차 평택공장에서 벌어진 공장 점거 투쟁, 모든 노동자를 언제라도 정리해고 시킬 수 있는 자본의 꿈을 이루기 위한 이명박 정권과 총자본의 연합군이 총공세를 자행하던 총파업 투쟁 현장. 저항하는 노동자가 강자가 아니라, 투항해서라도 살아남는 자가 승자라는 살기등등한 자본의 협박이 극에 달하던 시점이었다. 두 마리 승냥이에게 심장을 물어뜯기다 말고 달려와 그날 그곳에서 그렇게 나는 백기완 선생님을 만났다.

수십 대의 헬기와 대테러 장비까지 총동원한 공권력이 자행한 국가 폭력을 견뎌야만 했던 총파업 농성장, 하루하루가 아비규환 생지옥이었다. 해고 노동자들은 승냥이에게 잡아먹힐 수 없기에 악다구니로 버텨야만 했다. 그런 생지옥의 하루하루가 쌓이고 쌓여 77일이 되었다. 초승달을 보며 저 달이 차 보름달이 뜨면 가족의 품으로 돌아갈 수 있을 거라고 기대하며 투쟁했는데, 우리는 농성장에서 초승달을 몇 번 더 보아야 했다. 그 동지들의 모습은 죽는 날까지 잊을 수 없을 것이다. 그럼에도 투쟁의 결과는 쓰라린 패배, 처절한 패배였다.

누구도 1주일 이상 버틸 수 없을 것이라 진단했던 투쟁이었다. 비 한 방울 오지 않던 그해 여름, 주먹밥 한 개로 하루를 때우면서 버텼다. 주린 배보다 더 큰 억울함으로, 77일 동안 동지들은 정리해고 없는 세상을 위해 버티고 또 버티었다.

자본과 권력의 탄압에 맞서서 '투항하지 않고 싸우는 노동자가 강한 것이 아니라, 투항할지라도 살아남는 자가 강자'라는 자본의 심리전을 이용한 선동 방송과 조롱, 이에 맞선 악다구니 노동자들의 투쟁은 살기등등하던 승냥이 두 마리에게도 상처를 입혔다. 이명박 전 대통령과 조현오 당시 경기경찰청장도 자본에 충성한 대가로 이름 대신 수번으로 불리며 감옥 생활을 하였으니 말이다.

패배에 따른 상처는 아직도 아물지 못해 피가 흐르고 있지만, 그럼에도 우리가 자본과 정권에도 상처를 입힐 수 있었던 것은 기죽지 말고 후회 없이 싸우라 했던 백 선생님의 가르침을 매일 밤 단결의 광장 촛불집회에서 되새겼기 때문이리라.

3년의 옥살이와 송전탑 투쟁을 마치고 선생님을 찾았다. 2014년 말, 민주노총 직선 1기 지도부 선거에 나서 달라는 동지들의 요구로 고민할 때였다. 큰 조직과 경험도 없지만, 세상을 바꾸는 정치투쟁을 조직하기 위해 선거에 참여하려 한다고 말씀드

2016년, "한상균을 석방하라!" 기자회견 ©채원희

렸다. 한참의 침묵이 지났다.

"적당히 상경 집회나 하고 들러리 협상장에나 나갈 생각이면 하지 마라!"

두 마리 승냥이와 맞섰던 용기와 결단이 여기까지 오게 한만큼 초심을 잃지 않고 파렴치한 기득권에 맞선 계급투쟁에 나서겠다고 약속드렸다. 당선된다면 박근혜 정권의 남은 임기 3년을 민주노총 직선 1기 3년과 같이 끝나지 않도록 투쟁하겠다는 공약도 말씀드렸다.

말없이 듣기만 하시던 선생님의 눈빛에는 출마를 말리고 싶은 마음이 담겨 있었다. 대차게 해 보라는 말씀 대신, 통일문제연구소 앞에서 소주와 갈비를 사 주셨다. 돌아보면 박근혜 정권은 탄핵을 당했고 박근혜 정권 퇴진을 외친 한상균은 임기를 마치고 감옥을 나왔으니, 물러서지 않고 투쟁한 전국의 노동자 민중 동지들 덕분에 결과적으로는 공약도 지켰고 선생님과의 약속도 지켰다.

2015년의 민중 총궐기로 두 번째 감옥살이를 끝내고 2018년 출소한 후에야, 2014년 말 선생님의 속마음을 듣게 되었다. 민주노총 위원장 후보로 나서려 했던 몇몇 동지들이 선생님을 찾아 뵙고 선거 출마 의견을 말씀드렸는데, 그때마다 "쌍용차 한상균이도 나온다고 하더라"는 말씀으로 답변을 대신하셨다고 한다.

그 말씀을 듣고 출마를 접었던 한 동지는 지금도 가끔 만난다. 그때 선생님께서 아무 말씀 안 하셨다면 "선거에서 한상균이 당선될 수 없었을 것이고, 대신 한상균의 감옥살이도 없었을 거"라는 이야기를 하며 함께 선생님에 대한 추억을 소환하곤 한다.

2018년 출소한 후에 선생님을 다시 찾아뵈었다.

"앞으로는 이 골방 노인네 찾아오지 마라. 이제 청년들이 주체가 되어 세상을 만들어 가야 해. 이제 노동자계급이 한국 사회 변혁의 중심이 되어야 할 때다."

많이 쇠약해진 선생님은 내 손을 꼭 잡으시며 당부하셨다.

"한 위원장은 날마다 민주노총 앞으로 출근해라. 오가는 간부들을 만나 변혁의 주체로 거듭날 수 있도록 조직해라."

당시 퇴원하고 얼마 안 되신 상태라 음식을 잘 드시지도 못하고 거동하기도 불편하신 때였다. 그럼에도 꼭 고기를 사 주고 싶다고 하시며 통일문제연구소 앞 갈빗집으로 앞장서 가셨다. 그러고는 계속 "많이 먹어라, 건강 잘 회복해야 한다"라고 당부하시며, 정작 당신께서는 한 점도 드시지 못하고 잔잔히 바라만 보셨다. "따뜻한 밥 한 끼 먹이고 싶었다"라고 말씀하시던 그 눈빛과 웃음. 아무 말씀 안 하셨지만, "다시 힘내서 승냥이와 싸우러 나가라"는 격려이셨다. 운동을 하던 많은 이들이 '나이와 상관없이' 자신의 관념에 갇혀 수많은 골방 노인네로 전락한 세상에서 백기완 선생님은 가장 푸르른 청년이셨다. 하지만 이날 이 만남이 영원한 청년 백기완 선생님과의 마지막 대화가 되고 말았다.

노동자의 이름으로 노나메기 새 세상을 건설하자. 지구상에서 가장 불평등한 한국 사회는 수구 보수와 맹탕 보수 정치가 견제되지 않는 자유시장경제를 추종한 결과일 것이다. 각자도생 승자독식 사회의 최대 수혜자들이 국회를 장악했기에 정권이 바뀌어도 재앙적인 불평등 세상은 최악으로 치닫고 있다. 오만한 정치권력을 노동자 민중의 연대와 계급투쟁으로 응징하는 과업이야말로 가장 시급한 숙제다.

왕도는 없다. 거대 담론과 거창한 구호만으로는 정치 변혁을 이룰 수 없다. 세상을 바꾸는 전략 투쟁이 사라진 노동 현장은 자본의 덫에 걸려 도덕적으로 무너지고 있음을 목도하고 있다. 구름 위를 걸을 것이 아니라 지역에서부터 노동자 정치 텃밭을 일구는 농사를 지어 기어이 노나메기 세상을 건설하자. 지금 이 시기 승냥이보다 강한 야수들과 맞장을 떠야 하는 노동계급에게 주어진 선결 과제는 모든 노동자와의 계급적 단결이다. 이를 위해서는 계층 상승의 늪에 빠진 자신과의 싸움에서 이겨 내야만 한다.

백기완 선생님! 선생님을 만나 많은 것을 배웠습니다. 선생님처럼 살아 낼 용기도 부족하고, 막막한 현실에 체념할 때도 많지만, 노동자 민중이 가야만 하는 길을 내는 데 최선을 다하겠습니다. 역경에 굴하지 않으신 삶을 존경합니다. 일생을 평화통일 운동에 헌신하신 신념을 이어 가겠습니다. 가장 힘들게 살아가는 노동자 민중의 벗으로 살다 가신, 인간애와 인류애로 가득하셨던 청년 백기완을 사랑합니다.

2017년, 창경궁에서 ©채원희

백기완 연보

10대~청년기
: 민중의 분노와 결단, 저항과 비상의 표상이 된 장산곶매

1933	· 황해도 은율 구월산 밑에서 태어남
1945	· 8·15 해방 뒤 열세 살에 아버지를 따라 서울로 옴
1950	· 피란길에 오름
1952~1961	· 도시빈민운동·농민운동·나무심기운동
1960	· 4·19 혁명 운동에 가담
1964	· 한일협정 반대투쟁
1967	· 장준하 선생과 함께 백범사상연구소 설립
1969	· 3선개헌 반대투쟁

1970~1990년대
: 반독재 민주화 투쟁, 통일운동 전면에, 그리고 민중문화운동의 사표

1971	· 민주수호청년협의회 결성
1972	· 백범사상연구소 재개소
1973	· 박정희 유신 타도 '개헌청원 100만인 서명운동'을 주도, 민주 수호국민협의회 창립
1974	· 긴급조치 제1호 위반으로 투옥
1975	· 장준하 선생 암살진상규명위원회 공동대표, 민주회복구속자

협의회 결성

1978	• '민족문학의 밤' 주도해 중앙정보부에 끌려가 보름간 고문 당함
1979	• '명동 YWCA 위장결혼식 사건' 주도 혐의로 보안사령부에 끌려가 모진 고문 당하고 투옥
1984	• 통일문제연구소로 확대 설립, 재야인사들과 '민주회복국민회의' 창립
1985	• 민주통일민중운동연합(민통련) 서울지부 의장
1986	• '부천경찰서 성고문 진상 폭로대회' 주도 혐의로 6개월간 수배 중 투옥
	• 고문으로 악명을 떨쳤던 치안본부 규탄 농성 지지
1987~1992	• 민중 대통령 후보
1988	• 박종철 기념사업회 회장
1990	• 전국노동조합협의회 고문
1997	• 민족문화대학설립위원회 대표, (진보정치 민중후보운동) 역사가 곧 자기 거울이야, 싸움판에 나선 사람은 돌아갈 생각을 말아야

(2000년대 이후)

마지막까지 민중들과 광장을 지켰던 하얀 햇불

2000	• 계절마다 내는 책 『노나메기』 창간, 한양대 겸임교수, 북쪽 조선노동당 창건 55주년 기념식에 초대돼 57년 만에 누님 상봉
2003~2018	• 비정규 노동자·용산참사·희망버스·세월호·백남기·촛불집회 등 투쟁 현장 연대
2011	• 노나메기재단설립추진위원회 발족
2013	• 이명박 폭정에 맞서 각계 인사들과 '우리 시대 저항선언문' 발표

주요 저서

시집

1982	• 『젊은 날』, 옥중시(비매품)
1985	• 『이제 때는 왔다』, 풀빛
1985	• 『해방의 노래 통일의 노래』, 통일문제연구소
1989	• 『백두산 천지』, 민족통일
1991	• 『젊은 날』(재출간), 민족통일
1996	• 『아! 나에게도』, 푸른숲

수필집/평론집/옛이야기

1967	• 『백기완 에세이집』, 사상계
1971	• 『항일민족론』, 사상계
1975	• 『항일민족론』(일본판)
1979	• 『자주고름 입에 물고 옥색치마 휘날리며』, 시인사
1984	• 『거듭 깨어나서』, 아침
1987	• 『통일이냐 반통일이냐』, 형성사
1988	• 『가자! 민중의 시대로』(민중후보 백기완의 발자취), 민족통일
1990	• 『우리 겨레 위대한 이야기』, 민족통일
1991	• 『나도 한때 사랑을 해본 놈 아니오』, 아침
1991	• 『이심이 이야기』, 민족통일
1992	• 『그들이 대통령이 되면 누가 백성 노릇을 할까?』, 백산서당
1993	• 『장산곶매 이야기』, 우등불
1999	• 『벼랑을 거머쥔 솔뿌리여』, 백산서당
2003	• 『백기완의 통일이야기』, 청년사

2004	• 『장산곶매 이야기』(완결판), 노나메기
2005	• 『부심이의 엄마생각』, 노나메기
2009	• 『사랑도 명예도 이름도 남김없이』, 한겨레출판사
2017	• 『두어른』(공저), 오마이북
2019	• 『버선발 이야기』, 오마이북

영화극본

1994	• 『단돈 만원』
1995	• 『대륙』
1996	• 『쾌진아 칭칭 나네』
1996	• 『대륙』, 백산서당

백범사상연구소 연구 문헌

1971	• 『항일민족시집』(민족학교 편)
1973	• 『백범어록』(삼팔선을 베고 쓰러질지언정)
1973	• 『내가 걷는 이 길은』(바로잡은 백범일지)
1973	• 『보난대로 죽이리라_도왜실기』(해설), 백범의 해외 활동을 내용으로 1972~1975년까지 총 11권의 백범연구서를 출판해 백범 사상을 널리 알리는 데 기여하였다.

번역서(백범사상연구소)

• 《앎과 함》 문고 『알려지지 않은 이야기—미국 노동운동비사』 1974~1979년(전5권)으로 출간.

부정기 간행물

1988	·《아, 통일》
1989	·《해방통일》
1992~1993	·《새뚝이》
2000~2004	·《노나메기》